COLLECTION FOLIO

Albert Memmi

Portrait
d'un Juif

*Édition revue et corrigée
par l'auteur*

Gallimard

© *Éditions Gallimard, 1962.*

L'auteur de *La statue de sel* et de *Portrait du colonisé* est professeur honoraire à l'Université de Paris. Né à Tunis où il a passé toute sa jeunesse, il a connu les camps de travail sous l'occupation allemande. Son œuvre, traduite dans une vingtaine de langues, lui a valu de nombreux prix dont le prix de l'Union rationaliste en 1994, le Grand Prix du Maghreb en 1995 et le prix de la ville de Bari en 2000.

NOTE POUR L'ÉDITION DE 2003

Lorsque l'éditeur m'a proposé de republier ce *Portrait d'un Juif*, j'ai d'abord hésité. Paru pour la première fois en 1962, n'a-t-il pas vieilli ? L'ayant relu à cette occasion, je dois convenir que non : il est toujours aussi difficile d'être juif.

L'accusation est toujours là, le procès est toujours en cours. Je ne parle pas seulement de la plupart des pays arabes, où les *Protocoles des sages de Sion*, ce faux haineux, est sans cesse réédité à l'usage des foules, et couramment utilisé dans les médias. Ne vient-on pas, en France, de nous refaire le coup du « lobby juif » ? Comme si les autres n'avaient pas de lobby ; mais on veut suggérer que le lobby juif aurait quelque chose de plus mystérieux et de plus vénéneux. Ne parlons pas des agressions, physiques et morales, devenues quotidiennes et devant lesquelles les gouvernements successifs semblent impuissants. Jamais peut-être la majorité des Juifs ne s'est sentie aussi tragiquement seule et désarmée.

N'y a-t-il donc rien de neuf ? Si : le déplacement de l'essentiel du procès vers Israël. Naturellement, il faut que cesse la domination des

Palestiniens par les Israéliens ; et les intellectuels juifs ne manquent pas qui la dénoncent, alors qu'on ne connaît guère d'intellectuels arabes qui aient protesté contre la liquidation des communautés juives dans leurs pays respectifs. Naturellement il est permis de reprocher à l'État d'Israël ses erreurs, ce que nous, intellectuels juifs, nous ne nous sommes pas privés de faire ; ses lenteurs dans la recherche de la paix, lesquelles, d'ailleurs, ne dépendent pas de lui seul.

Mais il s'agit maintenant de bien autre chose : on souhaite de plus en plus ouvertement la disparition, c'est-à-dire la destruction, de l'État juif. Comment les Juifs ne seraient-ils pas angoissés à la seule idée de cette éventualité ? Comment ne seraient-ils pas replongés dans les ténèbres et les menaces de leur histoire ? Je dis « les Juifs », et on va me reprocher cette totalisation. Il existe certes des Juifs qui prennent position contre Israël, et c'est leur droit, mais la quasi-totalité des judaïcités dans le monde sont, quelles que soient leurs réserves, passionnément attachées à sa survie. Ce qui n'est pas surprenant puisque rares sont les Juifs qui n'y ont pas quelque parent, un fils, une fille souvent. Comment pourraient-ils seulement envisager une catastrophe comparable à celle de la shoah ?

Je livre donc à nouveau ce *Portrait d'un Juif* ; obstiné destin juif en effet !

Paris, février 2003.

POURQUOI CE LIVRE...

Puisqu'il s'agit dans une large mesure de mon propre portrait, il est bon que je rappelle brièvement qui je suis, à l'égard de mon propos tout au moins.

Je suis né en Tunisie, à Tunis, à deux pas de l'important ghetto de cette ville. Mon père, artisan-bourrelier, était pieux avec modération, mais naturellement en quelque sorte, comme tous les gens de son état et de sa classe. Ma vie d'enfant fut régulièrement rythmée par le sabbat hebdomadaire et le cycle des fêtes juives. Assez tôt, après l'école rabbinique puis celle de l'Alliance israélite, j'ai fréquenté les mouvements de jeunesse juive, scouts, culturels, politiques... de sorte que, si j'ai eu des doutes religieux graves, je ne me suis pas éloigné de la judaïcité ; au contraire une certaine continuité s'en est trouvée assurée et même approfondie. Des années durant, j'ai suivi des groupes d'études qui m'ont dispensé une culture juive à la fois traditionnelle et renouvelée, ouverte aux problèmes les plus immédiats et solidement amarrée à son passé. J'ai fait la quête, entre les tombes plates du cimetière juif ou devant les vieilles synagogues, pour les diverses œuvres de la communauté, pour les pauvres, pour les réfugiés polonais, pour les réfugiés allemands. Sans trop d'embarras, légalement ou non, j'ai fait du porte à porte, essayant obstinément de convaincre mes coreligionnaires de la beauté, importance et nécessité de l'aventure sioniste, à l'époque où elle ne pouvait apparaître, en effet, que comme une aventure. J'ai envisagé un moment de gagner Israël, ou plutôt la Palestine d'alors, pionnière et romantique. Je veux dire enfin que j'ai assez pris ma part de toutes les activités juives pour que ma sensibilité, mon esprit et ma vie se soient trouvés accordés, pendant une assez longue période, au sort de tous les Juifs.

Vint un moment, cependant, qui eut ses racines dans le lycée français, où cette ferveur trop fermée sur elle-même me parut étouffante, et le reste du monde soudain plus important. C'était alors l'époque de la guerre d'Espagne, du Front populaire français, puis de mon départ pour l'Université. La sortie matérielle hors du clan et de la communauté, puis de la ville, l'approche de non-Juifs que j'admirais et aimais, me firent bientôt, non oublier que j'étais Juif, mais considérer cet aspect de moi comme une partie d'un problème plus imposant et plus urgent. La solution à ce vaste ensemble de maux, dont souffraient tous les hommes, réglerait automatiquement en quelque sorte, plus sûrement, mes difficultés particulières. Échangeant une passion contre une autre, je finis par trouver bien étroit et mesquin quiconque ne pensait pas à l'échelle de la planète tout entière.

Il faut se représenter ce que fut pour notre génération cette extraordinaire période. Il nous semblait que pour la première fois l'humanité apercevait enfin la lumière qui pouvait, qui devait dissiper définitivement ses ténèbres; les oppressions, les particularismes qui nous séparaient les uns des autres allaient éclater, éclataient déjà... Par une certaine incohérence, cet universalisme lumineux avait le visage précis de la France et de l'Europe; mais cela ne nous gênait pas; au contraire, nous étions doublement reconnaissants aux privilégiés d'abandonner leurs privilèges et de s'identifier ainsi à la liberté et au progrès: après tout, c'étaient eux qui avaient inventé les remèdes après les maux: l'égalité après la domination, le socialisme après l'exploitation, la science, la technique et les promesses de l'abondance. Et lorsque je quittai Tunis pour faire des études — vite interrompues d'ailleurs — je ne pensais plus du tout à la Palestine, mais à revenir, universaliste et laïque, dans mon pays natal, réconcilié avec tout et tout le monde, Français et Tunisiens, Italiens et Maltais, musulmans et chrétiens, colonisateurs et colonisés... Le « problème juif » s'était dilué dans le miel de cette embrassade générale; non tout à fait réalisée encore mais si proche, si évidente puisque nécessaire.

On sait ce qu'il en advint, la suite appartient à l'histoire du monde; ce fut la guerre. Pauvre universalisme et pauvre fraternité de nos vingt ans! L'Europe, que nous admirions, respections et aimions, prit d'étranges visages; la France même, démocratique et fraternelle, avait celui de Vichy. On nous expliqua, après, que ce n'était pas son seul visage, ni même le vrai; que sous ce masque, clandestine et généreuse... Je l'espérais tant que je le crus presque, mais l'enthousiasme au moins n'y était plus, ni la naïveté. À tout prendre, il valait mieux tenir compte d'une double personnalité et d'un échange de rôles toujours possible sur la scène tournante de l'histoire. On m'avait rudement appris, en tout cas, que mon destin ne coïncidait pas nécessairement avec celui de l'Europe. Et lorsque la paix revint, et qu'après de multiples péripéties je rentrai en Tunisie, j'envisageai pour la première fois, mais spontanément et sans angoisse, ce destin séparé.

Ce qu'il devait être, je ne le savais guère, lorsque l'aventure se proposa d'elle-même. Mes concitoyens musulmans, ayant fait dans l'ensemble les mêmes découvertes, commençaient à bâtir leur propre histoire. Sensible aux élans collectifs, quand ils me paraissent légitimes, j'en vins tout naturellement à participer à celui-là : mes concitoyens aspiraient à devenir une nation : dans un monde essentiellement composé de nations, ou de minorités opprimées, quoi de plus juste ?

Cette fois, cependant, je ne négligeai plus tout à fait que j'étais Juif. D'ailleurs des méfiances de part et d'autre, des hésitations, des maladresses, se chargeaient constamment de me le rappeler. Mais les Juifs, m'assura-t-on, auraient leur place dans la future nation : n'avaient-ils pas subi le même sort et les mêmes avanies ? Pourquoi ne bénéficieraient-ils pas des mêmes libérations ? Je voulus le croire. De toute manière, comment aurais-je pu refuser mon aide à ce peuple au milieu duquel je vivais depuis ma naissance, qui par tant de côtés était le mien, alors que j'applaudissais si vivement l'aventure libératrice des autres ? Une fois de plus enfin, je ne me crus pas le droit de penser séparément le destin juif. Ainsi, ayant cessé d'être universaliste, je me transformais doucement en quelque chose comme un nationaliste tunisien... sans voir ce qu'il y avait encore là, de ma part, d'universalisme caché, et peut-être d'évasion.

Justice rendue aux Tunisiens en effet, je me suis retrouvé devant ce curieux destin toujours inentamé. La suite des événements allait m'obliger à reconnaître que son originalité subsistait tout entière, que décidément il ne voulait se laisser réduire à aucun autre. Pour ne prendre qu'un exemple, les jeunes États ex-colonisés avaient un besoin urgent de cadres de toutes sortes, techniciens, administrateurs, intellectuels; ce vide redoutable pouvait être partiellement comblé par des Juifs tunisiens: comme je l'appréhendais un peu, on préféra s'en passer. Je me hâte d'ajouter qu'il était difficile de voir un personnel à moitié juif à la tête du nouvel État; cela aurait soulevé de périlleux problèmes de politique intérieure et peut-être extérieure. Mais il devenait également évident que notre dimension juive ne se résolvait nullement dans notre qualité nouvelle de citoyens. Ni pour les autres ni pour nous d'ailleurs. Lors du déclenchement de la guerre de Suez, le journal tunisien auquel je collaborais, que j'avais contribué à fonder, titra à la une: « Quiconque répand le sang de l'Égypte répand notre sang! »; au même moment, les cœurs des Juifs battaient avec ensemble pour l'armée israélienne: ils y avaient leurs fils et leurs neveux ou ceux de leurs amis. Je n'ai pas approuvé cette expédition, mais comment pouvais-je concilier ces deux solidarités, si parfaitement contradictoires? Bientôt parut la Constitution du pays: elle inscrivait la religion musulmane dans son article premier. Je ne trouvais pas cela illégitime; mais, moi qui m'étais révolté contre ma religion, pourquoi accepterais-je celle-là, et devenue officielle, contraignante? Chaque pas enfin exigeait cette remise en question et cette remise en ordre.

Eh quoi! dira-t-on, ce n'est pas différent de la condition juive ailleurs, en Europe, dans un pays catholique par exemple. Parbleu, je le sais bien! J'ai maintenant assez couru à travers le monde: c'est précisément partout la même affaire: en est-elle moins épineuse? La fin de la colonisation en Tunisie, au Maroc, a presque ramené au sort commun le sort de leurs Juifs: c'est un progrès considérable, décisif. Mais où ai-je vu que le sort juif commun, n'importe où dans le monde, fût limpide et sans histoires?

En bref il me fallut bien admettre que je n'avais que différé l'attaque sérieuse de mon problème, qu'il était temps de m'y attaquer directement, et si possible définitivement. Non que je regrette ou renie quelque chose de cet itinéraire; ni mon enfance et mon adolescence juives, ni ma culture et mes expériences occidentales et française, qui m'ont fait pour une part si essentielle, ni d'avoir donné aide et raison à la juste cause des colonisés. Cette diversité tiraillée ne fait-elle pas partie précisément de cette situation que je vais essayer de décrire? Simplement la boucle est bouclée, il faut maintenant un examen et des efforts appropriés à ce destin particulier.

Partant toujours de ma propre aventure, je ne fais que la peinture de la condition juive d'aujourd'hui. *Je ne cherche à maîtriser ni l'histoire ni la géographie. Ni le passé, ni l'avenir, ni le Juif de l'Antiquité ou du Moyen Âge, ni celui d'un futur supposé ou proposé par telle utopie ou telle doctrine. Bien sûr il sera souvent nécessaire de faire appel à l'histoire pour comprendre la signification d'un fait actuel, il faudra souvent le replacer dans une perspective temporelle. Mais je m'en tiendrai là pour ce qui est de l'histoire. Outre que j'ai peu de goût, je l'avoue, pour le passé, et que la prévision à petite distance me paraît ardue déjà, le présent est suffisamment complexe et générateur de soucis. Je m'en tiendrai en gros au Juif que mes yeux connaissent, à celui qui habite ces pays où je vis et voyage.*

La deuxième limite à l'entreprise est la suivante : cet espoir d'écrire le livre définitif où tout serait dit, sur tel sujet qui lui tient à cœur, quel écrivain ne l'a pas eu ? En vérité, ce serait là une immense naïveté si l'on prétendait dire tout le détail, recenser tous les faits. Mais non, s'il ne s'agit que de retrouver l'architecture principale, les rythmes majeurs, en laissant prévoir les harmoniques, les résonances indispensables. En bref, si tout ne se trouve pas dans ce livre, j'espère que tout pourrait y trouver sa place, sans que l'ordonnance générale en fût troublée.

Mais si je passe de cet autoportrait à une peinture plus générale de la condition juive, c'est pour mieux me saisir. Je cherche à comprendre qui je suis en tant que Juif, quel sens a pris ma vie de ce fait, ce que je vis maintenant de ma vie unique et passagère ; et après tout, cela suffit bien.

Après ces précautions, je peux avancer mon troisième dessein. J'avais admis, dans un texte précédent, que la condition juive était également une condition d'oppression ; *tout comme la condition coloniale, celle du prolétaire ou celle de la femme. Cet inventaire systématique m'en a largement convaincu. Du coup, cet autoportrait, déjà aussi important que possible pour moi, est en outre devenu le fragment d'un ensemble.*

C'est André Gide, je crois, qui regrettait de

*n'avoir pu livrer toute son œuvre en une seule fois ;
il aurait fallu être Dieu ou avoir l'humble courage
d'attendre. J'avoue que je n'ai pas eu cette patience
et que, morceau par morceau, j'expose ma fresque
qui doit comporter au moins quatre volets : le* colonisé *que j'ai déjà publié, le* Juif *avec cet autoportrait, la* femme *et le* prolétaire *qui sont encore en chantier. Le tout doit constituer un unique tableau intitulé :* Les conditions impossibles, *on verra plus tard pourquoi*[1].

J'ai voulu représenter ainsi ce que je crois être les figures majeures de l'oppression contemporaine. Il en existe d'autres, moins typiques ou plus composites, auxquelles je viendrai incidemment : ainsi la condition domestique, ou celle plus grave du Noir américain, qui participe à la fois du prolétaire et du colonisé, de l'oppression d'une classe et de l'oppression d'un peuple. Mais ces portraits constituent, je pense, l'essentiel d'une peinture de l'oppression actuellement vécue.

Il ne s'agit pas, on le voit, d'une philosophie de l'oppression ; elle a souvent été tentée, et par plus qualifié que moi. Il ne suffisait pas d'ailleurs, m'a-t-il semblé, de poser les termes abstraits d'une philosophie de ce malheur : il fallait maintenant le montrer incarné, tel qu'il est réellement vécu par des hommes souffrants, résignés ou révoltés. Or, du coup, l'oppression éclatait, s'émiettait en autant de drames particuliers : dans sa description concrète, l'oppression du colonisé se révélait différente de

---

1. J'ai donné depuis une première esquisse de cet ensemble sous le titre de *L'homme dominé*, Gallimard, 1968, qui aborde également le problème des Noirs et celui des domestiques.

celle du Juif ; l'oppression de la femme ne coïncidait pas avec celle du prolétaire, etc. Au niveau de chaque figure particulière d'opprimé, la notion d'oppression en général devenait vague et inefficace. On ne pourrait la récupérer qu'après ces inventaires concrets, après leur comparaison, rapprochement et différenciation.

Il s'ensuit, certes, que pour une entière compréhension de chaque figure, il faudrait la replacer en définitive dans la perspective des autres. J'ai souvent essayé de les éclairer l'une par l'autre, de préciser le cousinage entre les différents modes de l'oppression vécue, d'en dégager par suite les mécanismes généraux, qui viennent en retour aider à comprendre le vécu.

Que le lecteur fatigable ou pressé se rassure cependant, il n'a nul besoin de tout connaître. Je me suis appliqué à donner à chaque portrait une indépendance suffisante, et ce portrait d'un Juif contient tout ce qu'il faut à sa présentation.

On voit qu'il s'agit en somme d'une longue entreprise, d'un seul livre constitué par un emboîtement de livres l'un dans l'autre. J'aime assez cette façon de mettre une œuvre dans une autre et une troisième dans la seconde... Ce n'est pas là un artifice, je crois au contraire que c'est l'expression même de la réalité, qui va se creusant, se découvrant de plus en plus profonde. C'est en partant de ma condition de colonisé, puis de ma condition de Juif, que j'ai retrouvé la signification des autres conditions d'oppression, de cette relation générale d'oppression : c'est-à-dire de l'un des aspects les plus malheureusement sûrs de la condition humaine en général...

Mais trêve de promesses, il faut maintenant essayer de les tenir.

I

Le malheur d'être juif

1

Le malaise

Je ne crois pas m'être jamais vraiment réjoui d'être Juif. Lorsque je pense à moi comme Juif, ce que j'éveille aussitôt c'est ce léger malaise qui m'envahit, toujours vivace. Ce qui me frappe d'abord lorsque je me considère comme Juif, c'est que je n'aime pas ainsi me considérer. J'entends déjà les protestations : n'ai-je pas envie moi-même de protester ?

— Je n'en ai jamais eu honte ! Je ne m'en suis jamais caché !...

Jamais ? Vraiment ? Et comme si l'un empêchait l'autre ! Comme si une inquiétude et un malheur acceptés, même avec fierté, cessaient par miracle d'être inquiétude et malheur ! Ah ! que je connais bien maintenant cette pudeur d'opprimé, ce refus d'avouer sa misère !

Je me suis plu moi-même à insister sur les quelques moments privilégiés de la vie juive, sur la tendresse émouvante de la vie familiale, les pauses miraculeuses des grandes cérémonies, le vendredi soir, la nappe blanche et les bougies, les fleurs, ou plus simplement sur ces petits bonheurs du Juif, une sexualité moins brimée, le goût du bien-vivre ici bas, l'euphorie alimentaire des jours de fête... Mais j'ai vite découvert aussi, j'ai ressenti avec acuité, combien ces instants nous semblaient, en même temps, extraordinairement sauvés, préservés au milieu de l'incertitude de notre vie. Le vendredi soir, aimions-nous à dire, chaque Juif est prince en Israël, et parmi les meilleurs souvenirs de mon enfance, il est vrai, se trouve l'image de mon père trônant sur le canapé, le jasmin sur l'oreille et le verre à la main, baigné, reposé, de bonne humeur... Mais deux heures avant, dans le trou humide qui lui servait de boutique, il finissait d'arracher notre subsistance au mépris et à la hargne. La famille juive sauvait le Juif, mais comme une oasis dans un désert. Ce sont là des thèmes fréquents de notre littérature ; je n'y ai pas manqué, et à l'ambiguïté de mon souvenir tunisien répondent de larges échos d'Europe centrale. Mais pourquoi un tel étonnement devant ces minces éclairs de bonheur, s'ils n'étaient essentiellement fugitifs et menacés ?

C'est encore pour me rassurer, pour exorciser cette foncière détresse, que j'avais coutume de faire appel à nos lettres de noblesse : la durée insolite de l'histoire juive, l'originalité de la pensée hébraïque, son emprise sur le monde... Cette argumentation pédante, comme nos révoltes d'orgueil blessé, ne faisaient, je le sais bien, qu'entretenir une équivoque : s'agissait-il bien de la valeur intrinsèque de la culture juive ? Serait-elle la première au monde, la plus riche et la plus vénérable, cela n'aurait rien fait à l'affaire si la vie quotidienne du Juif n'en était guère affectée. J'avais beau me répéter : « Rappelle-toi donc qui

tu es ! Ce passé prestigieux, cet apport étrange... »,
je ne voyais en général que des yeux indifférents,
vides ou sceptiques. Les Juifs eux-mêmes, d'ailleurs, savent-ils bien qui ils sont ? En ce domaine,
en vérité, l'ignorance ou l'oubli des Juifs égalait
l'indifférence des non-Juifs.

Oserai-je dire : heureusement ? Si les Juifs
avaient toute leur culture en constante mémoire,
cette vue leur serait proprement insoutenable.
Car une culture n'est pas seulement un ensemble
de propositions et de valeurs, d'idées et de beautés ; elle est également histoire et tradition, elle
est une longue aventure, qui retentit sur le présent et la vie à venir. J'ai longtemps fait partie,
ai-je raconté, de mouvements de jeunesse juive,
où l'on m'a systématiquement enseigné cette tradition. Ah ! elle est consolante la tradition juive !
Elle est rassurante l'histoire juive !

Curieusement (je vois pourquoi maintenant)
nous nous acharnions à nous persuader de l'optimisme fondamental de la pensée juive. Nous
insistions sur le caractère joyeux des cérémonies
juives ; nous opposions le contentement ou même
la jubilation de la religion juive à la tristesse de la
catholique. Ce qui, d'une certaine manière, est
exact. L'idéologie chrétienne est en grande partie
une idéologie du malheur. Elle rappelle sans
cesse que la maladie et la mort nous guettent,
qu'elles finiront tôt ou tard par nous atteindre et
nous détruire. Mais je me demande aujourd'hui
si, paradoxalement, le sens de ce lancinant rappel n'est pas moins dramatique que l'amère satisfaction juive. Une idéologie est toujours par
quelque côté au moins un système de compensation ; et pour en voir l'exacte signification, il faut

la replacer dans l'existence totale des hommes qui la vivent. La religion catholique tire le chrétien par la manche et lui rappelle : « N'oublie pas que tu es chair à pourrir, et que le temps passe et que l'échéance approche ! » Mais c'est pour troubler l'étourderie, l'insouciance et l'orgueil du chrétien. La religion juive affirme au Juif : « Vois l'incroyable suite de miracles que Dieu a suscités pour toi, pour te protéger ! Quels que soient tes malheurs, quelles que soient tes fautes, tu es assuré de sa bienveillance. Réjouis-toi ! Rends grâce à Dieu avec ferveur, reconnaissance et joie ! » Il y a de l'optimisme en effet dans la tradition juive, mais un optimisme par-delà le désespoir. C'est l'optimisme du psychiatre après le suicide manqué du dépressionnaire : puisque le fond a été atteint, maintenant il ne peut venir que du mieux. C'est presque devenu une habitude mentale du Juif. Après chaque catastrophe familiale, ma mère avait ainsi coutume de remercier Dieu : « Bénis sois-Tu Éternel notre Dieu qui nous as préservés d'un plus grand malheur ! » Lorsque les parents d'Anne Franck découvrent dans leur grenier un voleur, qui sera d'ailleurs leur dénonciateur, que font-ils ? Se disent-ils que ce voleur les vendra peut-être ? Non, le père conclut que cela aurait pu être pire, et donc qu'il y a des raisons de se réjouir !

Que fut, qu'est encore l'histoire juive sinon une alerte continuelle, ponctuée d'effroyables catastrophes ? Les anniversaires juifs sont souvent euphoriques : c'est qu'ils marquent la fin d'une tragédie, la vie qui recommence, le salut après la tourmente. Nous nous réjouissions gravement à Pourim, nous festoyions, nous faisions éclater des pétards, recevions et donnions des cadeaux, de l'argent, des jouets : parbleu ! nous venions d'échapper à l'une des plus complètes exterminations de notre histoire ! Il s'en était fallu de peu : le charme d'une femme, Esther ! Au point que l'imagination populaire confondit le personnage d'Aman avec celui de Hitler : le plus vieil instigateur de notre assassinat collectif avec le plus récent ; nous promenâmes ainsi, dans le ghetto de Tunis, l'effigie traditionnelle du ministre perse, affublée de la petite moustache du dictateur nazi. Pâque célèbre la fin d'un terrible esclavage, la fuite éperdue devant l'armée égyptienne : que serait-il arrivé si Dieu, ou la marée, n'avait noyé nos poursuivants dans la mer Rouge ? Hanouca, la fête des lumières, est encore le rappel d'une délivrance, que les chefs Maccabées payèrent de leur vie. Ce sont des joies, certes, mais combien ambiguës ! Sur quel fond de tristesse et d'angoisse ! Je n'insisterai pas sur les cérémonies de deuil pur, ainsi la catastrophe nationale du 9 Av : on raconte que ce jour-là le malheur réalisa un extraordinaire coup double : par deux fois, le même jour sur le calendrier, à des centaines d'années d'intervalle, Jérusalem fut détruite. L'anecdote est peut-être fausse mais tellement significative !

Il fut un moment, bien sûr, où l'histoire juive fut une histoire comme les autres, tantôt humiliée tantôt arrogante, une histoire dite nationale, avec du meurtre actif et non toujours subi, où le Juif fut agent de l'histoire et non toujours sujet. Il en subsiste certes quelques éléments de triomphe pur, l'amusante fête de la loi, Simhat-Thora, ou Souccot peut-être, la fête des cabanes, qui est déjà plus discutable... mais quelle en est la proportion ?

Et puis, laissons là ce problème d'exégèse, j'y reviendrai plus loin. Depuis trop longtemps cette histoire a basculé, s'est transformée en une longue suite de persécutions, suivies de révoltes de plus en plus rares, elles-mêmes suivies d'écrasements. Le martyre est devenu la seule habitude collective de ce peuple, retenue par sa mémoire. Quels que soient les particularismes historiques ou géographiques de ses pauvres fractions dispersées, ses épreuves ne varient guère, viennent alimenter ce sens apparemment fixé de son destin. L'histoire sert souvent d'alibi aux peuples, et souvent il est nécessaire de dissiper ce brouillard de rêves et de souvenirs déformés pour percevoir leur vérité : l'histoire juive ne permet même pas cette compensation. Les événements en furent trop affreux, d'une noirceur trop homogène. Je verrais bien l'atroce période nazie célébrée par quelque cérémonie : nous nous réjouirions de ne pas avoir tous passé par les fours crématoires, où seul un Juif sur trois est resté. On voit la qualité, la gravité de cette sombre joie ; avec le temps, elle finirait par ressembler à la Pâque aux herbes amères.

Voilà en tout cas comment m'est apparue la tradition juive, à moi Juif d'aujourd'hui, comment je l'ai vécue. La délectation dans l'histoire juive ne m'a jamais été qu'une délectation bien morose, le rappel d'une interminable suite de désastres, pogromes, fuites, émigrations, injustices, humiliations. Il ne s'agit pas seulement là d'une impression : il me suffit d'ouvrir un livre d'histoire juive, un Doubnov ou un Gaetz : ce que l'on appelle l'histoire juive n'est jamais qu'une longue rumination du malheur juif.

La condition juive, enfin, je l'ai vécue d'abord comme une condition de malheur. Voilà le fait, le point de départ, et une composante essentielle de ce portrait. N'y a-t-il donc pas de Juifs heureux ? Ah ! que je suis tenté de répondre : non ! pas *en tant que Juifs*, non. Des Juifs qui se réjouissent de l'être, non en vérité, je n'en connais guère. Des Juifs heureux malgré leur judéité[1], peut-être. À cause d'elle, en liaison avec elle, non. En composant avec elle, en l'éludant, en l'oubliant, si l'on peut. Mais dès qu'on l'envisage, dès qu'elle intervient, on ne peut faire qu'elle ne soit comme une charge ; comme une charge honorifique si l'on y tient, mais de toute manière comme un poids. On peut par éclairs en tirer un sombre orgueil, y découvrir la substance d'une philosophie, y puiser l'énergie motrice d'une vie consacrée à la gloire, on peut atteindre à tous les succès : on ne peut faire qu'on n'y trouve en même temps le goût intime du malheur. Tous ceux qui en ont écrit, qui ont osé violer cette pudeur de tout opprimé à dévoiler son oppression, ont confessé ce malheur d'être Juif ; comme c'est un malheur d'être colonisé, j'ai essayé de le montrer ; comme c'est un malheur d'être femme, nègre ou prolétaire. Leurs

---

1. Le vocabulaire courant étant fort imprécis, j'ai proposé de distinguer *judéité*, *judaïsme* et *judaïcité* : la *judéité* est le fait et la manière d'être juif ; le *judaïsme* est l'ensemble des doctrines et des institutions juives ; la *judaïcité* est l'ensemble des personnes juives.

mots pour le nommer diffèrent : malaise, inquiétude, insécurité, anxiété, angoisse... Mais tous vivent cette particulière tension en eux, cette vrille rongeuse et familière. « Lorsqu'un Juif n'a pas de soucis, il s'en invente », avouait le romancier Wassermann. « Son ressort ultime restait un sentiment de préoccupation », notait le poète Pasternak ; Einstein le savant : « L'insécurité de l'individu juif » ; le philosophe Jankélévitch : « Ce sentiment d'étrangeté... est chez tout Juif l'objet d'une expérience quotidienne » ; l'historien Jules Isaac : «... un signe constant : la précarité, l'incertitude et l'angoisse du lendemain ».

Un vieux bourgeois Juif français, après s'être récrié, et lorsque je lui assurai que je n'essayai de le conduire nulle part, ni à douter de la France, ni à douter du judaïsme, ni de son avenir de Français juif, a fini par m'en donner une excellente définition : « Oui, j'ai toujours l'impression d'être aux premières loges, d'être toujours du mauvais côté : mettons que je sois constamment *en état d'alerte.* »

Il ajouta cependant : « Mais cela n'a vraiment commencé qu'avec la guerre ! Il a fallu le silence des autres, leur passivité, leur complicité et, du coup, notre solitude devant les nazis. *Avant*, je ne me sentais pas spécialement Juif, je n'y pensais presque jamais... »

Ainsi le malaise serait *daté* : du coup il devient fortuit ; ayant eu un commencement, il aurait pu aussi bien ne pas exister. Dois-je l'avouer ? Je soupçonne alors, sinon la sincérité de mes interlocuteurs, du moins quelque reconstruction de leur mémoire, dans ces subites évidences qui bouleverseraient toutes les données de l'existence juive.

Le prodigieux cauchemar a dû leur faire oublier le malaise familier, les innombrables petites piqûres quotidiennes!

On cite complaisamment l'aventure du leader sioniste Herzl, brusquement réveillé à lui-même devant les manifestations racistes de la foule parisienne, ou l'étonnement d'Einstein devant celles de ses concitoyens. Mais si Herzl avait été si totalement étranger au malheur juif, comment aurait-il pu écrire d'un seul jet son *État juif*, à la fois pathétique et précis, lyrique et attentif aux détails d'exécution? La date de naissance d'Einstein coïncide, à quelques mois près, avec la fondation de la «Ligue des antisémites»! Lorsqu'il eut vingt ans, l'Allemagne retentissait des accusations de meurtre rituel jusque dans le Reichstag! Quelques années plus tard, l'antisémitisme battait son plein en Autriche, en Pologne; en Hongrie, en Russie, l'on massacrait des Juifs; en France, ce fut l'affaire Dreyfus..., et de tout cela, Einstein n'aurait rien su, cet homme de génie n'aurait pas deviné que cela le concernait un peu. Mais peut-être faudrait-il interpréter autrement son étonnement.

N'est-il pas curieux et révélateur, au contraire, que chaque génération aura eu *son accident* historique, son événement antisémite inattendu, incroyable, contingent, avant lequel elle vivait, prétendra-t-elle, inconsciente et heureuse? sans lequel elle aurait continué à vivre en paix dans un monde de paix? Pour Herzl, ce fut l'affaire Dreyfus, pour Einstein l'antisémitisme allemand, pour nous la dernière guerre... Mais arrêtons-nous là: l'histoire cesse d'avoir bon dos et bientôt se dérobe: cet étonnement rétrospectif, et dont je suspecte la candeur, ne pourrait être poussé bien loin. Plus l'on recule dans le passé, plus le malheur juif devient éclatant, indiscutable. Ce doute rassurant sur le traitement du Juif par l'histoire n'est possible que depuis la légalisation de l'existence juive. Depuis que nous sommes considérés comme les égaux des autres, nous pouvons feindre que nous sommes leurs égaux vrais. D'où notre déception quand nous comprenons que la légalité n'est que l'un des aspects du réel et de la vie. Avant, comment pouvions-nous même douter ? Nous étions des opprimés de par le droit, des humains de seconde zone, et tout ce qui nous arrivait était dans la nature des choses. Il en était ainsi durant tout le Moyen Âge, tout récemment encore en Europe centrale, en Russie, dans les pays arabes... Aujourd'hui même, dans de nombreux pays, l'Afrique du Nord par exemple, le problème de savoir si l'on peut ne pas se découvrir Juif est tout simplement risible !

Ne faut-il pas croire plutôt que cette évidence inopportune est d'abord refusée ? Que la prétendue révélation n'est jamais qu'un constat enfin reconnu ? J'ai également écrit que je n'avais achevé la découverte de mon être juif qu'en allant à Paris. Or, j'avais vécu dans un milieu indiscutablement juif. J'avais même traversé la guerre et l'occupation allemande de la Tunisie sans aller à cet égard jusqu'au bout de moi-même. Et, paradoxalement, certains souvenirs de ma vie de Juif, parmi ceux que je n'arrive pas à digérer, appartiennent à cette période ; celui, par exemple, qui a définitivement marqué le premier cours de Sorbonne auquel j'ai assisté. Nous venions d'entendre un professeur assez réputé, qui se trouvait être Juif, et en outre malingre et coupeur minutieux de cheveux métaphysiques. Un de mes nouveaux camarades diagnostiqua aussitôt : « C'est vraiment le petit Juif. »

Ainsi, même là ! Parmi mes pairs, le seul endroit au monde où, me semblait-il, j'aurais dû me trouver le mieux reconnu, le plus égal à tous ! L'alerte était fausse cependant et le combat ne pouvait avoir lieu. Alors que les mains tremblantes déjà et avalant ma salive je lui dis sèchement : « Je préfère vous avertir que je suis également Juif ! », il me répondit en souriant : « Ma femme aussi, figurez-vous. » Mais déjà s'était déclenché le frémissant déclic intérieur qui me prépare à la bataille, amertume et colère, humiliation et révolte. Pourquoi un tel bouleversement, une telle mobilisation devant des incidents somme toute futiles ? Sinon parce que la cristallisation avait commencé depuis si longtemps ? Parce qu'il me suffit de tourner la tête pour voir se lever, s'ordonner, s'additionner les souvenirs ? J'en ai évoqué quelques-uns dans *La statue de sel* ; les brusques paniques de mon père dès que la ville remuait, l'arrivée des réfugiés polonais, désespérés, somnambules silencieux ou d'une hargne insupportable et injustement tracassière envers nous qui les accueillions. Comment effacerais-je la tenace impression que me laissa la curieuse figure de l'un d'eux, Jacobovitch, un petit homme amer jusqu'à la cruauté, qui ne décolérait pas, suffoquant de misère révoltée, grondant, ironisant, provoquant son stupide destin juif, notre obstination à vivre, l'obstination de Dieu à nous sauver, c'est-à-dire à nous torturer... jusqu'au jour où les Allemands débarquèrent à Tunis ; Jacobovitch, qui les avait fuis à travers toute l'Europe, changeant apparemment de tactique, devint subitement leur interprète, personnage quasi officiel, respecté et redouté..., jusqu'à cet autre jour où, non moins subitement, j'appris qu'il venait d'être fusillé : obstiné destin juif en effet.

De toute manière enfin, le jour arrive toujours où l'on se *découvre* pleinement Juif, comme on se découvre mortel, non plus en vertu de la promesse collective et abstraite de la mort, mais de sa propre condamnation individuelle. Tôt ou tard on prend conscience de sa condition de Juif, que la découverte soit lente ou d'un seul coup, hésitante ou d'une intuition accablante et définitive. Tôt ou tard chaque Juif découvre son *petit Juif*, les petits Juifs qui sont devant lui et le petit Juif qui, d'après les autres, est en lui. Et cela, quelle que soit sa vie, ses victoires ou ses échecs, ce qu'il est devenu, ses maquillages, ses masques ou même sa métamorphose. Ce moment vient toujours où l'on cesse de ne pas y penser, où l'on comprend ce que cela signifie, au-delà des cadres légaux et formels, et on finit par l'admettre : Je suis donc Juif, je le suis pour moi, je le suis pour les autres.

« C'est comme d'avoir tout à coup la syphilis, comme c'était d'avoir tout d'un coup la syphilis autrefois, quand on ne savait pas la soigner. » (Clara Malraux.)

Si l'on ne naît pas toujours Juif enfin, on le devient toujours, et chacun à sa manière ; chacun y répond comme il peut, d'où cette impression de variété, d'émiettement du destin juif. L'un croit arriver à se faire oublier par les autres et du coup à se distraire suffisamment de soi ; l'autre se veut provocant, se pose et se propose en Juiffier-de-l'être. L'un essaie d'apprivoiser, d'assoupir, d'émousser sa judéité, et passe sa vie à ruser avec elle ; l'autre s'y résigne et l'organise comme une névrose ; se garde comme Juif, mais se coupe des autres, se construit un petit monde en retrait, protégé par l'abstraction et la fuite...

Mais n'est-il pas clair que la manière dont chacun répond au malheur d'être juif ajoute un trait supplémentaire, qui précise, particularise le trait commun ? Que le fond est le même et le malaise bien général ? Que les oublieux et les distraits, les provocants et les obsédés, ceux qui éludent et ceux qui proclament, combattent tous le même trouble ? La prise de conscience est plus ou moins dramatisée, plus ou moins traumatisante, elle ne saurait être esquivée, elle ne saurait ne pas être dramatiquement vécue. Dès qu'il est reconnu, on ne saurait ne pas en tenir compte, on ne saurait ne pas en infléchir sa conduite, on ne saurait en bref être Juif sans y penser.

Voilà ce que l'on pourrait appeler les trois modes de la conscience juive : le malheur juif est certain, je ne peux pas ne pas le découvrir, je ne peux pas ne pas le vivre. Le résultat est qu'on ne vit jamais naturellement sa judéité. Il arrive à l'Européen blanc, adulte, sain et civilisé, chrétien dans un pays chrétien, de mettre en question sa religion, sa nationalité et sa culture, et même de les condamner. Dans la très grande majorité des cas, cependant, il finit par une torpeur somnolente, née d'une longue familiarité, il refait heureusement son nid dans les traditions et les habitudes collectives des siens. Je doute que le Juif, en tant que Juif, y réussisse jamais, car la judéité est toujours malaisée. Naturelle et bien dans sa peau, je n'en connais guère ; honteuse ou revendiquée, persécutée ou glorieuse, elle ne peut être que torturée.

Il faut bien parler ici d'une illusion de perspective, à base de générosité ; c'est une illusion parallèle du non-Juif cette fois. Parce que le Juif désireux de se faire oublier, de ressembler à son interlocuteur, parle rarement de son itinéraire dans la découverte de lui-même, les non-Juifs veulent croire qu'il n'y attache pas d'importance, puisque eux-mêmes n'y songent guère. D'où leur gêne étonnée lorsqu'ils découvrent ce domaine caché d'un ami ou d'un camarade juif. Je me souviens de l'étonnement, de l'agacement des Européens, lorsqu'on leur révélait les sentiments réels de la plupart des colonisés ; lorsqu'ils apprenaient que les colonisés se sont toujours sentis peu ou terriblement colonisés. Ne les considérant pas eux-mêmes comme tels, ils voulaient croire que les colonisés ne vivaient pas la colonisation. Puis devant l'insistance, les témoignages concordants, les non-colonisés entrevoient cette vérité. Alors, ne pouvant plus nier, ils condamnent : le colonisé aurait tort de prendre l'affaire comme il la prend, il «exagère», il est «trop susceptible», il délire... On m'a souvent de même déclaré : «Soit, vous souffrez de votre condition de Juif, je vous crois, puisque vous l'affirmez, mais vous avez tort d'en souffrir!...»

Ainsi, après avoir nié l'anxiété du Juif, on déclare qu'elle est immotivée. On finit même par s'en irriter : c'est trop d'attention à soi ! Cela vous arrange bien de vous apitoyer sur vous-mêmes ! D'apitoyer les autres ! L'un des plus beaux arguments est ainsi celui de la complaisance égoïste :

— Vous n'êtes pas les seules victimes, si victimes il y a ! voyez les nègres, et toutes les personnes déplacées... les Tziganes ! Tenez les Tziganes : quel lessivage ! Quels fantômes sociaux !

Ah ! le bel argument : On va vous couper la jambe, mais voyez, juste le lit à côté, ce pauvre homme, on lui a coupé les deux jambes ! Il a été si courageux ! N'avez-vous pas honte ! Un peu plus, on vous reprocherait de ne pas chanter pendant qu'on vous dépèce.

Loin de croire que je sois le seul dans cette situation, je pense au contraire que le racisme est la chose du monde la mieux partagée. Je vois au contraire avec effroi que la plupart des individus, la plupart des peuples sont d'abord portés à la xénophobie. Loin de croire que je sois l'unique victime dans un monde de justice et de paix, je pense, hélas ! que le rapport doit être inversé ; que la condition juive fait partie d'une catégorie humaine plus large : celle de l'oppression et du malheur.

Mais, je le répète, je ne vois pas ce que le malheur d'autrui peut avoir de rassurant ou de consolant : l'immensité du malheur du monde ne me console pas du mien, ne me console de rien ; toute l'injustice du monde ne me fera pas accepter celle que je subis. Elle me rend encore plus révolté, au contraire, elle alimente ma colère contre le scandale. Parce que je suis Juif, devrais-je me consoler du racisme antinègre ou de la colonisation ? Qu'on y pense, en effet, c'est cela qu'on me propose : puisque la xénophobie existe,

je dois supporter patiemment l'injure faite aux
Juifs. Je comprends bien, en bref, qu'il y a deux
attitudes : ou l'on accepte toutes les souffrances
ou on les refuse toutes ; eh bien, je les refuse en
bloc ; comme je refuse en détail chaque figure de
l'oppression.

2

L'hostilité

Cette discussion sur l'anxiété juive, je la trouve irritante, mal conduite et vaine. Les uns s'obstinent à nier l'évidence ; le Juif n'est pas plus anxieux que le non-Juif, affirment-ils, et l'anxieux Juif l'aurait été même s'il n'avait pas été Juif. Pour les autres, l'anxiété est une marque de la *nature* juive, héréditaire, chromosomique, ou même d'une cause plus mystérieuse, miraculeuse peut-être. Les deux adversaires, si opposés sur un point, sont curieusement d'accord sur un autre : l'anxiété serait une fatalité, constitutionnelle ou mystique. Du coup, s'ils ont tous les deux un peu raison, ils ont tous les deux parfaitement tort : car c'est à la fois plus simple et plus grave.

Très peu d'entre nous savaient par exemple rester tranquilles au soleil, étendus dans l'herbe ou à rêver dans un fauteuil, comme avec envie je le voyais faire par les non-Juifs. Nous ne pouvions pas tenir en place. Chaque fin de semaine, nous partions en voiture pour une centaine de kilomètres ; nous déjeunions mal n'importe où, puis le temps de fumer une cigarette nous repartions sous le prétexte de boire un café, à trente kilomètres de là, ou de revoir tel site fameux, sur lequel nous jetions un regard distrait, pour constater enfin que la nuit allait venir et qu'il était l'heure de rentrer, c'est-à-dire de regrimper en voiture et de filer à nouveau. Je me disais bien que nous étions des Méditerranéens, que nous avions l'habitude des palabres et de vivre en public, que nous avions besoin de chaleur humaine... mais nos voisins musulmans m'administraient la preuve négative de notre maladie. La vérité est que nous n'étions à peu près à l'aise qu'en mouvement. Non parce que nous aimions l'exercice, mais parce qu'il nous éloignait de notre état présent pour nous rapprocher d'un autre ; qui n'était meilleur que parce que nous n'y étions pas encore, et que nous nous dépêchions de quitter aussitôt atteint. J'ai retrouvé la même agitation, chez les Juifs d'Europe, chez Kœstler par exemple.

Les écrivains non juifs qui nous connaissent bien, nos amis comme nos ennemis intimes, ne s'y trompent guère. Henri Miller, dont la première femme fut juive, et la seconde aussi peut-être, Louis-Ferdinand Céline qui nous hait tant, signalent tous les deux, avec le même langage pittoresque, cette perpétuelle agitation. Et c'est ce même prurit qui nous pousse, à l'agacement méfiant de nos concitoyens, à entreprendre sans cesse n'importe quoi, comme si nous étions obligés sans répit de jeter des fagots à un insatiable feu intérieur. Je suis persuadé que la fréquente réussite intellectuelle ou économique des jeunes Juifs est le résultat partiel de cette agitation sans but, sans autre but que de s'assouvir elle-même. On connaît ce roman qui eut un certain succès il y a quelques années : *Où cours-tu, Sammy ?* demandait l'auteur à son héros juif. Sammy ne courait pas vers quelque chose, il courait loin de lui-même.

Mais cette donnée du caractère juif, est-elle si opaque qu'il faille recourir, pour l'éclairer, à je ne sais quel mystère plus obscur encore ? Est-il nécessaire de reculer l'explication vers une source plus profonde, de parler d'atavisme ou de malédiction ?

Et supposons qu'un si long accablement, une si longue accumulation de coups, ait fini par s'inscrire, grâce à un mécanisme inconnu, dans la substance nerveuse des Juifs ; Freud le laisse un peu entendre, sans pouvoir l'expliquer. Mais alors mystère pour mystère, hypothèse pour hypothèse : ce que le temps a fait, pourquoi le temps ne le déferait-il pas ? Le même Kœstler, parlant des jeunes Israéliens, note pourtant dans le même livre : « Je crois que nos modernes Tarzans se sont débarrassés de ces revenants ; leur sommeil est celui des chevaliers sans peur et sans rêves. » Curieux atavisme qui cesserait au bout d'une génération et aussitôt que changent les conditions de vie !

Pour moi, quand je considère cette suite formidable de siècles tout le long desquels les Juifs furent traqués — ont-ils jamais cessé de l'être ? —, cette instabilité géographique, historique, institutionnelle, dont j'apprends tous les jours de nouveaux avatars, cette inquiétude des miens tout le long de l'histoire, jusqu'à ma vie présente, autour de moi, au sein de ma propre famille, comment ne serais-je pas troublé, angoissé sur moi-même, sur mon avenir, sur mon commerce avec les hommes ? Le miracle aurait été qu'une telle insécurité, si constante, si prolongée, si continûment relayée, n'ait pas fait germer et fleurir une telle agitation intérieure.

Je me souviens de notre refus unanime, de notre révolte soupçonneuse, lorsqu'on nous proposa, dans un dernier recensement en Tunisie, de distinguer les juifs des musulmans et des chrétiens. Quand on sait l'importance du facteur confessionnel dans ce pays, de sa signification capitale, il était clair que la seule répartition en nationalités resterait insuffisante et même fallacieuse. Mais l'inquiétude en nous l'emportait sur la science et sur l'intérêt pratique. Pourquoi cette méfiance, cette défensive toujours en éveil ? Comment ne pas avouer que, le plus simplement, le plus bêtement du monde, nous nous trouvions avoir peur !

— De quoi ? Voyez : l'atmosphère est sereine, le ciel national et international presque sans nuages, que craignez-vous ?

— Eh ! Le sais-je clairement moi-même ! Pour l'instant il ne s'agit que d'une peur vague, de l'appréhension d'un *risque*. Le risque n'est pas actuel, est très peu probable, dites-vous ? Mettons le risque d'un risque et cela suffit bien. L'expérience nous a trop souvent appris qu'il n'y a pas de risques négligeables pour nous, que tout peut devenir possible. Si nous nous refusions instinctivement à nous laisser désigner comme Juifs par le recensement, c'est que nous y voyions une mise en fiches, fiches toujours utilisables à d'autres fins. L'arrivée des nazis nous avait déjà prouvé que ce risque n'était pas purement imaginaire, que notre peur pouvait ne pas rester sans objet.

C'est pourquoi, à tout hasard, je préfère ne fournir sur moi-même que les renseignements strictement exigés. Certains pays comme la Suisse souhaitent que l'on précise sa confession sur les demandes de visas. Longtemps, je m'y suis refusé avec énergie. Je prétendais, je m'expliquais à moi-même, que c'était une affaire de décence et d'honnêteté, de principe : je n'étais plus assez assuré de mes croyances pour en faire état ; au surplus, l'état de mon âme ne regardait personne. Mais je sais bien qu'il ne s'agissait ni de pudeur ni de la fermeté de ma religion, légale ou réelle. Mais d'une suspicion *a priori* contre tout ce qui me dévoile ; de cette interrogation anxieuse, devenue comme une manière d'être : pourquoi ces gens me demandent-ils ces renseignements ? Que vont-ils en faire ? Si je n'y suis pas contraint, mieux vaut sans doute m'abstenir.

Faut-il chercher plus loin pour comprendre l'exode, étonnant vu de l'extérieur, des Juifs nord-africains vers Paris, Marseille ou Tel-Aviv ? Ils ont encore en trop fraîche mémoire de sombres histoires d'égorgements ou de pendaisons, de spoliations ordonnées par la tyrannie des beys de Tunis. J'ai eu mon enfance terrifiée par les récits de mes parents et grands-parents ; et longtemps il me fut désagréable de passer le long des murs du palais du Bardo, derrière lesquels on aurait coupé, paraît-il, de nombreuses têtes juives. Les historiens affirment maintenant que les incidents graves furent, tout compte fait, peu nombreux ; mais les Juifs de la génération de mon père parlaient de cette période avec crainte et tremblements ; ils gardaient le souvenir d'une ère de ténèbres, d'arbitraire et d'oppression générali sée. Or voilà que les musulmans reprenaient le pouvoir ! Nous eûmes beau leur dire que ce n'étaient pas les mêmes, que le passé était révolu. Les nouveaux dirigeants de la jeune nation eurent beau multiplier les déclarations rassurantes : les Juifs écoutaient avec ironie, puis, à tout hasard, ils allaient s'installer en France ou en Israël.

Il ne s'agit là vraiment ni de biologie ni de métaphysique, ni d'essentialité raciale, ni d'essentialité substantielle. Il n'existe pas plus de Juif essentiel que de prolétaire ou de colonisé prédestiné et définitif. Ce n'est pas ma nature juive qui sécrète de l'anxiété, c'est cette anxiété toujours entretenue qui contribue à ma physionomie de Juif. Il existe trop de raisons réelles, légères ou pesantes, mais objectives, extérieures à moi qui me rendent anxieux et qui auraient rendu anxieux n'importe quel homme de la terre. L'inquiétude n'est que l'une des faces du malheur d'être Juif, son aspect vécu. Posée seule au départ, et sans relation intime avec l'hostilité, elle resterait inexpliquée, ou mystérieuse en effet, ce qui ne vaut guère mieux. Il n'y a pas le malaise d'une part, puis la découverte de ce monde redoutable ; l'anxiété puis la menace ; un trait de caractère qui rencontre quelquefois un réel hostile. J'ai dit que, psychologiquement, l'on ne peut guère ne pas se découvrir Juif : c'est que socialement, bien sûr, on l'était déjà ! D'un seul coup est donné au Juif tout le malheur d'être juif, d'un seul coup, la malfortune de vivre dans un monde menaçant et la douleur provoquée par cette malfortune.

Je reconnais, cela dit, qu'il ne m'est guère facile de parler convenablement de cette hostilité. Oh, ce n'est pas faute d'y avoir réfléchi, d'en avoir discuté, disputé, écrit ! Adolescents, nous y avons passé autant d'heures peut-être qu'à courir les filles ! Que d'âpres séances dans des locaux bizarres, buanderies, caves glacées, arrière-boutiques, ou en plein air, sous un arbre, indifférents à tout ce qui nous entourait, au froid, au vent, ou à la douceur des soirs d'été, avons-nous passées à chercher fiévreusement, nous raccompagnant les uns les autres, plusieurs fois de suite, discutant toujours, comme si la solution était sur le point de jaillir enfin. Je ne sais de quoi discutent autour des feux de camp, ou durant les veillées d'hiver, les jeunes gens du monde entier : nous, nous débattions de « la nature de l'antisémitisme ». Le monstre est-il d'origine religieuse ? ou économique ? ou religieuse puis économique ? l'une relayant l'autre, l'une entretenant l'autre ? Ou simplement un pauvre dérivatif spontané aux difficultés des peuples ? Un atroce divertissement proposé par les chefs pour faire oublier leurs échecs, leurs sottises et leurs escroqueries ? Ou encore, tout cela ensemble, inextricablement mêlé ? Que de cercles d'études, plus tard, de réunions, colloques, conférences ! Il n'y a guère d'assemblée juive, s'occuperait-elle de musique ou de timbres, qui ne finisse par aborder ce thème obsédant ; guère de Juif qui n'ait, toujours prête sur le bout de la langue, son explication de l'affaire.

Devant ce tumulte explicatif, économique, politique, psychanalytique, historique, je suis aujourd'hui comme fatigué. Comme tout le monde, j'ai essayé d'obtenir toutes les lumières sur la nature et les causes de cette agression continuée, d'énumérer les éléments dont elle se nourrit, de les ordonner par importance, d'en découvrir le pourquoi lointain et actuel, sa genèse et son histoire... Tout cela est important et j'y reviendrai en cours de route. Je continue à écouter avec avidité tout ce qu'on m'en propose, je change d'idées, de classifications, d'indignations et d'espoirs, au hasard des conversations et des lectures. Mais cette hostilité si riche pour ma malchance, si complexe, si vivante de tant de têtes multiples, si parlante de tant de visages grimaçants, j'ai l'impression qu'aucune explication ne l'épuise ni ne me rassure. Peut-être est-ce parce que je la vis trop et la pense mal. Je croyais avoir tout dit en prononçant quelques mots : antisémitisme, racisme, mystification, économie... et je découvre que je n'ai à peu près rien dit. Plus j'avance, plus je m'aperçois qu'il m'en reste encore à découvrir. Pour en parler convenablement enfin, il faudrait *tout* dire sur moi et sur les autres, et c'est toute ma vie, toute ma condition de Juif, qu'il me faudrait essayer d'expliciter dans ce livre.

Il doit être clair, cependant, que si je supporte que l'explication en reste ouverte, je ne saurais admettre que l'on en conteste l'existence. On ne saurait douter de ce fait qui m'accable ; de cette hostilité constante et certaine, qui subsiste, à peu près intacte, dans son poids et son oppression. De même que le malaise, si vivant en moi, si évident chez tous les Juifs qui m'entourent, l'hostilité est un dénominateur commun de notre vie.

On me dit quelquefois pour me rassurer : « Dans tel pays, il n'y a pas d'hostilité contre les Juifs ! » L'ennui est que ce pays change suivant la nationalité de l'interlocuteur et qu'il s'agit toujours d'un autre pays que le sien. L'Angleterre, quand mon interlocuteur est français ; la France, quand il est américain... « La Suisse ! m'avait-on affirmé ; une vieille et parfaite démocratie ; bourgeoise, riche ; sûre d'elle-même, donc égale d'humeur ; protestante et vertueuse : comment serait-elle raciste ?... » Or, me trouvant en vacances, aux environs de Genève, je lis par hasard, dans une feuille locale, un de ces éditoriaux où le journaliste s'amuse quotidiennement à donner les verges à ses concitoyens. Battant la coulpe sur la poitrine collective, il reprochait à son pays de sublime égalité : de n'avoir *jamais* toléré un conseiller fédéral juif, de n'avoir *jamais* promu un officier de haut grade s'il était Juif, de supporter allégrement enfin un racisme diffus mais évident.

J'aurais aimé croire que seuls ces vieux pays restent atteints de ce vieux mal, qu'une longue tradition raciste... Mais non ! Que j'aille au bout du monde, j'y retrouverai les mêmes miasmes. « Du Venezuela je suis allé au Pérou, écrit un grand voyageur juif. On m'avait averti qu'il était très difficile pour un Juif d'obtenir le visa péruvien... » « En Nouvelle-Calédonie, j'ai cherché des Juifs et j'en ai trouvé..., la minorité blanche est plutôt antisémite, et mes amis n'osent pas dire qu'ils sont Juifs. » « ... Pour les Canadiens, les Canadiens français surtout, les Juifs sont encore ceux qui ont assassiné "Notre-Seigneur" (Max Fuks). »

Je ne puis déjà plus entrer, bien sûr, dans la plupart des pays arabes. Depuis quelque temps, paraît-il, il vaut mieux que j'évite de trop m'approcher de leurs côtes : passager devant Alexandrie ou Beyrouth, je ne dois pas être tout à fait tranquille. John Hawkins, autre explorateur juif, raconte que voulant faire le tour du monde en voilier, on lui interdit le canal de Suez : il doit faire le tour par le cap de Bonne-Espérance comme avant le percement de l'isthme. Dans la plupart des pays enfin la condition de Juif colle à la peau. À moins de la cacher soigneusement. Si l'on y arrive ! Car ce n'est pas toujours possible : si l'on s'appelle Lévy ou Cohen, Isaac ou Abraham par exemple ; ou si votre passeport porte la mention « Juif », comme dans certains pays de l'Est ; ou si, tout simplement, l'on est citoyen de la libre et puissante Amérique : pour éviter toute équivoque fâcheuse, on le sait, de nombreuses compagnies américaines ont accepté de communiquer aux pays arabes la liste de leurs passagers, employés et clients juifs, afin qu'ils soient plus sûrement refoulés !

Cet argument de l'inexistence de l'hostilité par la volatilisation du Juif prend souvent une forme d'une amusante naïveté : « Tels pays ne sont sûrement pas antisémites… puisqu'ils n'ont pas de citoyens juifs. » Ainsi la Chine, paraît-il, l'Inde, ou tel petit coin de terre innocent. « Je passe toutes mes vacances dans tel village, me dit-on triomphalement : eh bien, les villageois n'ont jamais vu de Juifs ! Ils ne savent pas ce qu'est un Juif ! »

Pauvre consolation, en vérité ! Ainsi, s'ils savaient ?… On trouve d'ailleurs, d'une manière inattendue, le même argument sous forme antisémite : « Savez-vous pourquoi, nous explique un personnage de James Joyce, Mr. Deasy, l'Irlande peut s'enorgueillir de n'avoir jamais persécuté les Juifs ? Parce qu'elle ne les a jamais laissés entrer ! » En somme l'hostilité n'existe pas seulement lorsque le Juif n'existe pas. Et si je me mettais à exister ? Si j'apparaissais dans leur univers ? J'entends bien : on me conseille de m'arranger à ne *jamais* exister. Je ne doute pas que c'est cela qu'ont réussi mes amis en vacances : à vivre pendant des années en évitant de laisser apercevoir ce qu'ils sont. Et si cela me répugnait ? Et si cela me coûtait autant de me cacher que de subir l'ostracisme des autres ? Qui ne voit enfin qu'il s'agit là non d'une absence d'hostilité, mais d'une ruse pitoyable ? D'une transaction du Juif avec cette hostilité potentielle, dont il appréhende toujours le déclenchement, s'il se mettait seulement à vivre comme tout le monde ?

« — Il faudra soigner votre tenue si vous voulez vous faire adopter par la société paraguayenne, dit ma parente.

« — Mais je ne veux pas, dis-je.

« M. Mélamède relève la tête :

« — C'est indispensable.

« — Nous vous aiderons, nous sommes très respectés ici, dit ma parente d'un air rassurant ; elle ajoute : On ne sait pas que nous sommes Juifs ; nous nous faisons passer pour Turcs. Quand on parle de mon mari, on dit : la fabrique de M. Mélamède, le Turc, *el Turco*.

« — À partir d'aujourd'hui, vous aussi, vous êtes turc, dit mon cousin. » (Jacques Lanzmann.)

Je dois admettre enfin que cette hostilité, latente ou exprimée, violente ou policée, existe aujourd'hui encore dans tous les pays où je puis vivre. Aux États-Unis, m'apprend un grand journal américain, le *New York Herald Tribune*, quarante publications, spécialisées dans l'excitation au racisme et à l'antisémitisme, totalisent un million d'exemplaires. En U.R.S.S., on a décimé les écrivains yiddish et déporté de très nombreux Juifs : c'est un écrivain alors prosoviétique, Vercors, qui l'écrit. En France, il existe un *Numerus clausus* sournois et inavoué, de fait sinon de droit ; les journaux juifs que je reçois cachent fréquemment leurs titres sous la bande d'envoi, comme s'ils craignaient de me causer du tort. À l'intérieur d'un même pays, tous les groupes sociaux en sont plus ou moins atteints, chacun à sa manière, chacun donnant à la maladie la nuance du malade. Car il existe une hostilité des commerçants et une hostilité des professions libérales, une hostilité des militaires et une hostilité des gens d'Église. Je dois savoir, si je suis avocat, que je serai plus difficilement bâtonnier ; si je suis médecin, que des barrages à peine discrets joueront contre moi ; si je suis soldat, que certains postes et certains corps me seront interdits. Je dois me souvenir de l'aventure de mon camarade Berdah : engagé volontaire dans l'armée d'Afrique et cavalier plusieurs fois primé, on lui refuse la cavalerie. Il lui a fallu mourir dans le génie : il est moins digne, je suppose, de sauter sur une mine, et la noblesse militaire ne saurait se partager avec un Juif. Il existe enfin une hostilité des riches et une hostilité des pauvres, une hostilité des petits boutiquiers et une hostilité des salariés. Oui, un antisémitisme ouvrier également ! Ce fut l'une de mes découvertes les plus douloureuses que d'admettre un racisme des pauvres et des opprimés, malgré toutes nos espérances idéologiques. Les ouvriers ne peuvent pas être racistes, nous affirmait-on : quel intérêt y trouveraient-ils ? Ce racisme absurde et non intéressé existe pourtant. Il existe même, paraît-il, un antisémitisme noir dans le bidonville de Dakar ! La vérité est que l'antisémitisme n'est pas une simple affaire de classe, ni d'économie. Les affirmations des démocrates et des non-Juifs de bonne volonté relèvent ici de cette curieuse attitude mi-magique mi-tactique : À force de parler de la démocratie idéale, du prolétariat futur, ils finissent par s'installer dans cette démocratie idéale, ce prolétariat lucide et vertueux, cette Église idéale ; à force de souhaiter et d'affirmer ce que l'on souhaite, on finit par le considérer comme existant.

Je ne puis, hélas, me payer ce luxe d'escamoter en parole ce réel qui m'écrase. Je peux souhaiter qu'un jour les prêtres deviennent des saints, ou plus simplement de vrais chrétiens : ce jour-là, peut-être, ils cesseront d'accabler les Juifs. Je souhaite ardemment que le progrès social et moral fasse un jour disparaître toutes les oppressions, toutes les iniquités, et parmi elles, l'antijudaïsme. En attendant, Juif vivant aujourd'hui, je dois m'accommoder de cette démocratie et de cette Église, de ce prolétariat et de cette armée.

Ce qui trompe quelquefois les non-Juifs de bonne volonté, c'est que l'hostilité n'est pas, non plus, toujours officielle et légale. Que l'action contre le Juif ne soit pas déclarée, cela signifie-t-il qu'elle ne soit pas efficace ? Souvent il suffit de s'abstenir, quand la décision relevait de la justice la plus élémentaire. C'est d'ailleurs plus habile.

Un ingénieur d'une grande entreprise nationalisée m'a expliqué comment fonctionnait cet antisémitisme officieux. L'entreprise ne s'interdit pas de faire appel à des Juifs si elle en a besoin, mais elle s'en abstient autant que possible. Elle gagne ainsi sur les deux tableaux : elle élimine les Juifs autant qu'elle peut, et elle peut protester si elle est accusée. Il est exact aussi que le malheur juif n'est pas toujours tout le temps exaspéré au même endroit ; il n'a pas toujours simultanément plusieurs visages. Et je comprends là encore l'étourderie de mes amis non juifs. Mais pour moi, pour mon inquiète attention, il s'agit d'un évident et continuel relais qui resurgit sans cesse de la jungle humaine, tantôt à tel point, tantôt à tel autre ; de sorte que je sais que ce n'est jamais qu'un répit, qu'il est toujours tapi quelque part, prêt à ressortir sa tête hideuse. Depuis cent cinquante ans, me dit-on, il se poursuit en France un processus d'assimilation. Peut-être, mais Vichy ? Vichy ne fut pas français, me rétorque-t-on. Voire ; mais soit. Mais comment un Juif vivant en France peut-il se boucher les oreilles devant les cris de douleur et d'angoisse des autres Juifs dans le monde, qui n'ont jamais cessé durant ces cent cinquante ans ? En 1881 : l'assassinat du tsar Alexandre provoque un exode de Russie vers l'Amérique ; 1903 : pogrom de Kichinev, 15 000 Juifs russes s'installent en France ; 1908 à 1924 : 15 000 Juifs levantins fuient la révolte des Jeunes Turcs ; puis ce fut la fuite des Juifs allemands, tchèques, polonais, devant les nazis, puis l'exode des Nord-Africains, après celui des Égyptiens, des Syriens, etc. Allons ! l'affaire n'a jamais cessé, depuis Abraham le Patriarche, jeté dans la fournaise de Chaldée, l'esclavage d'Égypte, la construction des Pyramides et l'égorgement des nouveau-nés, les ghettos et les pogroms européens, l'humiliante, l'étouffante condition de dhimi en pays musulman. Il y a toujours eu quelque part, dans le monde, des Juifs que l'on opprime, menace ou tue. Le malheur juif peut s'assoupir, se faire presque supportable, comme un mal endormi, qu'un élancement périodique rappelle à la conscience. Mais je le sens toujours là, à peine masqué par des soucis historiques ou par la politesse et les conventions. Je sais que, lorsque j'aurai quitté ce salon où l'on me traite à l'instant comme un semblable, je risque toujours de recouvrer mon hétérogénéité. Que m'importe, puisque je ne suis pas là pour en souffrir ? Bien sûr. Jusqu'au jour où les bonnes manières se fissurent, où j'entrevois, insinué ou affirmé, ce que les autres pensent vraiment de moi, que je sais parfaitement, mais que j'espérais pouvoir oublier. Comment, enfin, ne serais-je pas toujours à l'affût, même si je l'essayais, même si j'affectais de me désintéresser de ce qui se passe à n'importe quel autre point du globe concernant d'autres Juifs ? Même si je vis dans un pays où le mal ne s'est pas manifesté avec gravité depuis longtemps ? Et comment cette surveillance et cette inquiétude, avouée ou refusée, cette fausse désinvolture ou cet effort, corroborés, entretenus, consolidés par cette immense expérience historique et géographique, institutionnelle et quotidienne, laïque, religieuse, civile, militaire, ne formeraient pas une des couches les plus sûres et les plus profondes, comme une vieille névrose, de mon caractère dit juif ?

3

Le problème

Lorsque je me suis décidé à écrire ce livre, et que j'ai annoncé ce que je souhaitais faire, j'ai soulevé les protestations de mes amis juifs et non juifs. «Vous allez réveiller des monstres qui ne demandent qu'à l'être! m'a-t-on dit; ce qui convient le mieux à cette affaire, c'est le silence!»

Je n'en suis pas persuadé; je ne suis pas sûr que l'ignorance ou l'aveuglement ne soient pas toujours plus nocifs. Je pense au contraire qu'il faut dire ce qui est, puisque cela est; et que ces monstres-là n'aiment pas la lumière; et qu'il vaut mieux les provoquer et en finir. On me reprocha également ma dureté, mon injustice, un manque de tact pour le moins, à l'égard des non-Juifs de bonne volonté surtout.

— Car enfin, vous semblez accuser tout le monde! Vous généralisez bel et bien! Sommes-nous donc tous suspects à vos yeux de xénophobie et de racisme plus ou moins larvés?

Je sais combien ce rappel et cette insistance peuvent paraître excessifs et déplaisants. Particulièrement au moment où l'on essaie d'oublier le passé, et de faire, paraît-il, que l'avenir ne lui ressemble plus jamais. Mais si cette bonne volonté, tout de même assez neuve, n'est pas une feinte ou une velléité, il vaut mieux qu'elle considère franchement le présent ; je ne crois commettre ni une injustice ni une légèreté ; je ne *généralise* pas, par étourderie ou rancune, c'est, hélas! plus grave : je crois fermement à la généralité profonde et réelle du fait antijuif ; je crains qu'il ne faille partir de cette généralité, car elle est le nombre et la vérité moyenne de la nation au milieu de laquelle je vis.

Lorsque vous me dites avec indignation : « Nous ne sommes pas xénophobes ! Nous ne sommes pas racistes ! » je ne doute pas de votre bonne foi. Votre révolte me fait même plaisir : il existe donc des hommes qui ne feraient jamais de tort à un Juif parce qu'il est juif. Mais parlons net : Combien êtes-vous ? Que pouvez-vous, hommes de bonne volonté ? Faut-il parler plus rudement encore ? Vous prenez-vous donc pour la totalité, ou même simplement pour la majorité de votre peuple ? Et que faites-vous en ce domaine sinon vous abstenir ? N'est-ce pas finalement ce que vous me conseillez : la discrétion, le silence et l'oubli ? C'était déjà la même querelle, plus ou moins amicale, lorsque j'ai dessiné le portrait du colonisé : « J'ai vécu dix ans en colonie ! s'exclamait-on, je n'ai jamais traité un indigène avec mépris ! Je n'ai pas les sentiments que vous prêtez au colonisateur... » Là encore, j'ai connu des hommes dont l'équité, la bienveillance et le courage sont hors de doute ; mais *l'allure générale* de l'aventure coloniale en a-t-elle été bouleversée ? La signification dernière des relations entre colonisateurs et colonisés s'est-elle transformée ? Le portrait courant de l'Européen en colonie a-t-il changé de couleurs et de structures ? Le malheur du colonisé s'en est-il beaucoup émoussé ? De nombreux non-Juifs, affirmez-vous, ne sont pas affligés de sentiments antisémites; n'ont jamais participé au malheur juif. Mieux encore, des groupements entiers, partis, syndicats, unités sociales diverses, semblent ignorer l'hostilité contre le Juif. Eh bien, cela ne me sauve guère, si le milieu social me reste hostile dans sa généralité; si je continue à vivre dans un univers structurellement hostile. Quelques hommes, c'est vrai, font l'effort sincère de ne pas traiter les femmes comme des êtres diminués, tiennent le même langage et s'indignent pareillement : la condition féminine en a-t-elle pour cela cessé d'être une condition inférieure et opprimée ? Je ne crois pas, en bref, que la générosité de quelques-uns, feinte ou non, spontanée ou calculée, puisse changer le fond de ma situation.

C'est que le fait antisémite, comme toute relation oppressive, déborde la volonté et la bonne volonté, échappe aux individus. Juifs ou non-Juifs, nous le trouvons devant nous, depuis notre naissance et durant notre vie, ce fait abject et trouble, mais indiscutable et déjà familier, chronique. Il fait partie des habitudes collectives et de la culture, comme certains vieux monuments, énormes et laids, que personne ne songe plus à détruire, tant leur vieillesse et leur masse semblent défier, excéder les forces des démolisseurs; et, après tout, ne gênant la vue que de quelques-uns, ils n'irritent pas gravement la masse de la nation. On risque enfin de ne pas comprendre le malheur juif, de le minimiser, de le dénaturer, si l'on oublie qu'il est d'abord un phénomène collectif et global. Et non seulement un phénomène collectif aux non-Juifs, mais, j'y reviendrai, une relation fondamentale entre le groupe juif et le groupe non juif; il affecte et nuance toutes les relations entre l'ensemble des Juifs et l'ensemble des non-Juifs.

Bien sûr que je ne sens pas tout non-Juif comme hostile et menaçant! En face de tel ou tels individus donnés, de tel collègue universitaire, par exemple, au milieu de tel groupe d'écrivains, je peux oublier mon malheur d'être Juif. Mais tout, à tout instant, peut basculer; une erreur, une maladresse de langage, une conduite, un geste plus ou moins involontaire, et tout est de nouveau perdu, tout est remis en question, moi par eux, eux par moi. Bien sûr que je peux avoir de fidèles camarades non juifs, des amis affectueux, une épouse non juive même. Il reste cependant que *l'ensemble* des non-Juifs constitue cet univers d'hostilité et d'exclusion; cela, oui, je le sens ainsi. Que tous les non-Juifs participent d'une société qui rend invivable la vie du Juif en tant que Juif, oui, cela je le sens et le pense. Irais-je ici jusqu'au bout de ma pensée? Ce sentiment est-il tellement aberrant, tellement inattendu? N'est-il pas dans une certaine mesure partagé par les non-Juifs eux-mêmes? Pourquoi cet agacement, par exemple, au rappel des horreurs subies par les Juifs et les autres opprimés? Est-ce seulement parce qu'on en a trop lu, trop entendu? Certes, les scandales les plus douloureux finissent par ennuyer s'ils durent. Mais après la guerre, passé les premières surprises et les premières effusions, trop vite on détournait les oreilles, comme devant des indécences, de tous ces récits de massacres, déportations et pillages. N'est-ce pas plutôt que l'on se défendait ainsi contre un trouble insidieux ? Contre un fugace sentiment de responsabilité ?

Je suis désolé que cette vérité soit si dure, mais elle est vraie, brutale et dramatique. De même que tous les hommes, et *chacun* d'entre nous, nous participons de cet ordre social qui transforme les femmes en servantes ou en poupées, qui laisse transformer de nombreuses femmes en prostituées, tout non-Juif, directement ou indirectement, participe à la mise en question du Juif. Tout non-Juif, qu'il le veuille ou non, participe à l'oppression du Juif. Il ne suffirait même pas, pour supprimer notre responsabilité, de n'avoir pas de biens en colonie, et de ne pas user de prostituées. Il faudrait encore ne pas accepter cette société, tout entière bâtie pour l'homme, qui assigne aux femmes une place limitée d'avance ; il faudrait bouleverser cette société, qui fait au Juif un tel destin. Et comme, en définitive, nous ne pouvons contribuer que bien faiblement à ce bouleversement, je considère la situation, je l'avoue, comme assez désespérée.

Me croira-t-on si je dis que j'aurais souhaité faire ce livre sans trop accuser l'accusateur ? Un autre jour peut-être je décrirai plus longuement les difficultés du non-Juif en face du Juif, comme je l'ai fait pour le colonisateur en face du colonisé. Je sais qu'il est difficile d'échapper à ces rôles. Que dire au Juif, par exemple, et que lui taire, pour ne pas le blesser ? La relation d'oppression, qui enchaîne l'opprimé à l'oppresseur, les dépasse tous les deux; sa généralité, son ancienneté la proposent, l'imposent également à l'oppresseur. Dans les structures bourgeoises, les privilèges s'offrent si bien au bourgeois et à son fils que le plus étonnant aurait été qu'ils n'en profitent pas. De même dans les structures coloniales. Je reconnais en somme qu'une responsabilité si générale et si fatale, d'une certaine manière se dilue. Elle n'entraîne presque plus de faute privée, puisque les coupables sont si nombreux. Je me dis quelquefois avec indulgence et désespoir : Que peut le non-Juif, même de très bonne volonté, devant un phénomène qui dépasse si largement le temps et les forces de sa vie individuelle? Il peut certes le désapprouver, ou l'approuver et, du coup, y contribuer, mais il ne l'invente pas, il n'est jamais que complice d'un crime qui s'accomplit et se perpétue sans lui. Ce qui explique aussi l'indéniable tolérance dont bénéficie l'antisémite, pour peu qu'il reste de bonne compagnie, c'est-à-dire qu'il ne trouble pas la paix des autres. On se contente de hausser les épaules, si l'on n'approuve pas vaguement, devant une passion un peu vulgaire, mais tellement répandue, tellement banale, et peut-être, après tout, un peu justifiée.

Mais voici le revers de cette indulgence : je ne crois pas davantage que l'antisémite forcené soit un être insolite, aberrant, une espèce de mal absolu, un monstre moral, sur les épaules de qui l'on peut tranquillement charger tout le péché raciste et xénophobe d'une société, pour l'en laver et l'en débarrasser. Je le crois, lui, au contraire, son produit naturel, son fruit explicable par elle. Les psychologues soutiennent que la personnalité de l'antisémite est une personnalité particulière, étroite et rigide, sclérosée, phobique. Ils ont probablement raison. Il n'est pas inutile en outre que l'on puisse montrer pourquoi un tel est antisémite avoué et tel autre non, pourquoi tel l'est énormément, tel autre médiocrement. Peut-être pourrait-on ainsi éclairer et corriger certains. Mais pourquoi une personnalité étroite et rigide trouve-t-elle revanche et compensation dans la haine du Juif ? N'est-ce pas parce que la société le lui propose si commodément, si généreusement ? Comment éclairer, corriger et supprimer cette immense proposition ? C'est la société tout entière qui pose au Juif une question, d'une manière insistante et continue ; avec des épisodes aigus certes, mais sur un fond de chronicité. Il n'y a pas rupture, discontinuité véritable entre l'antisémite et les siens, mais gradation, exaspération et systématisation. Comme il y a simple gradation et non différence de nature entre le bon patron et le patron de combat, et peut-être après tout le négrier. L'antisémite enfin est toujours l'antisémite d'une société donnée : il ne fait que reprendre les affirmations, chuchotées ou peu formulées, et les prononce, lui, à haute voix, d'une manière hargneuse ou sadique, plus ou moins harcelant, plus ou moins actif. L'ivrogne des jours de fête qui crie en pleine rue : « Mort aux Juifs ! » exprime souvent la pensée profonde des passants qui rient, et ces rieurs s'enivreront peut-être un jour ; et l'histoire nous a trop souvent appris que ces chuchoteurs et ces rieurs peuvent un jour, si l'occasion est propice, devenir au moins les complices des assassins. Je veux dire enfin que l'antisémite ne dit rien d'original. Ses invectives, ses accusations, ses agressions ne sont que l'expression de l'étonnement, de la fureur et de la volonté de meurtre de toute la société. Il en emprunte si manifestement le langage, les images et les thèmes obsédants! Et lorsqu'il en arrive au meurtre, c'est qu'il a cru que la permission lui en a été donnée. L'antisémite enfin est peut-être un malade, mais chaque société a ses fous et ses malades propres. Faire du refus du Juif le seul fait de l'antisémite déclaré me paraît enfin trop commode, démagogique et faux.

Voilà pourquoi je ne puis me contenter de hausser les épaules devant les affirmations et les interrogations de l'antisémite : je sais qu'elles ne sont pas seulement les siennes. Il y a des degrés dans la brutalité et le refus, mais je sais que la question fondamentale est toujours là, à l'arrière-fond, plus ou moins pressante, plus ou moins urgente. À mes amis à demi innocents, aux aimables tolérants, j'ai toujours envie de répéter ce que disent les Juifs d'Alger en souriant amèrement : « Le racisme est comme le tramway de Saint-Eugène : il traverse toute la ville, les beaux et les vilains quartiers, il va plus ou moins vite… mais toujours il aboutit au cimetière ! » À l'un des bouts du racisme, il y a toujours la même question, à l'autre bout, il y a toujours l'assassinat. « Que chaque Français courageux tue un Juif et les Français redeviendront libres », conseille un tract antisémite que j'ai sur ma table, au moment où je corrige ce texte. Lorsque j'entends la phrase rituelle : « Je ne suis pas raciste, mais… », je sais que le tramway-racisme a démarré, qu'à plus ou moins brève échéance je risque ma peau.

Qu'on ne me dise pas : Vous exprimez là une opinion particulière, à laquelle votre histoire personnelle n'est pas étrangère! Cette grande clameur collective, que vous vous obstinez à décrire, existe peut-être dans ces pays lointains et, pour tout dire, un peu arriérés, où vous êtes né. Dans ces ghettos orientaux, si pauvres et si terriblement vulnérables, où les Juifs ne pouvaient que s'offrir en bloc à l'hostilité des autres groupes. Je l'ai cru moi-même jusqu'à mon premier voyage en Europe. Il n'est pas équivalent, certes, d'avoir vécu dans un mellah nord-africain, ou dans un ghetto est-européen, ou dans une grande ville anonyme. Il n'est pas équivalent d'avoir eu des parents socialement écrasés, dont la judéité se trouve accentuée et multipliée par la pauvreté et l'humiliation; ou des parents bourgeois, dont l'argent et la culture compensent beaucoup de misères. Il n'est pas équivalent que la judéité ait été vécue dès la naissance ou qu'on l'ait «découverte», chuchotée par les autres et par les siens. Mais j'ai retrouvé partout et toujours la même question posée au Juif par les non-Juifs; ou, ce qui revient au même, la même question toujours posée aux non-Juifs, par l'existence du Juif: «Israël, depuis le jour de la promesse, note un chrétien particulièrement bienveillant, n'a jamais cessé de poser une question aux autres peuples. Il vit parmi eux comme un étranger.» (J. Nantet.) Les efforts tâtonnants du Juif pour y répondre varient également, bien sûr, en fonction de son tempérament, de son aventure personnelle: l'un essaiera obstinément de faire bon ménage avec sa judéité, c'est-à-dire avec le monde et avec lui-même, l'autre s'efforcera de la rejeter hors de lui, comme on s'arrache la peau... Mais j'ai cru trouver au cœur de toutes ces tentatives un mouvement commun, qui les commande toutes, la même recherche désespérée d'une réponse à la même question. J'ai longtemps été internationaliste, ai-je dit, avec fougue, âpreté, puis nationaliste avec enthousiasme, puis sceptique et humaniste, pour ne pas savoir aujourd'hui qu'il s'agit toujours de la même passion et de la même quête.

Cette question qui porte sur mon existence, qui en appelle à mon être même, comment me dispenser d'essayer d'y répondre ? Non que j'en entrevoie les réponses, ou qu'elles me paraissent aisément accessibles. Mais si constamment sommé par les autres d'y répondre, comment n'aurais-je pas fini par me la poser à moi-même ? De sorte que toute ma vie s'en est trouvée, en effet, gauchie, déformée par ce vain effort. Je dis en bref que je suis problème, que dans nos sociétés le Juif est nécessairement posé en être problématique, est acculé à devenir un être problématique. Problème pour les autres, comment n'aurais-je pas été problème pour moi-même ?

4

La séparation

Quelle est cette question et quel est ce problème ? En vérité, je me suis senti mis en question avant de savoir pourquoi je l'étais, accusé avant de savoir de quoi je l'étais. Devant le vague d'une accusation, on peut plus ou moins s'y résigner. Il arrive aussi que l'opacité d'une situation en augmente le désespoir : je me suis longtemps acharné à démêler les voix imprécises de cette rumeur énorme, et je n'en suis pas beaucoup plus avancé. Voilà le sens, je crois, de la révolte de Franz Kafka. C'est l'affrontement aveugle d'un Juif à sa condition de Juif, haussé aux dimensions d'un drame métaphysique. Les ténèbres de la condition juive symbole des ténèbres de la condition humaine tout entière. L'échec de ses efforts pour se comprendre, pour comprendre ce qu'on voulait de lui, l'étouffement grandissant qui résultait de ses ébats convulsifs finissaient par le conduire à offrir de lui-même au bourreau sa tête suffoquée. On a toujours la ressource en pays chrétien de faire appel à l'affaire du déicide : les Juifs ont tué Jésus et voilà pourquoi ils souffrent. Nul doute que cette histoire y contribue, mais j'ai peine à garder mon sérieux. Comment une anecdote aussi obscure dans ses détails, si incertaine dans son motif, qui se serait passée il y a deux mille ans, peut-elle encore servir à l'accablement d'un peuple, qui a aussi peu de rapports avec ces juges d'autrefois que la victime présumée avec ses défenseurs d'aujourd'hui ? Je soupçonne bien autre chose dans cette obstination à chauffer en permanence le chaudron où mijote cette vieille haine contre le Juif, au nom d'un meurtre prétendument commis il y a deux mille ans. On mène grand tapage actuellement autour d'une bonne volonté toute nouvelle de l'Église catholique : l'année dernière, voulant faire un grand geste, un prêtre connu monta en chaire à Notre-Dame de Paris pour corriger l'interprétation traditionnelle du « déicide ». Ce n'est pas tout à fait la faute des Juifs, expliqua-t-il solennellement, mais celle de tous les hommes... *Juifs y compris*. De quels alibis, quelles justifications a-t-elle toujours besoin, pour que l'Église continue à tenir si fermement à la misère du Juif ? Allons, il faut chercher au-delà de l'accusation et de la lettre du discours de l'antisémite !

Je pourrais presque affirmer que la manière dont j'ai vécu l'accusation, m'en suis déformé les traits et empoisonné l'âme, n'a pas tellement relevé du détail des attendus, bien trop confus en vérité. L'accusation, dit-on, incombe à l'accusateur : lui seul, en effet, sait de quoi il parle. N'est-il pas la clef de l'affaire ? N'est-ce pas lui qui l'a déclenchée, la soutient, la poursuit ? S'il le veut, il peut graduer ses révélations, garder par-devers lui certains détails, se réserver pour le jour du procès ; il peut refuser l'explication publique et se contenter d'insinuations, de chuchotements ; à la limite, s'il le désire, il peut se taire et arrêter l'entreprise... Et l'accusé ? Que devient l'accusé ? Son rôle apparaît comme passif, pour le moins comme dépendant. Tous les avocats vous le diront : Attendez ! Attendez les initiatives de l'adversaire, pour mieux vous défendre ensuite. Et en attendant ? En attendant, il attendra, il s'inquiétera, il souffrira, il se rongera, il en mourra quelquefois sans avoir tout à fait compris ce qu'on lui voulait. Poussé à l'extrême, le paradoxe aboutirait à ceci : dans une description de l'accusé on pourrait ne pas trop se soucier de ce que raconte son accusateur. Et au fond ayant à faire mon portrait de Juif, je m'aperçois que je pourrais presque négliger le discours de l'antisémite.

Ce ne serait pas possible, bien sûr. Il a tout de même eu une place importante dans l'édification de ma judéité, et je serais obligé d'y revenir souvent. Seulement ce discours passionnel, fragmentaire, bégayant de haine ou enveloppé dans le papier de soie de la politesse, je devais l'interpréter, le deviner, le compléter, le corriger sans cesse. De sorte que c'est rarement son contenu précis, son sens réel, s'il en a un, qui m'accable, mais son existence même qui m'obsède. Être Juif, c'est d'abord ce fait global : c'est d'abord se trouver mis en question, se sentir en permanente accusation, explicite ou implicite, claire ou confuse. Les explications en viendront peu à peu, par bribes, par l'intermédiaire de l'école, de la rue, de la profession, mais c'est d'abord cette permanence hostile, ce brouillard nocif, dans lequel naît, vit et meurt le Juif. « Nos enfants, écrit un

Polonais de la nouvelle Pologne, grandissent entourés de mystères... Ils ne savent pas de quoi on les accuse, mais ils savent qu'on les accuse de quelque chose.

« Un jour, je cherchais à convaincre mon petit garçon de huit ans d'aller jouer avec les gosses des voisins. Il ne voulait pas. Pendant longtemps, je n'ai pas pu tirer de lui pourquoi. À la fin, il m'a répondu qu'il ne pouvait pas y aller, parce que ses camarades savaient.
— Que savent-ils ? demandai-je.
— Tu le sais, papa.
— Je ne sais pas.
Je commençais à deviner.
— Mes camarades le savent.
— Quoi ?
— Que je le suis.
— Que tu es quoi ?
— Que je suis "jus".
— Quel "jus" ?
Je n'avais pas du tout envie de rire.
— Mais tu sais bien : "jus".
Ses camarades l'avaient surnommé "juif", lui-même avait déformé le mot, mais il sait déjà. Voilà, c'est déjà fait pour moi. Mais il y en a qui vivent dans la constante attente, dans la terreur constante du jour où ils devront s'expliquer devant leurs enfants. » (A. Rudnicki.)

Comme ces enfants polonais, assez tôt, je crois, je me suis senti *désigné*, d'une certaine manière qui, sûrement, n'était pas celle dont on considérait les autres. Dans cette désignation, il y avait un *blâme*. À tort ou à raison ? À tort ! À tort ! Cela me révoltait bien sûr. Distinguons cependant :

je trouvais injustifié et injuste d'être considéré comme blâmable, mais je ne pouvais empêcher d'être blâmé. Il reste que, par cette désignation et ce blâme, je me découvrais, je me constatais *séparé*, séparé de tous les autres hommes.

Je n'étais même pas sûr de ma parfaite innocence. Retenons en passant que si je tiens à me laver complètement de toute cette affaire, il faudra non seulement que je confonde mon accusateur, mais également que je dissipe ce brouillard en moi. Le résultat, en tout cas, en fut ce sentiment ambigu, constant, qui ne me quitte guère où que je sois : à la fois je suis et je ne suis pas de ce monde ; je souhaite ardemment en être et je ne l'espère jamais complètement. Mieux encore, je me méfie de cette intégration. C'est que, groupe ou peuple, petit cercle ou nation, jusqu'où toléreront-ils ma participation, avec tout ce qu'ils pensent de moi ? La question déjà, la préoccupation en vicie ma spontanéité, m'empêche de vivre naturellement comme eux. Être juif, c'est également cela : c'est être séparé des autres, c'est aussi être séparé de soi. Ce n'est pas un hasard, si Freud était Juif ; si le célèbre noyau de l'école psychanalytique fut composé de Juifs ; de même que de très nombreux théoriciens et praticiens de la santé mentale, c'est-à-dire, en définitive, des spécialistes de la séparation, des guérisseurs de la disharmonie, de la non-harmonie de l'être avec les autres et avec soi-même. Comment un Juif n'en viendrait-il pas à se regarder lui-même avec étonnement, avec suspicion ?

Il m'a semblé nécessaire de distinguer, au moins par méthode, cette mise en quarantaine du Juif, des prétextes, ou des arguments, qui essaient de la justifier. Quand on considère la condition juive, généralement on enfourche d'emblée le problème de la différence. Aussitôt surgit un préalable : mais le Juif est-il vraiment différent ? N'est-ce pas qu'une illusion ou une calomnie ? Et suivant la réponse, tout peut vaciller, le Juif semble prêt à s'évanouir entre les doigts de l'observateur. Si le Juif n'est pas différent, en effet, il semble qu'il n'y ait même plus de contenu possible à la séparation : le Juif se croit séparé, mais il a tort. Et pourtant, a-t-on envie de dire, il se sent séparé, et il l'est, qu'il soit ou non *vraiment* différent. C'est que la différence est un problème et la séparation un fait. Je ne crois pas qu'il soit nécessaire à un Juif de savoir l'exact énoncé de la question qui lui est posée, ni qu'il y ait répondu, pour se sentir et se trouver exclu.

Je suis né, je l'ai dit, dans un milieu juif relativement homogène. Il m'est difficile de savoir si je me suis aperçu assez tôt de la différence, si elle a toujours été là. J'ai tendance à croire que non ; en tout cas je ne la vivais pas. En y réfléchissant, je me dis que puisque, en gros, nous vivions entre Juifs, à l'école primaire, puis, dans une mesure moindre, au lycée et même dans la ville, je devais avoir eu au moins ce sentiment de communion par opposition aux autres. Me sentais-je alors tout de même différent des autres, des non-Juifs ? Probablement. Mais je suis à peu près certain, ne fût-ce que par la non-évidence de mon souvenir, que l'un l'emportait nettement sur l'autre : je me sentais plutôt de mon groupe que refusé par les

autres. Les autres, je n'en étais pas, c'était tout.
D'ailleurs, je n'avais pas une idée précise des
autres, ni de moi-même. Ils étaient les autres, je
faisais partie des miens. Il m'a fallu du temps
pour réaliser leur refus. Je n'ai vraiment compris
ce qu'était l'antisémitisme que peu à peu et, je
l'ai noté tout à l'heure, plus complètement en
allant en Europe où l'appartenance à la communauté juive se desserrant notablement, je me suis
heurté aux autres.

Pendant longtemps mes difficultés sociales ou
professionnelles, je les ai vécues comme des misères quelconques, sans autres caractéristiques,
sans causes particulières. Nous étions pauvres,
mais il y avait tant d'autres pauvres à Tunis!
L'îlot juif où nous habitions n'était pas plus pauvre
que le quartier arabe qui l'enserrait, et des riches
se trouvaient dans les deux populations. Il m'a
fallu du temps pour admettre que ces difficultés
étaient également la misère et les difficultés d'un
Juif, c'est-à-dire douées d'une dimension, d'une
coloration particulières, qui sont la coloration et
la dimension juives. De même que longtemps je
n'ai pas vécu la dimension coloniale de ma vie,
qui pourtant était là, d'une manière quasi systématique. Il y eut toujours, bien sûr, cette hostilité diffuse que je sentais en traversant le quartier
arabe qui cernait si étroitement l'îlot juif où j'étais
né. Mais c'était plus une absence de communication, un manque, une non-bienveillance dans les
regards de ces êtres humains que je rencontrais le
long de ma route, qui me menait à l'école de l'Alliance; ils n'étaient pas des miens, je n'étais pas
des leurs.

Je n'avais pas de moi-même, comme Juif, de

caractérisation particulière. La différence est un long apprentissage, une expérience confuse, une découverte jamais terminée, un concept peu clair et sans cesse malmené par tout le monde, et par le Juif lui-même. Comment un enfant juif se saisirait-il d'abord comme Juif ? Qu'est-ce que cela voudrait dire ? Les quelques traits qui peut-être sont plus fréquents chez les Juifs que chez les non-Juifs ne sont guère ainsi vécus. J'ai noté un jour que j'avais horreur du sang répandu. Est-ce à dire que je savais que c'était en tant que Juif ? Que cela me caractérisait en tant que membre d'un groupe avec lequel je partageais la même répulsion ? Simplement, j'avais remarqué à plusieurs reprises mon bouleversement à la vue de ce liquide gluant et tiède, annonciateur de catastrophes toujours possibles, vaguement lié à la mort. J'ai vécu cela d'abord comme un trait personnel, qui appartenait peut-être à d'autres hommes. Par la suite, on m'a suggéré des significations supplémentaires de l'événement ; son épaisseur s'en est trouvée enrichie. Par les miens, il m'a été présenté comme un signe d'humanité, de moralité, de refus de la violence ; par les ennemis des Juifs, comme une faiblesse méprisable liée à d'autres tares, lâcheté, couardise... Dans l'un et l'autre cas, comme un détail d'un ensemble de traits caractérisant un groupe d'hommes dont je faisais partie. J'admis donc que cette horreur du sang ne m'appartenait pas en propre, qu'elle se rapportait et me rapportait à une catégorie plus large. Même alors, ai-je accepté facilement ce trait comme une caractéristique juive ? En vérité, devant la coloration infamante qui l'accompagnait, j'ai cherché aussitôt à l'expliquer, c'est-à-dire à le replacer dans une perspective humaine générale. En somme, même des faits reconnus, familiers, je ne les vivais pas comme spécifiquement miens. Autre exemple : il me paraît exact que le Juif possède rarement des armes, plus rarement que les autres en tout cas, malgré le danger qui le menace plus souvent. Mais, ajoutais-je aussitôt, s'agit-il bien d'une originalité du tempérament juif ? N'est-ce pas le résultat inévitable d'une situation donnée ? Le Juif a toujours payé infiniment plus cher que les autres la moindre riposte, le moindre écart. Certes il trouve dans sa tradition éthico-religieuse de quoi étayer une telle condamnation du sang répandu, mais il y a tant de choses dans une tradition ! Pourquoi cet impératif a-t-il pris une telle ampleur, une telle rigueur ? Nous nous trouvons en fait devant une longue habitude collective d'agir ainsi, ou de ne pas agir plutôt. Et ne partage-t-il pas cette passivité résignée, ce comportement apeuré, avec de très nombreux historiquement faibles ? Il s'agit, concluais-je, non d'un trait spécifiquement juif mais d'un trait d'opprimé (ce qui n'est nullement exclusif, au contraire !).

La différence enfin me semble avoir été une étape supplémentaire. Pour en avoir la nature et la mesure, il fallait avoir écouté l'accusation et l'avoir discutée. La différence, relevant de l'accusation formulée, est fluente et complexe comme elle ; naissant et se précisant dans la confrontation, elle s'y bouleverse également sans cesse. La séparation au contraire appartient à l'hostilité confuse, à ce qu'on pourrait appeler le stade kafkaïen de l'accusation. Ne dépendant pas directement du contenu de l'accusation, elle est saisie comme un fait relativement simple, et de l'ordre du vécu.

Plus on avance dans l'itinéraire de la vie du Juif, plus la liaison se fait évidente entre la séparation et les différences entre Juifs et non-Juifs. De la séparation à la différence, la route est courte et presque toujours pratiquement parcourue. Je ne doute plus aujourd'hui que si je suis séparé, et d'une certaine manière traité séparément, c'est parce que je ne participe pas complètement à la vie de mes concitoyens, que des événements et des institutions, bon gré mal gré, me séparent d'eux. Malgré les protestations de ces nombreux et curieux Juifs, qui affirment à la fois leur existence originale et leur parfaite intégration, qui nient toute hostilité par exemple, je sais bien qu'une évidente dialectique s'instaure entre les deux termes : la séparation appelle et alimente la différence ; la différence accentue et semble légitimer la séparation. Séparé, le Juif ne peut que se sentir différent et les autres ne peuvent que le considérer comme différent. Avouerai-je que je ne suis même plus sûr aujourd'hui qu'il y ait là un scandale pour la raison et la morale ? Que je devine d'une certaine manière le malaise du non-Juif devant le Juif ? Je puis comprendre, sinon justifier, son impatience devant ce témoin troublant, toujours là depuis des siècles. Pour beaucoup, être antisémite, c'est à la fois une confuse admiration devant une telle obstination à survivre, malgré les coups, séparé, différent, étranger, et un ressentiment anxieux contre ce fantôme exigeant, qui les rappelle à eux-mêmes, pour le meilleur et pour le pire, et dont la seule présence, même silencieuse, même indistincte, les accuse de tant de crimes.

Pourquoi donc alors une telle insistance à montrer que la séparation et la différence ne coïncident pas ? C'est que le drame Juif-non-Juif se joue sur un registre infiniment plus ample que celui du langage et de l'accusation. La mise en question du Juif n'est pas uniquement de l'ordre des échanges d'arguments entre Juifs et non-Juifs ou même de la réflexion et de la logique. La réfutation logique de la différence à laquelle se limitent le plus souvent mes amis ne saurait aucunement suffire. Aurait-on réduit en miettes tous les *arguments* antisémites que le fond du problème, je crois, subsisterait. Le Juif continuerait à être traité séparément et à se sentir séparé.

Est-ce là du désespoir et l'aveu de l'impossibilité de toute solution ? Pas du tout ; mais simplement la croyance que les difficultés du Juif ne sont pas seulement de l'ordre de l'opinion. Que la solution du malheur juif n'est pas de l'ordre de la simple persuasion. Il s'agit d'un malheur de condition, dont le langage n'est qu'une partie, une traduction et un outil partiel.

Pour y remédier, il faudra probablement une transformation, un bouleversement de cette condition, et peut-être de cette société tout entière, et non seulement une élucidation.

À quoi sert alors, me dira-t-on encore, toute cette machine de mots qui va suivre, tout ce débat et toutes ces pages noircies, si vous annoncez que les mots sont relativement inefficaces ? Il est exact que si l'on pouvait résumer les résultats de tant de palabres autour du «problème juif», on serait consterné. Et s'il ne fallait que des arguments, tout aurait été réglé depuis fort longtemps : Dieu sait si les Juifs en ont proposé, inventé, changé depuis des siècles ! Ce bilan de carence enfin prouverait à lui seul qu'il faut chercher ailleurs.

5

La différence

Il faut donc que j'essaie de répondre à la question : suis-je ou non différent ? Eh bien, voici un de ces points tournants où je dois me rappeler mes promesses : je dois essayer de voir clair, quoi qu'il risque de m'en coûter. Cet obstacle m'irritait trop précisément, pour que je me contente de hausser les épaules et de le contourner. Agitation normale de tout accusé, inquiétude de toute victime ? Mais il y a autre chose : ce trouble en moi, qui me suggère que je ne suis peut-être pas une victime pure... Que de fois écoutant tel propos, lisant telle phrase, je proteste, en même temps qu'au fond de moi une voix demande faiblement : « Est-ce entièrement faux, cependant ? » « Ce financier juif que tu défends n'est-il pas tout de même une figure suspecte ? » « Ce trait dont on te caractérise ?... » Je lui impose silence, je dissipe ce trouble naissant en découvrant l'équivoque. « Ce n'est pas le financier que je défends ! Mais que l'on explique sa malhonnêteté par sa judéité !... » Pendant un moment, cependant, j'ai trébuché, je me suis demandé s'il n'y avait pas quelque vérité dans le discours de l'antisémite. Il est nécessaire enfin qu'une fois au moins j'aille jusqu'au bout de cette hésitation, que j'en aie le cœur net.

Je vois bien, ce faisant, où je m'engage. Et pourquoi un tel combat contre moi-même, sous prétexte de scrupule et d'exactitude ? Je connais bien ce curieux diable de l'objectivité qui n'est qu'une autre figure du masochisme. Ne suis-je pas en train de me laisser abuser, entamer par la persuasion de mes ennemis ? Il y a pire : acceptant le débat, je m'engage donc à souscrire à ses conclusions : sans quoi il serait inutile de commencer la discussion. Ne risquerais-je pas alors d'en venir à heurter gravement les miens ? Faut-il en rajouter à leurs misères, au nom de l'austère et abstraite vertu de vérité ? Mais quoi ! Pauvre recherche que celle qui s'arrête aux portes de votre chapelle ! Et puis voici qui achève de me décider : je suis convaincu que la vérité est finalement bénéficiaire aux victimes. Dans leur état de victimes, qu'ont-elles à perdre de plus ? À ne rien dire, à laisser régner l'obscurité, tout se passe comme si l'antisémitisme avait raison de fait. Il en profite pour ajouter qu'il a raison de droit, puisqu'il continue à triompher. Ainsi, ou je le laisse continuer à s'affirmer, même en apparence, ou j'ouvre le dossier : au fond je n'ai pas le choix.

L'affaire serait simple si je pouvais répondre par oui ou par non. L'antisémite aurait tort et voilà tout. En fait, je suis troublé, et doublement. Je sens bien que je ne puis trancher si nettement. En outre ces différences réelles ou supposées sont considérées par tout le monde comme un mal, une tare et souvent une faute. L'antisémite le sait si bien qu'il en fait même sa principale arme de guerre. Définissant le Juif comme différent de ses concitoyens, il le désigne du même coup à leur méfiance et à leur vindicte. Il espère les ameuter contre lui et obtenir une condamnation facile et qui semble devoir aller de soi. Et il est vrai qu'il rejoint ainsi la trop souvent stupide sagesse des nations, qui pratique à l'égard de la différence une suspicion plus profonde et plus tenace que les élans vers la communion et l'universalité. J'étais scandalisé dans mon adolescence romantique par le mépris souriant, la tranquille condescendance que je découvrais dans ce terme de Goïm, par lequel les pauvres habitants du ghetto désignaient l'ensemble des non-Juifs. C'est qu'il s'agit là d'un sentiment primaire, qui n'a nul besoin de justification. Les enfants, on le sait, manifestent une agressivité spontanée devant un vêtement inhabituel, une coupe de cheveux insolite. Je garde au front une cicatrice définitive en souvenir d'un chapeau ridicule, don funeste d'un oncle sans goût, qui m'a valu, sous prétexte de jeu, d'être jeté à terre avec violence. Le turban et la houppelande de Jean-Jacques Rousseau provoquaient la haine des villageois plus sûrement que ses idées sur Dieu et la société, contrairement à ce que croyait le naïf et orgueilleux philosophe. Le « Comment peut-on être Persan ? » de Montesquieu n'exprime pas seulement l'étonnement, mais aussi la méfiance et l'inquiétude. Il n'est pas nécessaire de savoir en quoi consiste foncièrement la différence du Juif, en quoi elle est nocive : au contraire, elle irrite et inquiète plus par ce qu'elle semble cacher que par ce qu'elle révèle. Ce fut une mesure nazie, plus diabolique qu'on ne croit, d'avoir collé au dos des Juifs un signe vestimentaire distinctif. Ils renouaient ainsi avec des initiatives moyenâgeuses, la rouelle des pays chrétiens ou la toque noire ou bleue des pays musulmans. Le symbole concret matérialise et suggère la différence, l'amorce vers on ne sait quel ténébreux arrière-fond qui gagne à ne pas recevoir trop de lumière. C'est pourquoi enfin l'accusateur n'a pas besoin de développer une argumentation. La différence est d'une certaine manière trouble et négation de l'ordre établi. Devant l'étrangeté de l'autre, on risque d'hésiter sur soi-même. Et pour se rassurer, pour se confirmer, il faudra refuser, nier l'autre : c'est lui ou c'est moi. Pour que j'aie raison, il faut qu'il ait tort ; pour que mon ordre soit bon, il faut que le sien soit mauvais. D'où la férocité affolée de certains dévots devant le scandale : il n'est pas seulement le mal en soi, il les remet, eux, en question ; cette anormalité met leurs normes en péril.

On comprend alors, devant ce handicap, la gêne, la paralysie des amis du Juif. Au fond, ils partent battus. Ils ne veulent pas savoir si le dossier est bon ou mauvais, ils évitent d'entrer dans le débat. À quoi bon ouvrir ce procès ? Il ne peut en sortir que du mal. Si la différence existait, le Juif ne pourrait qu'en souffrir ; la simple présomption suffit à l'en accabler. Certains d'entre eux pensent, au fond d'eux-mêmes, que le Juif se trouverait alors dans son tort. Et je dois avouer que j'ai eu moi-même beaucoup de mal à me dépêtrer de cette difficulté. Et mon premier mouvement était de nier tout ce qui semblait me particulariser. Ah ! que j'aurais souhaité pouvoir traiter tout le discours de l'antisémite de fantaisie calomnieuse, de pur assemblage de mots, de délire !

Mais le résultat de tout cela est que le débat ne pouvait que rester ouvert. L'accusateur accuse, juge et condamne *a priori*, quasi sûr de l'assentiment de la foule ; le Juif et ses amis préfèrent ne pas écouter et ne pas discuter. Il n'y a même pas de combat véritable, et donc jamais d'issue, puisque d'un côté l'on agresse, de l'autre on se dérobe.

De temps en temps un écrivain, un dramaturge contemporain, s'essaie, presque de bonne foi, au procès du Juif. Dernièrement encore, au Cirque d'Hiver, devant une foule énorme, avec la bénédiction et en présence de l'Église catholique. Il s'agissait ouvertement du procès de Jésus ; indirectement de celui du Juif, agresseur prétendu de Jésus. Un mauvais figurant tenait le rôle, un pauvre diable qui donnait les réponses que l'on attendait de lui, qui essayait péniblement, misérablement, d'éviter la peine maximale.

Si l'on me citait devant un tel jury, je déciderais d'y aller et de ne pas esquiver la confrontation. Les temps ont changé, ai-je dit, un Juif nouveau est en train de naître, comme une femme nouvelle et un Noir nouveau ; déjà les hommes de ma génération ne supportent plus si facilement la condition juive traditionnelle, c'est-à-dire que nous avons amorcé notre révolte. Puis, loin de solliciter l'indulgence du tribunal, j'engagerais le fer en commençant par dévoiler et récuser le principe implicite qui commande tout le débat : à savoir que la différence est mauvaise en soi, que le particularisme, comme on dit, est blâmable en soi. Je dénoncerais et refuserais ce curieux accord entre mes amis et mes ennemis. Car si l'ennemi du Juif l'accuse d'être différent, l'ami du Juif veut lui épargner cette misère : tous les deux en somme sont d'accord sur ce point : il n'est pas tolérable d'être différent. Or, au nom de quoi condamne-t-on la différence ? Au nom de l'un des préjugés les plus grégaires. Si l'on se permet de juger et de refuser les autres, c'est que l'on se prend implicitement comme critère du beau, du bien et du vrai. L'on sous-entend, plus ou moins consciemment, qu'il est malgracieux, blâmable et absurde d'être différent de soi. La condamnation est alors inévitable en effet. Mais qui ne voit que la formule peut être exactement renversée ? Et n'est-ce pas ce qui se passe en fait ? Chacun condamnant tous les autres au nom de ses propres qualités, qui passent précisément pour des défauts chez les autres. L'homme du Nord trouve celui du Midi trop expansif, indiscret et vulgaire, et l'homme du Midi trouve celui du Nord égoïste, froid et grincheux.

Mais il y a pire dans le procès qui nous occupe : dans une situation oppressive, la condamnation de la différence ne peut même plus être à double sens. Le poids de l'oppression fait qu'elle est toujours au détriment de l'opprimé et au profit de l'oppresseur. La différence étant mauvaise, il est inévitable que l'opprimé en soit automatiquement chargé : c'est lui le différent et c'est lui le mal, le dérisoire ou le coupable. La différence renvoie ainsi à l'accusation. Le procès du Juif a toujours été mené jusqu'ici au nom des valeurs du non-Juif, sans que le Juif y oppose les siennes, ou si timidement qu'il ne se fait guère entendre. Plus encore : le Juif lui-même et ses amis ont pratiquement accepté les valeurs de l'accusation. Ils ont accepté le problème tel qu'il est posé par l'antisémite, ils reconnaissent son code et les sanctions qui y sont prévues. C'est cela, entre autres, qui a rendu si difficile, si périlleux, le procès du Juif. Si l'on admet ce point de départ, en effet, tout est presque perdu déjà, tout au plus peut-on espérer les circonstances atténuantes ; mais la condamnation est quasi certaine.

J'ai montré ailleurs que l'on ne sort réellement de l'oppression que par la révolte. C'est ce que font instinctivement les révolutionnaires : ils contestent la légitimité du tribunal, tel qu'il est institué, c'est-à-dire qu'ils refusent les règles du jeu. Montaigne reconnaissait ce droit implicite aux femmes : « Les femmes n'ont pas du tout tort quand elles refusent les règles de vie qui ont cours dans le monde, d'autant que ce sont les hommes qui les ont faites sans elles. » C'est bien ce que fit Julien Sorel, dans *Le Rouge et le Noir*, ce que firent de nombreux combattants de la Commune ; et, plus près de nous, les colonisés en lutte. « Je ne reconnais pas la compétence de votre tribunal ! » revient comme un leitmotiv dans le compte rendu de ces procès. Ces règles sont les opinions, jugements et perspectives de la majorité des gens parmi lesquels je vis. Disons-le en passant : les règles et les lois de la majorité ne sont respectables que dans la mesure où elles expriment la plus grande justice et la plus grande rationalité. Si elles devenaient oppressives, injustices et humiliations, je peux et je dois les récuser et les combattre. Je refuse à quiconque le droit d'ériger ses manières d'être et ses habitudes en point comparatif absolu, en lit de Procuste pour les autres. La comparaison n'implique aucun privilège préalable de l'un des deux partenaires. Autrement dit, je ne considère nullement les valeurs de la majorité *ipso facto* comme supérieures aux miennes. Elles sont autres peut-être et c'est tout. Le jour où j'ai compris cela, j'ai compris aussi que je n'avais nul besoin de nier toute différenciation en moi, toute particularisation. Je refuse de payer de ce prix, de ce maquillage, de cette brimade contre nature, l'espoir du pardon et de la communion universelle — si jamais ils ne sont pas une plaisanterie.

On se doute maintenant quelle sera ma réponse : si je me crois différent ? Oui, je le crois : sur de très nombreux points, le Juif est différent du non-Juif. Ayant exorcisé la différence, je ne vois même plus pourquoi je chercherais à l'atténuer, comme je me suis efforcé si longtemps de le faire. Je suis au contraire persuadé aujourd'hui que cette hésitation, ces réticences inquiètes à propos d'une telle évidence, sont l'un des signes de l'oppression juive. L'opprimé s'efforce toujours dans un premier mouvement de nier la différence. Il prétend ne pas voir ce qui le sépare de son oppresseur. C'est tout ce qu'il a découvert pour se rapprocher de lui, c'est-à-dire pour alléger son oppression. Pour cela il est prêt à tout, prêt à se nier lui-même au profit de son oppresseur dont l'être et les valeurs sont posés comme supérieurs et immobiles, comme un sommet auquel l'opprimé aspire. Rien ne m'est plus humiliant que le souvenir de certaines sollicitations juives auprès de non-Juifs : « Nous sommes tous pareils, n'est-ce pas ? » Dans la bouche d'un opprimé l'affirmation de l'égalité et de la fraternité déjà réalisées a toujours ce même ton désespéré, humble et non convaincu. Lorsque j'entends un Juif nier toute différence, je ne puis m'empêcher de le soupçonner de mensonge ou d'automystification. Un socialiste français ou anglais, qui souhaite la communion internationale, a-t-il besoin de nier les caractéristiques des siens ? Au contraire, il s'en amuse, il s'en vante : c'est qu'il ne sous-estime nullement la valeur de la dot qu'il apporte au mariage des peuples. Le Juif, lui, est persuadé qu'il doit se déguiser en n'importe quoi, sauf en Juif, pour enlever ce mariage par surprise. N'est-il pas évident, dans ces conditions, que l'entreprise est le plus souvent condamnée à rester malheureuse, et pourquoi ne pas l'avouer, à paraître équivoque et suspecte ? Non, il nous faudra nous persuader et affirmer qu'il n'est ni bon ni mauvais en soi d'être différent. La véritable justice et la véritable tolérance, l'universalité et la communion ne réclament pas de nier les différences entre les hommes, mais de les reconnaître — et peut-être de les apprécier, mais n'en demandons pas davantage pour le moment.

Nous sommes déjà différents, nous l'avons toujours été, même lorsque nous réclamions l'égalité. Nous ne l'avons pas toujours reconnu, parce que nous pensions que c'était une faiblesse et un empêchement à cette égalité. Je suis aujourd'hui persuadé que c'est la condition de toute dignité et de toute libération. Avoir conscience de soi, c'est avoir conscience de soi comme différent. Être, c'est être différent. Et, du coup, on est toujours l'autre de quelqu'un, de tous les autres. Cela n'autorise *a priori* aucune présupposition de valeur. Si l'autre nous condamne, nous pouvons toujours lui retourner ses injures ou son ironie. Comme le disait avec pertinence cette actrice suédoise qui avait épousé un Juif noir : « Ils lui reprochent d'être un homme de couleur ! Moi je suis aussi une femme de couleur : je suis blanche. » Cela n'autorise non plus, je le précise en passant, aucune surenchère de notre part, de la part d'aucun opprimé : être Juif, c'est posséder des qualités et des défauts, des vertus et des carences, d'indiscutables carences. « Pourquoi n'aurions-nous pas nos voleurs et nos assassins ? » me disait avec colère l'écrivain juif Manes Sperber ? Je me souviens de cette controverse passionnée, presque douloureuse, sans cesse reprise à chacune de nos rencontres, avec une femme admirable, que nous appelions la Duchesse, pour la majesté de son geste et surtout pour l'extraordinaire générosité de sa vie. Venue de très loin, d'un milieu grand-bourgeois raciste et xénophobe, elle avait subi une espèce de totale conversion qui la faisait aller en tout vers l'extrême opposé, ou vers ce qui lui semblait tel. Ayant décidé de tout donner d'elle-même, de ne plus tenir compte d'aucun préjugé, d'aucun obstacle entre les êtres, elle ne voulait plus rien voir. Elle avait adopté un jeune Malgache et lui avait fait épouser une Européenne. Professeur de philosophie et psychologue, elle niait éperdument toute spécificité, pourtant évidente, dans les difficultés conjugales de son filleul. Quelquefois entraînée par la polémique, elle en venait à tout nier : et le malheur juif et l'hostilité, et la séparation et la différence. C'était vraiment la cécité au réel, finalement aussi fréquente chez les progressistes que chez les traditionalistes. Elle reconnaissait l'existence d'un refus du Juif, mais elle prétendait qu'il n'en résultait ni séparation ni différence. Ce qui me paraissait, lui disais-je, contradictoire. D'autres fois, elle procédait à l'inverse, elle admettait une certaine exclusion mais une différence réelle, grands dieux non! Elle finissait par se fâcher et par m'insulter amicalement.

— Vous aidez les antisémites! Vous apportez de l'eau à leur moulin! C'est une manie décidément! J'ai connu un professeur juif qui voulait faire une thèse sur Gobineau! Sur Gobineau!... Vous confirmez ce dont ils vous accusent : que vous êtes des gens à part... D'ailleurs, tiens! le plus souvent, vous vous séparez de vous-mêmes; vous vivez vraiment à part!

Du coup, ressortait le fameux reproche d'exclusivisme juif. Nous étions alors dans de beaux draps logiques, si je puis dire : voilà que nous étions exclusifs mais non séparés...

Mais soyons sérieux : je suis persuadé, j'y viens dans quelques pages, que la plupart des traits prétendus juifs sont imaginaires. Une certaine image du Juif, idéale et négative, est fort utile à l'antisémite : elle lui sert d'excuse à l'exclusion dans laquelle il tient le Juif, aux persécutions qu'il lui inflige. Mais n'y a-t-il que cela dans l'affirmation de la différence? Qu'alibi et provocation? La différence, encore une fois, n'est-elle qu'un mot et une illusion plus ou moins suspecte? Eh bien, honnêtement, je ne le crois pas.

Voilà donc une illusion qui existe si fort, qui a convaincu tant de gens, la victime y compris, qu'il faut sans cesse en discuter, certes pour la combattre, mais sans arriver jamais à la négliger. La différence appartient à l'accusation ? Elle n'est d'abord qu'un procès ? Bien sûr. Et un procès inique ? Certainement. Mais un procès si important, d'une telle durée, qui concerne tant d'hommes comme accusateurs, tant d'hommes comme accusés, tant de partisans et tant d'adversaires, qu'il a fini en quelque sorte par reposer sur lui-même ; sur la foule des magistrats occupés, procureurs et avocats, sur l'énorme volume de paperasses remplies ! Je me trouve mis en question par tant de gens divers, et défendu par tant d'autres, il y a tant d'attendus, de plaidoiries, de documents, de livres entiers, que jamais, me semble-t-il les jours de découragement, je ne pourrais tout comprendre, tout embrasser, pour me faire une opinion définitive. Si la différence n'était qu'un mot, quel mot terriblement incarné ! Si elle n'était qu'une illusion, de quel poids, de quelle puissance d'envoûtement collectif elle serait !

— Soufflons un peu, de grâce, me disait ici la Duchesse, vous en êtes presque lyrique ! Que de passion vous apportez à défendre une mauvaise cause ! Résumons : Qu'avez-vous démontré ? Que l'affaire est plus grave, que vous souffrez de ce mot plus que je ne le croyais, mais enfin nous restons sur le plan du langage...

— Vous m'avez interrompu trop tôt : je veux dire qu'à ce degré, précisément, nous ne sommes déjà plus sur le plan du langage. La différence est beaucoup plus qu'un mot : ce mot et cette idée — s'il n'y avait que cela — auraient déjà la présence et la puissance d'un fait social. Le Juif les trouve dès son enfance, durant son adolescence, toute sa vie, comme une caractéristique de la société où il vit. Le non-Juif les rencontre dans son éducation familiale, scolaire, cléricale, dans sa culture, ses traditions. Par rapport à cette proposition sociale, si continue, insistante, multiple, Juifs et non-Juifs ne peuvent que se déterminer. Le Juif l'accepte ou la refuse, ou mieux : l'accepte et la refuse à la fois. Que croyez-vous qu'il en résulte pour sa physionomie, pour sa conduite, pour son existence ? Eh bien ceci : *le Juif est l'une des meilleures figures d'accusé de notre temps*, pour ne parler que de notre temps. N'est-ce pas là une conséquence bien réelle, bien concrète ? Il a une mentalité et un comportement d'accusé ; il en a la conviction et se conduit et vit ainsi. Cette permanente accusation portée contre le Juif fait partie intégrante de son état de malheur.

— C'est la réhabilitation du mauvais œil !

— Le mauvais œil, ce n'est pas rien... Mais laissons cela. L'autre résultat parallèle, aussi concret, est le retentissement de cette accusation sur le non-Juif. Lui aussi se détermine par rapport à cette proposition. Lui aussi doit accepter ou refuser cette condition faite au Juif ; lui aussi, le plus souvent, l'accepte et la refuse à la fois dans des proportions variables. Et s'il y consent, il y contribue en partie ; s'il la nie, il en arrive toujours, directement ou indirectement, à se heurter à l'accusateur. Il en arrive fatalement à douter de la légitimité des valeurs et des coutumes établies. C'est pourquoi l'attitude du non-Juif à l'égard du Juif est finalement significative, je le crois, de ses propres relations avec l'humanité et avec le monde.

— Admettons que nous ne soyons plus strictement sur le plan du langage. L'accusation, même fausse, finirait par provoquer certains désordres dans les esprit et les conduites, je vous l'accorde. Mais c'est tout! Je ne vois toujours pas quelles différences *réelles* séparent les Juifs des non-Juifs.

— Qu'appelez-vous donc réelles? Ces désordres ne sont-ils pas bien réels? avec des conséquences visibles et prévisibles? Mais j'entends: vous demandez s'il existe d'autres différences, d'autres conséquences que ces désordres nés de l'accusation? Eh bien oui, il faut faire un pas de plus. Quelle que soit l'acuité corrosive de ce regard, le Juif n'est pas seulement le produit du regard des autres. Le Juif n'est pas uniquement celui que l'on considère comme Juif. S'il n'était que cela, il ne serait, en tant que Juif, que pure négativité. S'il est incontestablement cela, malaise et malheur, il est aussi beaucoup plus que cela. Déjà la négativité du Juif est bien plus qu'un ensemble de réponses au regard des autres: le Juif est effectivement *traité* par les autres d'une manière négative. Sa vie est toujours, par plusieurs côtés, limitée, restreinte, amputée. Comme le colonisé, comme le prolétaire, et bien sûr à sa manière propre, il est une négativité concrète. Il est véritablement carencé, dans sa vie d'homme privé, de citoyen et d'homme historique. J'ai souvent insisté sur cette notion de *carence* concrète à propos du colonisé: elle est capitale dans toute oppression et j'y reviendrai encore. N'aurait-il que cette face de souffrances, le Juif serait déjà reconnaissable. Mais il n'est pas seulement cela: le Juif est aussi histoire et traditions, institutions et coutumes; il déborde de traits proprement positifs, il est aussi large et dense positivité. En somme le Juif existe bien au-delà de ce que contient la pauvre, mesquine et hargneuse pensée de l'antisémite à son égard. Si l'antisémite savait tout ce que signifie et recèle la judéité !...

— Vous voyez bien que vous rejoignez l'antisémite !

— Je le répète : si l'antisémite avait vu clair sur certains points, je lui donnerais raison... Mais je ne rejoins pas l'antisémite ; je l'explique, je l'englobe et le comprends. Je crois donc que des différences certaines existent entre Juifs et non-Juifs, mais je crois que ce ne sont pas toujours celles dont on parle le plus, ni qu'elles aient le sens qu'on leur prête. La condition juive dépasse largement la relation Juif-non-Juif, si elle en dépend étroitement. La condition juive est regard et incarnation du regard, accusation et réponse à l'accusation ; elle est détermination du Juif et détermination du non-Juif, c'est-à-dire conduites de l'un et de l'autre, habitudes collectives et institutions. Elle est à la fois regards et situations concrètes ; en un mot, nous le verrons, le Juif existe.

6

L'accusation

Je n'ai commencé à prendre conscience de moi-même, cependant, que par cette accusation. Par ces images du Juif que les autres allaient me proposer, et m'imposer trait par trait. Il a bien fallu que je m'y confronte avant de découvrir qui j'étais véritablement ; avant que je prenne conscience de ma situation réelle. (Bien que tout, à des titres divers, soit terriblement réel, mon rôle social effectif comme le rôle fantastique que les autres me supposent dans la communauté humaine.) Je veux dire qu'abordant ma condition générale de Juif par l'intermédiaire de ces images, du coup j'en découvrais et vivais un aspect capital.

Très tôt, j'en ai entendu de belles et de fort troublantes. Pour savoir que j'allais entrer, que j'évoluais déjà dans les ténèbres du malheur juif, il me suffisait de prêter attention à la banalité plus ou moins émoussée du langage de tous les jours. Pour se procurer de l'argent, disait-on à haute voix devant moi, en plaisantant bien sûr, il fallait tuer un vieux Juif. Pour expliquer les petits ennuis collectifs ou les pires calamités, j'entendais invoquer la faute des Juifs. Le mot Juif se présentait tout naturellement, semblait-il, en synonyme de l'avarice et de la fourberie, de la dureté de cœur. Dès l'école, des hommes que j'admirais, que je respectais, se mêlèrent au concert. Future bête universitaire, j'ai vénéré très tôt les artistes et les penseurs, ces inquiets et ces redresseurs de torts, qui venaient à la rencontre de mes découvertes, de mes inquiétudes et de mes indignations d'adolescent. Or ces grands modèles, lorsqu'ils voulaient stigmatiser l'ignominie de leurs héros du mal, oubliaient rarement de signaler qu'ils étaient juifs, lorsqu'ils l'étaient; ou s'ils ne l'étaient pas, les accusaient de juiverie pour les en accabler. «Quel Juif!» s'écriait Molière pour avilir définitivement un de ses personnages. Il est vrai qu'il disait par la même occasion: «Quel Turc!» Mais cela ne me rassurait guère à l'époque d'être assimilé au Turc, coupeur de têtes et perfide écumeur des mers. Les Juifs de Shakespeare ne sont que de sordides et cruels usuriers. Voltaire dissimule mal sous l'ironie son mépris et sa haine: «Vous ne trouverez en eux qu'un peuple ignorant et barbare qui joint depuis longtemps la plus sordide avarice à la plus détestable superstition et la plus invincible haine pour tous les peuples qui les tolèrent et qui les enrichissent: il ne faut pourtant pas les brûler.»

Gide! Gide, que j'admirais tant pour son souci de donner de lui-même une image non truquée, c'est-à-dire faiblesses comprises, Gide précisément s'avouait antisémite. Ah! que j'ai essayé de le «comprendre» celui-là, de replacer dans le «contexte» certaines de ses phrases. «Ainsi, malgré notre amitié, la confiance que j'avais en lui, il n'a pas hésité à me mettre entre les mains d'un aigrefin, parce que celui-ci était de sa race... Cette histoire a un peu défrisé mes sentiments pour Blum, et a beaucoup contribué à nourrir mon antisémitisme ! »

Le contexte ne m'en éclairait que mieux : « J'avais horreur de sa façon de m'aborder quand je le rencontrais par hasard dans un couloir de théâtre après des années de silence, sa façon de me mettre les bras autour du cou en me demandant : "Comment va Madeleine ?" »

Il s'agissait bien de la répulsion du Juif la plus banale, confirmée par de nombreux textes. Le romancier Jean Davray, ayant éprouvé la même ferveur pour Gide, puis la même consternation, raconte qu'il a été faire des reproches au Maître, qui en aurait été fort ému et s'en serait expliqué. Mais Gide n'était pas homme précisément à se contenter d'à-peu-près, et lorsqu'il écrivait « sa race » et « mon antisémitisme » ce n'était pas l'effet d'un hasard de plume. Il y a quelque temps, une controverse s'est enfin élevée sur les définitions injurieuses à l'égard du Juif dont regorge le dictionnaire Larousse, le plus populaire des dictionnaires français. La querelle est bien tardive, et bien limitée : en fait tous les dictionnaires, et depuis toujours, ont proposé de telles définitions à leurs lecteurs. Et s'il n'y avait que les dictionnaires ! Un très grand nombre de livres de lecture enfantine, parmi les plus répandus, les plus anodins en apparence, sèment et entretiennent le mépris et la haine du Juif. Je ne vais pas faire ici le recensement de tout ce que contient l'itinéraire culturel d'un jeune Juif : un gros ouvrage de citations n'y suffirait pas. Choisissant ces derniers temps des livres pour mon petit garçon, je retrouve quelques-unes de ces réjouissantes découvertes. Voici comment le Juif est représenté dans *Ivanhoe* de Walter Scott, collection Verte, spécialement conçue pour la jeunesse s'il vous plaît. [Et puisqu'il s'agit de Walter Scott, la description est donc servie également aux petits Anglo-Saxons : Inhumain (page 54) — Menteur (page 31) — Hypocrite (page 26) — M'as-tu-vu (page 35) — Usurier, cupide, etc. (partout)...] Un grand nombre de petits Français connaissent *Le Petit Trott* d'André Lichtenberger ; quelle en est l'histoire ? Un vilain monsieur essaie de séduire la jeune mère de Trott, dont le père est en voyage. Petit Trott déteste l'intrus de toutes ses forces, le manifeste, et réussit à faire hésiter sa mère. Le père rentre enfin, fait une scène épouvantable et tout rentre dans l'ordre. Histoire banale et moralisatrice, comme il se doit pour un livre d'enfants. Seulement, le séducteur s'appelle M. Aron ; il est riche et avare, obséquieux et sournois, etc. D'ailleurs pour qu'il n'y ait pas d'équivoque, dans les fameuses explications de la fin, le père l'appelle « Youtre » ! Le père est officier, il était en service commandé. On voit le parallèle : d'un côté l'argent et l'avarice, l'oisiveté et la volonté de nuire ; de l'autre, l'honneur, le risque et le service social. Moralité : grâce au courage du petit Trott, remplaçant déjà son père, tout a été sauvé contre le Juif destructeur et libidineux, la vertu de la mère, l'honneur du père, et la chaude harmonie de la famille, si nécessaire à la paix de l'âme du petit Trott. Mais l'auteur a-t-il pensé un instant à la paix de l'âme de ses petits lecteurs juifs ?

Voilà les images de lui-même en tant que Juif, que mon petit garçon de huit ans reçoit dès ses premiers livres. Elle ne se démentira pratiquement plus ; au contraire, elle se confirmera, s'enrichira constamment. Nos enfants ont même aujourd'hui plus de chance que nous : grâce aux adaptations cinématographiques, ils verront s'incarner les personnages juifs de Dickens.

Qu'on ne me dise pas qu'on leur présente également des fourbes et des lâches chrétiens. Ceux-là sont fourbes et lâches d'une part, chrétiens de l'autre. Il n'y a aucun rapport entre leur fourberie et leur appartenance. D'ailleurs les héros positifs sont également chrétiens. Le personnage juif, lui, est usurier et cruel parce que Juif. L'usure, la ruse et la méchanceté sont précisément des traits juifs, qui servent à le caractériser différemment des autres héros du livre. En bref, le petit lecteur juif ne peut que se sentir concerné et accusé, comme je l'ai été. Il ne peut que se poser tôt ou tard les mêmes questions : le refus, la haine du Juif doivent-ils faire partie de l'idéal de tout honnête homme ? Suis-je donc de ces ignobles que tous ces hommes merveilleux exécutent si bien, et dont, d'habitude, j'applaudis à l'exécution ?

Je n'ai pu longtemps m'en sortir qu'en glissant sur ces passages difficiles, en ne les entendant presque pas. C'est ce que font de nombreux Juifs toute leur vie. Ils arrivent à mollir tant leur attention sur ces sujets que leurs yeux et leurs oreilles sont presque comme sélectifs : l'accusation ? Quelle accusation ? Ils n'ont jamais rien vu, ils n'ont jamais rien entendu ! Mon petit garçon, lorsqu'il était encore bébé, avait une très efficace parade contre nos gronderies : il fermait les yeux, et du coup nous faisait disparaître... Ces propositions de moi-même, cependant, qui me révoltaient, avaient de plus en plus de lourdeur qui leur donnait presque l'apparence d'une certaine nécessité. Avant de m'y attaquer, avant d'essayer d'y trier le faux du vrai, je ne pouvais qu'en tenir compte. Mieux encore, si même j'arrivais à les mettre en pièces, je savais que je devais continuer à en tenir compte, puisqu'elles seraient toujours là, à mes côtés, comme la haine aveugle et la bêtise au front de taureau. De toute manière je devais bâtir ma vie en fonction d'elles. Ah! C'est bien par une accusation et par un problème que commence la vie consciente du Juif, c'est en fonction de ce problème que chaque geste se décide, ruse ou résignation, abandon ou révolte!

Il n'est pas nécessaire d'entreprendre l'inventaire complet des traits qui composent le portrait en pied du Juif-vu-par-les-autres. Je ne sais même pas si la chose est possible. Il aurait fallu qu'il eût des contours définis; or, malgré l'abondance du matériau, ou à cause de cela, rien n'est moins sûr. Ce qui frappe au contraire, c'est combien cette image est imprécise, multiple et variable suivant les interlocuteurs, les groupes, les pays et les époques. Chacun semble avoir son Juif, ou mieux en a plusieurs, instables et contradictoires. L'expression: «J'ai un ami juif» signifie: «J'ai de l'amitié pour un homme qui se trouve être Juif», mais souvent aussi: «Voyez: je suis capable d'oublier ses origines et son appartenance exécrables», c'est-à-dire, à la fois, le salut de ce Juif particulier et le rejet de tous les autres. On connaît cette maladroite et banale déclaration d'estime, que chaque Juif reçoit au moins une fois dans sa vie : « Vous n'êtes pas comme les autres ! » : c'est le pavé de l'ours, un baume si amer et si ambigu qu'il irrite autant qu'il soulage. Chaque fois que j'ai essayé de récolter en vrac tous les traits qui me sont supposés, je me suis rapidement trouvé devant un incroyable fouillis, qui semble avoir été accumulé sans souci aucun de cohérence ou même de vraisemblance.

Certains obsédés, quelques prétendus savants, ou même quelques vrais ont essayé de mettre un peu d'ordre dans tout cela, ramenant ce portrait à quelques traits, ou à quelques ensembles de traits. On se trouve alors devant trois ou quatre figures pataudes, au trait lourd, bâties sur une idée centrale, qui supporte et oriente le tout. Pour les uns, on le sait, le Juif est essentiellement révélé par quelques caractères biologiques, qui expliquent, appellent et entraînent une psychologie particulière. Pour d'autres, l'être juif est surtout un ensemble d'habitudes économiques, constituées, raffermies à travers les siècles et finissant par ordonner toutes ses manières de vivre. On trouve également le Juif-destin, métaphysique ou mystique, ou encore le Juif simple survivance sociologique, résidu accidentel, fossile de l'histoire comme vient de l'appeler l'éminent historien Townby... Nous aurons à voir ce que valent ces constellations, si elles rendent compte, même à peu près, de la réalité du Juif. Nous aurons à voir surtout ce que valent ces hypothèses qui les sous-tendent, si elles ont vraiment ce caractère d'objectivité scientifique à quoi elles font mine de prétendre. Il est bon de noter également que la hiérarchie de ces traits, l'intérêt accordé à tel ou tel ensemble ont largement varié au cours de l'histoire. Ainsi le violent éclairage raciste braqué sur la biologie du Juif n'a pas toujours eu la même intensité. On sait maintenant que les préoccupations raciales, si elles ne sont pas absolument nouvelles dans l'histoire de l'humanité, n'ont jamais eu dans le passé l'importance qu'elles ont acquise depuis l'esclavage. Au contraire, de nombreux textes l'attestent, les Noirs étaient fiers de la belle noirceur de leurs femmes ; ce sont les marchands d'esclaves et leurs clercs théoriciens qui ont découvert l'utile usage que l'on pouvait faire des différences dans la couleur de la peau et dans la forme des lèvres. C'est depuis que les Noirs se sont mis à avoir honte de leur physiologie et d'eux-mêmes. Et c'est depuis l'antisémitisme biologique que les Juifs se sont mis à surveiller leur nez.

La méthode cependant n'est pas absolument à proscrire, si l'on s'obstine à vouloir rendre compte, autrement que par une honnête description, d'une matière aussi complexe qu'un homme vivant. Et j'ai annoncé que je m'en tiendrais à la figure actuelle du Juif : j'accepterai donc la manière dont se présente la phase contemporaine du procès. Je veux bien examiner systématiquement, pour commencer, deux propositions courantes : la figure biologique et la figure économique. Reste une dernière objection : arriverai-je à regarder ainsi les miens avec les yeux accusateurs des autres ? Oh ! que l'on se rassure, j'y arrive très bien ! Je réussis parfaitement ce vieil exercice traditionnel ; à force de chercher à prévenir l'attaque, nous avons pris l'habitude de nous mettre à la place de l'agresseur et de nous voir avec ses yeux. L'humour juif n'est souvent que cet exercice de séparation, de décollement de soi pour se mieux saisir. La figure biologique a été d'ailleurs abondamment vulgarisée, et je n'aurai pas grande peine à récolter ce pêle-mêle biologique par quoi l'on prétend me caractériser.

Étant Juif, parce que Juif, je devrais donc avoir les yeux rapprochés, le nez rond, « un nez de mouton », pointu du bout comme un bec d'oiseau ou qui n'en finit pas de s'arrondir, la bouche lippue, les lèvres retroussées, suggérant des ventouses, les oreilles abondantes et décollées, l'haleine forte, la main réduite, les paumes moites, les doigts tordus à la manière des croches, les pieds plats, le corps malingre, ou gras (la proposition hésite — petit de toute façon), je dois être brun, ou roux, d'allure « orientale », etc. On peut poursuivre, j'en oublie certainement.

J'attends ici l'habituelle protestation des non-Juifs de bonne volonté :

— Qui croit encore à ces ragots ? Vous décrivez là le Juif de l'antisémite le plus obtus, le plus virulent, le plus dépassé...

Or, je le répète, je m'obstine à croire que l'affaire est plus grave, plus compliquée et plus pourrie qu'on ne l'affirme, et particulièrement chez mes amis. Car enfin, chez moi, chez la plupart des Juifs, pour ne pas dire chez tous, le trouble me semble évident. C'est la vérité que je me suis souvent réjoui, me l'avouant plus ou moins, de n'avoir pas un nez de mouton ou des lèvres lippues. Lorsqu'on me disait : « Vous n'avez pas le type juif », ce compliment équivoque mêlait à ma révolte, malgré moi, l'amertume d'un plaisir ambigu, comme une femme violée qui en retirerait une joie honteuse et détestée. C'est la vérité que je vis mon corps d'une certaine manière, trouble, interrogative et inquiète. Suis-je seulement sûr, de science certaine, que je n'ai pas, en tant que Juif, de signalement biologique particulier ? Et les non-Juifs, même les meilleurs, sont-ils vraiment si étonnés qu'ils l'affirment ? Laissons de côté les francs salauds qui clament leur haine et leurs préjugés et les répandent dans la rue, auprès de leurs enfants, dans leurs journaux qui se vendent partout et sont lus par des milliers de lecteurs. On a beaucoup vendu pendant l'époque de Vichy un livre intitulé : *Quinze signes visibles pour reconnaître le Juif* ; et c'est le journal à grand tirage *Gringoire* qui a lancé avant guerre l'expression « nez de mouton ». Laissons-les cependant, puisque avec eux ce n'est plus de discussion qu'il s'agirait.

Mais en 1958, le Bulletin international des Sciences sociales de l'Unesco, résumant les recherches les plus récentes, conclut que les sujets interrogés en Allemagne fédérale étaient largement d'accord pour caractériser le Juif par son nez crochu. Le même bulletin signale l'existence d'un important racisme à base biologique en Angleterre et aux États-Unis. Je n'ai pas besoin de publications officielles, hélas, pour en savoir aussi long sur la France.

Mais beaucoup de ces honnêtes gens qui haussent les épaules quand ils entendent cette description suivie, accumulative, s'interdisent-ils de dire, ou de penser : « Il a le type juif » ? Beaucoup, gênés quand ils voient dessinée en clair cette figure grotesque, ne s'y réfèrent-ils pas, malgré eux peut-être, si elle demeure discrète et dans l'ombre ? Que de fois ai-je entendu de la bouche d'hommes que je croyais quasi saints tel propos qui me plongeait dans une puérile consternation ! Que de fois ai-je enregistré chez les meilleurs telle allusion à ce que je croyais définitivement périmé ? Une vieille hypothèse sous une forme nouvelle, apparemment scientifique, apparemment neutre ? Maladies spécifiques ou immunités, par exemple : « Tout de même..., cette alimentation particulière depuis des siècles, peut-être..., la circoncision..., n'est-il pas possible que la suppression du prépuce ?... » Je sais bien que le plus souvent il ne s'agit là que d'impressions fugaces, de routines de pensées, de jeux de langage qui ne prétendent pas aller plus loin. « Je suis aussi laid qu'un Juif », écrit le philosémite Henri Miller ; et, dans une pirouette, Anatole France note : « Il lui reprochait son zèle, son nez crochu, sa vanité, son goût pour l'étude, ses lèvres lippues et sa conduite exemplaire. »

Je sais aussi que mis au pied du mur la plupart en seraient confus ; nieraient toute valeur à ces approximations, ou seraient incapables, en tout cas, de les préciser davantage. Mais leur dirais-je que ces dénégations de principe ne me suffisent pas ? Que leur pudeur ou leur générosité, leur délicatesse ou leurs soucis tactiques ne me consolent pas s'ils ne sont que cela.

À cette étape, j'exige de moi-même, je réclame de mes meilleurs amis un effort de cruauté. Je souhaite au contraire qu'ils m'aident à tout exhumer, à tout éclairer : *même au risque de découvrir une place réelle au biologique*. Car enfin, si cela était dans une certaine mesure ? S'il existait un certain aspect biologique du Juif ? Si cela était, eh bien, je lui reconnaîtrais sa place, mais cette fois sa place exacte. Qu'ils disent donc tout ce qu'ils ont sur le cœur, bien enfoui ou tout prêt, qu'ils formulent ces résidus, qu'ils révèlent tout ce qui leur semble constituer ou contribuer à constituer la figure biologique du Juif. Je les traque ? Je me traque bien, moi ! Je me soumets bien à cette odieuse confrontation ! Encore une fois, si je veux en terminer avec ce misérable procès, il me faut l'instruire jusqu'au bout, au moins pour moi-même.

II

Le Juif mythique

1

Suis-je une figure biologique ?

Je m'examine donc, je me regarde dans la glace avec application, je me tâte : que m'apprend cette studieuse inspection ? Je ne reconnais pas mon portrait présumé. Non, vraiment, ni les oreilles décollées... Les lèvres peut-être ? mais non, pas spécialement, pas plus abondantes que chez un type humain fréquent, dont on dit qu'il a des lèvres sensuelles... D'ailleurs aurais-je eu tel ou tel trait, l'expérience n'aurait pas été concluante : il m'aurait fallu en posséder plusieurs à la fois, suffisamment nombreux en tout cas pour constituer un *ensemble*. Suis-je alors le merle blanc ? Le Juif-pas-comme-les-autres, biologiquement du moins ? Je ne le pense pas ; mon histoire personnelle et celle de ma famille relèvent d'une banalité courante dans mon pays natal...

— Que vous échappiez, vous, à l'accusation, n'y change pas beaucoup, me dira-t-on. Que vous ne répondiez pas individuellement à ce signalement ne prouve rien. Ce portrait est celui de la *majorité* des Juifs ; il s'agit d'une vérité générale. (Retenons en passant cet aspect de l'accusation : il s'agit d'un procès collectif.)

— Non, ce n'est pas vrai non plus. Je poursuis la confrontation autour de moi : ni mes parents, ni mes amis, ni mes relations immédiates ne viennent confirmer l'hypothèse. Il arrive, certes, que l'un d'eux ait un nez «révélateur» ou des lèvres suspectes, mais cela me l'aurait-il dévoilé si je ne savais déjà qui il était ? Au surplus ces lèvres ou ce nez important sont-ils plus fréquents qu'ailleurs ? Je ne rencontre guère enfin cette vérité générale...

Pour être précis, et tout à fait loyal, je dois rappeler que je suis né à Tunis, en Tunisie : or je n'ai jamais vu en Tunisie d'oreilles décollées ou d'yeux rapprochés en proportion insolite... Ce que vous devez voir, par cette précision, c'est que l'aspect biologique dit Juif, s'il existe, n'est pas indépendant de la géographie. Je me doutais d'avance, je l'avoue, que cette description ne me concernait pas : c'est qu'elle a été proposée par les habitants de l'Europe occidentale. Il y avait de fortes chances pour que le modèle qui l'avait inspirée, si modèle il y a, ne me ressemblât pas. Lorsqu'on affirme devant moi : «Un tel a, ou n'a pas, le type juif», je demande à brûle-pourpoint : «Lequel ?» Il ne me reste plus qu'à m'amuser de l'embarras de mon interlocuteur. On m'a raconté l'histoire suivante : «Un Juif français, de passage en Chine et voulant remplir ses devoirs religieux, découvre une synagogue et y pénètre. Il s'apprête à prier lorsqu'il s'aperçoit qu'il est examiné avec inquiétude et méfiance par les Juifs chinois. Au bout d'un moment, le rabbin chinois vient vers lui et lui demande ce qu'il désire. Il confesse qu'il venait pour prier.

— Mais, l'interroge avec scepticisme le rabbin, vous êtes Juif ?

— Oui, bien sûr, répond-il.

— Curieux, s'étonne le rabbin qui porte la main à ses yeux bridés et ajoute : Curieux, vous n'en avez pas du tout le type ! »

En fait, chaque pays a ses Juifs propres. On a l'habitude de distinguer les Séphardim et les Askenazim, en disant en gros que les premiers sont des Méditerranéens et les seconds des gens du Nord. Mais on est loin du compte avec cette classification dualiste, qui cependant fait éclater déjà le portrait-robot de l'antisémite, puisque l'Askenazi suggère un vague aspect slave, teint, œil et poil clairs. Car il y a des Juifs chinois et des Juifs noirs, des Juifs berbères et des Juifs hindous, et même des Juifs aztèques ! La multiplication des voyages contemporains, l'abondance des documents, ne peuvent plus laisser aucun doute sur cette relativité et cet effritement de la notion biologique du Juif. Et c'est bien la conclusion finale et unanime des hommes de science. Sur ce point précis, certains se sont livrés à un étrange jeu de patience : dimensions crâniennes, couleur des cheveux, forme du nez, groupe sanguin, facteur rhésus : le tout en beaux tableaux comparatifs, avec mesures précises et pourcentages. « Les Juifs varient entre eux, conclut le savant biologiste J. Huxley, autant sinon plus que n'importe quel peuple d'Europe. »

Mais ai-je eu vraiment besoin d'attendre ces résultats ? Étais-je donc aveugle pour ne pas avoir vu à quel point je diffère des Juifs d'Allemagne ou de Russie ? Ce que je sais d'histoire juive aurait suffi déjà à me montrer l'absurdité d'une race juive distincte : migrations constantes, déportations, invasions, mélange de populations. J'ai l'air de me moquer et j'ai tort. La caution de la science n'était probablement pas inutile à tout le monde. C'est qu'il m'arrive d'être vexé d'avoir à répondre à de telles sottises. La description classique et unitaire du Juif n'est enfin, je le crains, que celle d'une certaine myopie européenne qui ne sait pas regarder plus loin qu'elle-même, et qui nie, moque ou méprise ce qu'elle ne voit pas. Il aurait été bien trop facile de pratiquer des expériences en sens inverse. Étant l'autre soir dans une assemblée de Juifs parisiens, je me suis livré à une sorte de contre-épreuve. Faisant abstraction de ce que je savais où je me trouvais, j'ai regardé autour de moi ; la conclusion était évidente : m'y aurait-on amené les yeux bandés, sans me dire le but de l'expédition, je n'aurais jamais deviné que j'étais parmi des Juifs. À Paris, dans un autobus par exemple, je suis bien incapable de distinguer qui est Juif et qui ne l'est pas. Serait-il imprudent de conclure déjà : *il n'existe pas du Juif une figure biologique universelle* ?

« Qu'est-ce qu'un Juif ? Je vais vous raconter quelque chose. Lorsque j'étais en Abyssinie, notre groupe essayait de rejoindre les patriotes locaux, à travers la brousse. Il pleuvait à torrents, nous étions perdus... Je vois enfin quelqu'un, sous un arbre : un long Abyssinien tout noir, armé jusqu'aux dents. Mon camarade, qui connaissait quelques mots de leur langue, essaie de lui demander le chemin : il ne répond pas. Excédé, je dis à mon camarade : "Laisse ce chameau et allons-nous-en." L'Abyssinien ouvre enfin la bouche pour dire, en hébreu : "Ah ! mais je vois que vous parlez ma langue..." Qu'est-ce qu'un Juif ? Dans les rues de Tel-Aviv, souvent on se le demande, à voir cette foule bariolée. » (Avner.)

Dans cette controverse avec l'avocat du diable et de l'antisémite, ce n'est là, cependant, qu'un triomphe limité.

— Vos Éthiopiens et vos Chinois ne m'impressionnent guère, pourra-t-il dire ; la majorité des Juifs se trouvent en Europe et en Méditerranée, ou en Amérique, ce qui revient au même. Et chez nous, même pour nos yeux de myopes, comme vous dites, ils sont visibles ! Alors laissez, je vous prie, les quelques exemplaires aztèques, et les problématiques Hindous à leurs lointains pays, et revenons à Paris... Croyez-vous que les Juifs passent inaperçus de leurs concitoyens non juifs ? Que les Juifs parisiens s'ignorent entre eux ? Voilà le vrai problème.

— Vous demandez en somme si le Juif n'est pas tout de même *reconnaissable* à l'intérieur d'un groupe humain restreint, sinon à travers le monde ? Dans l'affirmative, le Juif serait une figure biologique *régionale*, sinon universelle. Le Juif français serait reconnaissable par le Français, le Juif chinois par le Chinois, etc.

— Exactement.

— Ce n'est pas impossible. L'antisémite prétend reconnaître les Juifs à coup sûr, « à cent pas », « à leur odeur », etc. J'ai assisté à trop d'énormes bévues pour prendre au sérieux cette infaillibilité. Une de mes amies juives qui avait épousé un catholique français bon teint me racontait : « Lorsque nous disons, mon mari et moi, que nous sommes un ménage mixte, cela ne rate jamais : le Juif c'est lui. Il faut dire que mon mari est assez petit et qu'il est brun ; alors que j'ai les épaules larges et que je suis blonde... Nous nous amusons souvent de cette équivoque. » Mais supposons qu'il y ait là quelque vérité ; après tout, la haine comme l'amour aiguise la lucidité, ne fût-ce que par l'attention portée à son objet. Il n'est pas impossible que des individus antisémites identifient plus rapidement que les autres les visages juifs. Il n'est pas impossible, d'une manière plus générale, que des Juifs et des non-Juifs d'une même localité ou d'un même groupe arrivent assez facilement à se deviner mutuellement. Comment s'opérerait cette reconnaissance ? Quelle serait en somme cette variété régionale ainsi identifiée, et comment la caractériser ?

Modifions notre expérience de tout à l'heure : Je suis dans une assemblée de Juifs à Tunis : est-ce que je les reconnais ? Est-ce que moi Tunisien, je reconnais les Juifs de Tunis ? La réponse est affirmative. Mais rappelons-nous bien ce que nous cherchons : si, à l'intérieur d'un groupe donné, dans une région géographique délimitée, le Juif est reconnaissable *biologiquement*. Or est-ce bien grâce à leur signalement biologique que j'ai reconnu les Juifs tunisiens ? Est-ce parce qu'ils possèdent des oreilles plantées d'une certaine manière, ou une bouche au dessin spécifique que les Juifs tunisiens sont reconnus par les autres habitants de la Tunisie ? Cette fois, j'hésite. Il ne me paraît guère évident que je puisse distinguer *biologiquement* les Juifs des musulmans par exemple, ou même de très nombreux Européens français, italiens, grecs, maltais. Les musulmans ont plus fréquemment peut-être la peau brune. Mais il s'agit alors de traits de sous-groupe, de paysans, de Bédouins vivant à l'air libre. Les citadins, hommes des souks, sont aussi pâles que les Juifs, de cette mauvaise pâleur jaunâtre, résultat d'une alimentation défectueuse et d'un manque de lumière, paradoxal dans un pays de soleil. Et je n'ai jamais vu des gens me rappelant autant nos fellahs que certains paysans siciliens au cœur de la Sicile : une djellaba et une serviette sur la tête, ils auraient pu figurer tels quels dans un film sur l'Afrique du Nord...

— Pourtant vous reconnaissiez les uns et les autres ?

— Oui, généralement : mais autrement que par leur biologie. Par leurs vêtements par exemple, statistiquement tout au moins : dans une assemblée de musulmans, on trouverait plusieurs chéchias, aucun chapeau, des burnous... Par des traits de langage : les accents, les tonalités, les vocabulaires diffèrent... Par des traits de comportement : je sais d'avance que je ne rencontrerais guère de Juifs dans une telle assemblée. Il est faux qu'un Juif se reconnaisse : mais on peut le calculer.

Inversement, lorsque j'allais dans le sud de la Tunisie, où les différences vestimentaires et de langage étaient minimes, à mes yeux du moins, j'étais parfaitement incapable de m'y retrouver devant les mêmes peaux tannées de ces mêmes artisans accroupis depuis des siècles, les mêmes grands yeux de femmes agrandis de khôl. Plus d'une fois, cherchant la vieille synagogue de l'endroit, je fus étonné d'être interpellé par des Juifs de ces régions qui, eux, me repéraient et se réjouissaient de rencontrer un coreligionnaire.

Biologiquement, les Juifs ressemblaient à leurs concitoyens non juifs bien davantage qu'ils n'en différaient.

Dans l'évolution accélérée que vivait la Tunisie ces dernières années, chaque trait au contraire pouvait être trompeur. Le vêtement était révélateur, certes, mais il entrait en composition avec la classe sociale, l'âge, le degré de culture, la laïcisation et l'européanisation progressive, et tout cela était en plein mouvement et brouillait constamment les cartes. J'avais noté avec amusement que la distinction devenait de plus en plus difficile à mesure que l'on approchait des extrêmes : dans le Sud resté traditionnel et chez les intellectuels occidentalisés. Quelques gaffes m'avaient appris à mes dépens que la biologie était alors muette et que les vêtements et les langages s'égalisaient.

Il est clair, en tout cas, *que le problème de la reconnaissance déborde largement celui de la biologie*. Si le biologique joue un rôle, ce rôle est minime, comparé à celui des autres facteurs. Il leur est, en outre, tellement mêlé, il a tellement été ré-interprété, qu'à lui seul il serait négligeable. Pour que les hommes se reconnaissent par leur biologie, il faudrait qu'ils s'examinent sans parler, sans bouger et tout nus ; ni vêtements, ni langage, ni mimique. Qu'en resterait-il alors ? Des cadavres ? Et encore, même chez le cadavre humain dévêtu, nous ne découvririons pas le biologique seul, pur. La vie a laissé ses traces, elle a marqué, refaçonné la chair ; la coupe des cheveux, la barbe, les soins ou l'absence de soins des ongles, de la peau, du poil, des dents, les balafres accidentelles ou volontaires, magiques ou médicales, la circoncision, les callosités des mains, le développement de telle ou telle partie du corps, les déformations professionnelles, le repétrissage harmonieux par le sport... Au fond, pour que le biologique humain pur existe, il faudrait que l'homme cesse précisément d'être humain. Il faudrait qu'il soit réduit à une abstraction, un concret terriblement abstrait. Mange-t-il, fait-il l'amour, accouche-t-il, l'animal humain est déjà humain, déjà socialement, historiquement, géographiquement situé. Ce biologique enfin n'est jamais qu'un matériau de l'humain, et ce n'est pas le biologique qui fait l'homme, c'est l'homme qui utilise sa biologie, la marque et la fait signifier. En bref, voulant cerner l'humain par le biologique, nous sommes incessamment renvoyés à la psychologie, à l'histoire et à la culture.

— Ainsi, ni figure biologique universelle, ni variété ethnique régionale : rien ne distinguerait le Juif du non-Juif? C'est cela que vous essayez de démontrer? C'est trop! Vous avez reconnu vous-même que le facteur biologique joue un rôle important dans le malaise juif, dans la suspicion du non-Juif, dans la haine de l'antisémite et même dans l'inquiétude du philosémite. Toute cette agitation ne reposerait sur rien? Je persiste à croire que dans de nombreux cas le Juif est reconnaissable, et biologiquement, s'il vous plaît! Moins nettement qu'on ne le dit, moins fréquemment, si vous voulez, mais il existe des *types juifs*. J'ai eu des discussions acharnées avec un de mes camarades antiraciste, laïque, humaniste, etc., qui niait farouchement cette évidence, jusqu'au jour où il a épousé une Juive polonaise : quand il a vu, rassemblés, m'a-t-il raconté, les parents de sa femme, il ne put s'obstiner davantage : il admit qu'il existe un type de Juif polonais... Tenez : lorsque les Juifs allemands sont arrivés en France, à la suite des persécutions hitlériennes, nous n'hésitâmes pas beaucoup, je vous assure, et ce n'était ni une affaire de vêtements ni de...

— Ni de quoi ? Achevez ! vous vouliez dire : ni de langue. Vous vous êtes arrêté parce que justement c'était une affaire de langue, donc de culture : que pourraient être ces gens qui parlaient allemand, alors que vous *saviez* qu'il y avait un afflux de Juifs allemands récemment arrivés ? S'ils avaient parlé le français sans accent, s'ils s'étaient présentés extérieurement comme des Français, vêtements, comportement, coupe de cheveux, lunettes, et s'étaient rigoureusement abstenus de faire allusion à leur passé, bref s'ils avaient réussi à maquiller leur signalement culturel, historique et social, les auriez-vous encore reconnus ? Vous hésitez ?

— Un peu... mais je ne suis pas convaincu : vous pouvez toujours supprimer les lunettes cerclées d'or, les Allemands resteront tout de même plus blonds que nous, auront les yeux bleus plus souvent, la tête et la mâchoire plus carrées...

— Je vais poursuivre dans votre sens : vous allez voir que je ne cherche nullement à nier *a priori* toute distinction biologique dans l'identification du Juif. Mais je veux en découvrir la place exacte, donc également les équivoques, dans l'appréciation de la condition juive. Assurément il existe des préoccupations biologiques dans les suspicions, les jugements et les refus du

Le Juif mythique

non-Juif ; et la souffrance juive y est fort attentive. Mais la signification de la différence biologique, lorsqu'elle existe, est-elle bien correcte ? Autorise-t-elle les conclusions et les sentiments qui en découlent ordinairement ?... Nous avons fait en Tunisie la même expérience que vous : nous avons eu nous aussi nos réfugiés juifs d'Allemagne. Eh bien, je vous accorde que nous les distinguions fort bien. Mais comment ? Ils parlaient yiddish, aimaient à se grouper, se spécialisaient dans certains métiers, des artisanats techniques en général... je reconnais aussi qu'ils étaient blonds, alors que nous sommes bruns, qu'ils avaient les yeux clairs, alors que les nôtres sont foncés (pas toujours : mon cordonnier, un Allemand de Berlin, était plus brun que moi et rien ne nous distinguait... mais restons dans la statistique)... enfin on ne pouvait guère se tromper, un jour de Kippour, devant les différents publics de nos synagogues respectives. Mais reconnaissions-nous des *Juifs* ? ou plus simplement des *Allemands* ? Cette blondeur un peu fade, ces yeux bleus et froids, ces cheveux lisses, fins et comme fragiles, cette peau rose, translucide et, ironisions-nous, légèrement porcine, étaient-ce des traits juifs ou simplement des traits d'immigrés, d'hommes *venus d'ailleurs* ? Vous voyez bien que je ne nie pas systématiquement que les Juifs puissent se distinguer biologiquement de la population d'un pays. Mais il ne s'agit nullement d'une différence spécifiquement juive. Tout afflux d'étrangers, toute immigration un peu massive, risque de se distinguer de même. La littérature française d'après la révolution russe a largement et complaisamment utilisé un personnage de

Russe blanc. Il s'est trouvé que nos immigrés allemands étaient en même temps juifs ; on en a conclu, pour des raisons que nous verrons, qu'ils possédaient un physique notoirement juif. C'est un bel exemple de fausse évidence. Si les Français n'avaient connu les Juifs que sous les traits de Juifs chinois chassés de chez eux, ils en auraient conclu que le type chinois était le type juif. Cette liaison est accidentelle et nullement nécessaire. Un jour, après une conférence dans une ville du Nord, on m'invita à un banquet où, m'assura-t-on, je ne mangerais que des mets juifs. À ma surprise, d'ailleurs ravie, on me servit une succession de plats que je n'avais jamais goûtés. Pour ces Juifs d'Europe centrale, les mets juifs consistaient en gefüllter Fisch, en Meerrettich, et en Pickelfleisch. Pour nous, Juifs de Méditerranée, le Sabbat se fêtait par le couscous, les boulettes de viande et les haricots aux épinards sauce noire. Et tous les deux, nous croyions dur comme fer que ces rites alimentaires exprimaient authentiquement l'âme juive. Ils l'exprimaient si bien, qu'avant ces derniers bouleversements historiques qui ont projeté à des milliers de kilomètres les survivants de telle communauté dans les bras de telle autre, nous étions chacun dans l'ignorance, souvent la plus complète, de toutes ces âmes multiples. Les Juifs allemands enfin ne constituaient nullement une figure biologique juive originale, mais simplement une figure biologique d'étranger. S'installant en France, ils allaient peut-être enrichir d'une nuance la palette biologique de la France, mais cette variété ethnique nouvelle était une *fausse figure juive*. La véritable comparaison, enfin, pour déterminer si le Juif existe biologiquement, doit se faire, vous l'apercevez, entre Juifs et non-Juifs autochtones *d'un même pays*. Sinon il y a équivoque, sinon on compare des Allemands et des Français, et non des Juifs et des non-Juifs. Le rassemblement des beaux-parents polonais de votre camarade laisserait supposer, tout au plus, qu'il existe un type de Polonais, et non un type de Juif polonais. Voilà la seule expérience décisive, l'expérience cruciale, puisqu'elle compare des éléments comparables. Nos difficultés à isoler une différence biologique restent intactes.

2

Suis-je une figure biologique ?
(suite)

Mais faisons un pas de plus : cette expérience décisive, supposons-la réalisée. Faisons mieux, supposons que la conclusion en soit éclairante : oui, les Juifs polonais par exemple, comparativement aux autres Polonais, auraient un type particulier : « Maigrichons, affaissés d'allure, cheveux bouclés, oreilles énormes, grosses lèvres… », ironisait une de mes amies, elle-même polonaise, à qui je laisse la responsabilité de cette esquisse. Ainsi tel groupement juif se trouverait avoir des traits biologiques spécifiques, qui le distingueraient des autres groupements parmi lesquels il vit. Dans certaines circonstances au moins, le Juif serait biologiquement reconnaissable.

Pourquoi pas d'ailleurs ? On pourrait admettre qu'une situation donnée, contraignante et prolongée, finisse par retentir sur la biologie. Que l'oppression finisse par s'inscrire d'une certaine manière dans le corps. La colonisation, ai-je montré, marque le colonisé même dans son corps. Elle déforme l'âme, pourquoi ne déformerait-elle pas le visage et les membres ? Supposons que la vie, confinée en ghetto pendant des siècles, ait laissé des traces, toujours plus creusées, par le jeu des mariages, d'une endogamie trop rapprochée. L'hérédité des caractères acquis n'a jamais été prouvée; mais faisons-nous la partie belle. Ajoutons à cela une alimentation spécifique, l'absence de certains mets, la prédilection pour d'autres, une hygiène particulière, que sais-je? Je mets tout ce que je peux dans ce panier. S'il faut poursuivre dans cette direction, je dirais que, de toute manière, c'est la situation qui a fini par influer sur le corps comme elle a influé sur le vêtement, le parler, la mimique et les conduites. Nous sommes loin d'une conformation originelle. Fonction d'une situation, d'une aventure historico-sociale, elle ne peut être bien profonde, si même elle était spectaculaire. Ni bien originale; elle n'est nullement exceptionnelle et propre au Juif. De très nombreux groupes humains, mis dans les mêmes conditions prolongées, ont présenté les mêmes stigmates et les mêmes carences (car c'est de cela qu'il s'agit, et non de beautés inouïes qui nous feraient jalouser). La biologie coloniale, si biologie il y a, était surtout misère physiologique, carences et maladies. Ces misères, les Juifs d'Afrique du Nord, nous les partagions avec les musulmans; il n'y avait point là une simple coïncidence. Les mêmes individus rabougris, bruns et secs comme des insectes, où l'on s'étonnait de voir la vie fonctionner, en l'absence de toute graisse et de toute chair; ou alors gras et jaunes, débordants de graisse flasque. Et là-dessus bien sûr, la tuberculose, le trachome et la syphilis. Le type du «petit Juif» enfin n'est, au point de vue biologique, qu'une banale image de la misère physiologique, d'une longue misère historico-sociale.

Et lorsque quelques-uns d'entre nous arrivaient à surmonter cette tyrannie du sort, leurs enfants, ou leurs petits-enfants, n'étaient plus ni rabougris, ni maladivement gras. La dernière génération de jeunes bourgeois tunisiens, Juifs et non-Juifs, commençait déjà à grandir étonnamment. Une alimentation plus riche et plus rationnelle, une médecine attentive et adaptée, la pratique des sports, un goût nouveau pour le soleil et le plein air reléguaient aux souks du passé ce gracieux étiolement et ce teint d'ombre pâle que l'on cultivait chez les jeunes filles. Quant aux maladies spécifiques, elles n'existent pas, ou elles sont, elles aussi, conditionnelles. Il a suffi d'un effort un peu suivi de quelques organisations philanthropiques pour voir régresser d'une manière foudroyante la tuberculose et le trachome : il n'y a aucune prédisposition particulière à ces maladies, sinon celle qui résulte de la sous-alimentation et d'une hygiène déficiente, et peut-être de la violence du soleil. Un de mes amis psychiatre a cru pouvoir découvrir, avec un délicieux frisson, le pivot de toute son existence scientifique : certaines maladies mentales n'existeraient pas en Tunisie, et d'autres y auraient des formes particulières. De là à conclure que notre psycho-physiologie, notre « mentalité » appelaient certaines maladies et nous en interdisaient d'autres, il n'y avait qu'un pas... qu'il ne franchit pas : honnête homme, et savant honnête, il découvrit aussi vite que son ignorance de la langue de ses malades l'égarait. Bref, ce que les générations ont forgé à leur détriment, une ou deux générations suffiraient sans doute à le défaire et à le transformer, dans ce domaine tout au moins.

Le Juif mythique

Et si cela résistait ? Si tout cela était irrémédiable et avait définitivement marqué les Juifs ? Qu'est-ce que cela prouverait sinon que le Juif serait une victime définitive, également dans sa biologie, puisqu'il s'agit de traits de carences ? Si toute situation humaine prolongée finit par retentir aussi sur le corps, l'on ne saurait faire de ce retentissement une infamie, ou une gloire d'ailleurs. Ces signes corporels de l'oppression du Juif sont un résultat, une conséquence de la condition qui lui est faite et non des motifs d'explication de cette condition. Ils ne sont pas la preuve de son iniquité mais celle de l'iniquité commise à son égard. Je reviendrai sur cet extraordinaire retournement qui fait d'une misère une faute, et une infamie de ce qui devrait être l'objet d'une révolte et d'une revendication.

Peut-on pousser plus loin ? Par-delà ces carences et leurs stigmates, creusés au long d'une histoire corrosive et tourmentée, par-delà ces traits d'immigrés qui ne sont en rien spécifiquement juifs, et qui ne paraissent tels que par une illusion de perspective géographique ? Pourrait-on supposer une espèce de fonds lointain, sur lequel seraient venues se broder toutes ces variations, un fonds commun à tous les Juifs, qui aurait résisté à tous les accidents de leur longue aventure ? Mais l'hypothèse est pour le moins fragile : elle suppose une origine biologique commune, ce qui est hautement improbable. Même en remontant au-delà de l'histoire, jusqu'aux peuplades néolithiques de Jéricho, on ne découvre aucune entité à part, mais une tribu nomade parmi d'autres tribus nomades. Elle admet en outre que cet apport initial soit resté pur de mélanges, ce qui est faux : on peut affirmer au contraire que les apports ultérieurs le dépassent de loin : « Les anciens Juifs se sont constitués comme résultat de croisement entre divers groupes de types distincts. Plus tard, il y a toujours eu, dans une certaine mesure, des croisements entre les Juifs et les habitants non juifs des pays où ils ont habité. » (J. Huxley.) Ne voyons-nous pas que nous retrouvons au détour du chemin, sournoise et masquée, la figure biologique universelle que nous étions convenus d'abandonner ? En vérité nous continuons à tourner en rond, dans l'obscurité cette fois. Car au lieu de ce nez fameux, auquel pouvait s'accrocher le caricaturiste, ou ces lèvres bien visibles, nous n'avons plus qu'un squelette biologique, hypothétique et abstrait.

Et s'il fallait l'admettre tout de même (admettons tout), que prouverait-il encore ? Quelle signification, quelle influence aurait ce résidu fantomatique sur la destinée concrète, sur la vie et le comportement du Juif ? On peut tout supposer évidemment. Mais serait-il illégitime là encore de s'adresser aux savants ? Or que disent-ils ? Dans l'état actuel de nos connaissances, concluent-ils, nous ne pouvons affirmer l'existence d'un lien quelconque entre les caractères mentaux et les caractères physiques. En dépit de toutes les recherches, rappelait le professeur Otto Klineberg, on n'a pu découvrir aucun rapport entre la grosseur ou la forme de la tête, la stature et la couleur des cheveux, d'une part, l'intelligence et la personnalité d'autre part. Je ne dis même pas qu'on ne finira pas par trouver quelque chose ; mais au moins qu'on ne discute pas à propos d'œufs qui ne sont pas encore pondus. Je suis convaincu, je l'ai suffisamment laissé entendre, que certains traits psychologiques sont communs aux Juifs. Mais pour les expliquer, ce long passé de terreurs et de souffrance, d'instabilité et d'anxiété, d'oppressions et de traumatismes répétés, ne suffirait-il pas, pour qu'il faille s'adresser encore à quelque obscure, et quasi mythique, communauté biologique ? Pour expliquer cette concordance, ce dénominateur commun à la vie juive, l'histoire du Juif est assez riche de misères, pour que nous n'ayons nul besoin d'interpréter encore la forme de sa tête ou la couleur de ses cheveux, et alors que ses cheveux et cette tête varient précisément suivant le Juif marocain et le Juif polonais, le Juif allemand et le Juif irakien.

Je ne dis pas, je le répète, que tout signalement biologique du Juif soit impossible, ni que toute reconnaissance en soit fallacieuse. J'ai tendance à croire au contraire que tout groupe, pour peu qu'il existe, est reconnaissable en quelque manière. Les gens du Midi le sont bien souvent, et les Alsaciens, ou même les Auvergnats. Mais la reconnaissance est un phénomène plus complexe et plus général, dont l'indice biologique n'est qu'une donnée, et non la plus éclatante. Comparée à ses autres traits, culturels et religieux, sociaux et politiques, à ses souvenirs, ses hantises et ses projets, la distinction biologique du Juif est dérisoire. Et lorsqu'elle n'est pas minime, elle n'est ni claire ni significative. Le plus souvent elle repose sur un *malentendu*, à l'intérieur d'un même peuple et surtout d'un peuple à l'autre. Elle ne découvre pratiquement jamais des traits originaux et spécifiques, mais un simple *déphasage* biologique, subitement imposé par les hasards de l'histoire. Toute immigration, tout mouvement de populations rapprochent ainsi et comparent des hommes, faisant jaillir et contraster leurs différences. Le destin du Juif fut simplement plus riche de ces perturbations et l'obligea plus souvent à se mesurer à cette aune de l'histoire. Le Juif fut en somme une perpétuelle personne déplacée. Et cette personne déplacée, se trouvant être juive, ses hôtes ont attribué à sa judéité tout ce qui les surprenait. Mais ces traits, dont ils ont cru pouvoir la caractériser, n'appartenaient nullement à cette judéité. Presque toujours on peut les trouver ailleurs, chez d'autres hommes qui ne sont pas des Juifs : au moins dans ce pays d'où la tempête les a chassés. En bref, si je crois que la *condition juive comporte un aspect, une allure biologique* qu'il serait vain d'ignorer, je pense aussi qu'il n'existe aucune coïncidence, ni totale ni partielle, aucune relation stable, entre le Juif et la plupart de ses signalements biologiques.

Mais alors, pourquoi ce trouble, ce tumulte, devant cette fameuse adéquation entre le Juif et sa biologie ? Pourquoi, pour définir le Juif, lui accole-t-on un tel concept biologique, comme s'il était clair, distinct et stable, alors qu'il est confus, vague et fluent ? Il ne me suffit pas de dépister et de dénoncer quelques erreurs d'optique du non-Juif. Il me faut encore expliquer ces erreurs trop persévérantes et trop passionnées pour être incidentes ou innocentes. Si ces différences sont minimes, confuses et variables, pourquoi leur trouve-t-on une telle *signification* ? À cette question, je ne vois qu'une réponse possible : Si l'importance démesurée attribuée à la différence biologique ne réside pas en elle-même, elle doit donc l'emprunter ailleurs ; la différence biologique doit posséder une *signification d'emprunt*. Un non-Juif peut se réjouir d'avoir une belle bouche ou s'attrister d'avoir de vilaines dents, il ne se torture pas pour découvrir quel type humain il rappelle. Pour le non-Juif en effet (sauf s'il est un autre opprimé, précisément), un trait biologique a, essentiellement, une valeur esthétique. Pour le Juif, tout se passe comme si chaque trait avait également, et avant tout, une autre dimension, une autre signification, plus préoccupante et plus lourde.

Tout se passe, enfin, comme si la signification ajoutée au physique du Juif éclairait ce physique d'une manière particulière. De sorte que, pour comprendre et vider ce problème de la différence biologique, en définitive si décevant, il me paraît nécessaire de renverser la perspective habituelle : *ce n'est pas la biologie du Juif qui fait le Juif, ce n'est pas son physique réel qui décrit, particularise et dévoile le Juif ; c'est l'idée que l'on a du Juif qui suggère et impose une certaine idée de la biologie juive.* Le même mécanisme joue dans la plupart des contextes d'oppression ; même pour des faits biologiques plus remarquables, comme la couleur de la peau chez le Noir, ou plusieurs traits de féminité.

Je prendrais volontiers cet exemple, apparemment le moins commode pour moi : la circoncision. Nous avons affaire là, à un fait indéniablement biologique. Or la circoncision qui paraît caractériser le Juif, si bien qu'elle suscite tant d'allusions, de plaisanteries ou d'agressions, se révèle baignant dans un brouillard conceptuel et, à la fois, terriblement lourde de significations adventices. Songe-t-on assez, par exemple, qu'il ne s'agit nullement d'une fatalité ethnique, mais d'un *événement*? Et mieux, d'un événement *culturel*, qui relève d'une décision sociale avant de s'inscrire dans le corps, et non d'une donnée biologique. Qu'importe son origine, dira-t-on, s'il s'inscrit définitivement dans la biologie. Cela importe si bien que, souvent, il ne s'inscrit pas, il est absent : de nombreux Juifs sont incirconcis, sans cesser d'être Juifs et sans cesser d'être traités comme tels. Si l'on arrivait, au surplus, à considérer ce fait en lui-même, dans sa pure description clinique, qu'y trouverait-on de plus qu'un incident biologique, une cicatrice guère plus grave que celle d'une appendicite ? On voit du même coup que, loin d'avoir quelque sens en elle-même, la circoncision du Juif se signifie dans la judéité. Loin de dévoiler quelque aspect mystérieux de l'être juif, elle lui emprunte son halo de mystère et de blâme. Contre-épreuve banale : cette dénudation du bout du pénis se trouve chez tellement d'autres hommes ! Songe-t-on assez que les circoncis juifs ne sont qu'une poignée, relativement aux autres, musulmans, nombreux Anglo-Saxons opérés du phimosis ? Il est amusant de noter en passant que toute cette affaire ne concerne qu'une moitié de l'humanité : les mâles. La société légale étant faite par les hommes et pour eux, on oublie tranquillement que cet atout maître de reconnaissance biologique s'évanouit quand le Juif est une femme. Songe-t-on à prêter aux circoncis non juifs quelque trait particulier, et qui les rapprocherait des Juifs ? La psychanalyse nous révélera peut-être un jour un traumatisme commun à tous les circoncis. Mais ce n'est pas vers la clarté et la neutralité scientifique que s'est orientée jusqu'ici l'inquiète curiosité des non-Juifs. Sans doute également, la trouble importance, l'ambiguïté de la circoncision lui est commune avec tout ce qui touche à la sexualité. Elle affecte, croit-on vaguement, la conduite sexuelle des Juifs, leur procurant d'extraordinaires jouissances et leur donnant le pouvoir d'en susciter de telles chez leurs partenaires. Mais il est vrai aussi que l'antisémite n'est pas jaloux, ni curieux de n'importe quel circoncis, mais du Juif circoncis, et la circoncision du Juif lui paraît plus étonnante, plus inquiétante et plus scandaleuse que celle du non-Juif. C'est que le mystère de la sexualité du Juif n'est autre que le mystère du Juif lui-même. Ce n'est pas la circoncision qui inquiète dans le Juif, c'est le Juif qui inquiète par et dans sa circoncision. Et cette fois, la femme juive n'est pas oubliée : on connaît l'image érotique, excitante et scandaleuse de la Juive. Tout comme les sombres histoires qui courent sur la sexualité du Noir ne sont que l'expression du prétendu mystère du Noir. C'est qu'un même fait, objectivement identique, se trouve revêtu dans chaque cas d'un sens implicite et différent, qui lui vient de toute une culture, de tout un univers, auquel il renvoie et qui lui assigne sa signification particulière et son degré variable d'importance. La circoncision du Juif n'a pas la même signification que celle du musulman ou celle de l'Anglo-Saxon. Force nous est enfin de nous adresser à la judéité pour comprendre l'envie ou la réprobation, l'étonnement secret ou l'agressivité que provoque la circoncision du Juif.

Dois-je ajouter enfin que la circoncision du Juif renvoie à des significations particulières chez le Juif lui-même ? Comment ne pas s'étonner de notre extraordinaire fidélité à ce rite ? Surtout après l'aventure hitlérienne, où la fameuse petite cicatrice a servi de preuve décisive pour envoyer des milliers de Juifs aux fours crématoires.

« Fridmann, Fridmann ! dit celui-ci, c'est juif ça... Vous êtes un youde !

— Mon colonel, répondis-je, je ne suis pas un youde, je suis alsacien. (J'avais répété la leçon que mon père m'avait apprise.)

— Vous n'êtes pas un Alsacien, vous êtes un sale youde, répéta le colonel.

— Mon colonel, lui dis-je, je peux vous en donner la preuve.

N'ayant pas été circoncis (négligence presque intuitive), je me sentais bien convaincant de ce côté-là.

Je quittai mon premier pantalon long.

Les Allemands se penchèrent, touchèrent un peu, retournèrent, soulevèrent.

— Ça me paraît complet, dit l'un.

— Il a toute la calotte, dit l'autre.

"Être complet", cela m'évita d'être fusillé. On commua ma peine en déportation dans les mines de Silésie. » (J. Lanzmann.)

Pourquoi le Juif s'obstine-t-il à transmettre à son fils cette dangereuse marque du malheur commun ? Ce n'est pas une simple affaire de religion : beaucoup sont athées qui continuent à la pratiquer. Ni d'hygiène, bien sûr : ce serait une motivation bien dérisoire pour un acte si important. Je n'ai pu trouver que ceci, qui soit valable pour tous : la circoncision est une *marque d'appartenance* négative.

En bref, chez le Juif, comme chez le non-Juif, chez le Juif croyant comme chez le militant athée, la circoncision signifie, continue à symboliser toute l'ambiguïté de la condition juive. D'une façon générale je vis mon corps d'une certaine manière. Je le surveille, je lui pose certaines questions, j'en appréhende certaines réponses. Mais il faut retourner la perspective : ce n'est pas parce que mon corps est ce qu'il est, mais parce que je me fais, moi, une certaine image de mon corps, alourdie de toute une culture. Et parce que je sais que se promène partout, insistante, tenace, une image de mon corps que l'on me propose, que l'on prétend retrouver en moi. Il existe un modèle de corps juif, qui fait partie d'une image plus complète du Juif. Je reviendrai sur la complexité des relations qu'entretient le Juif, comme tout opprimé, avec l'image qu'on lui propose de lui-même : il ne se borne pas purement et simplement à la nier. Lorsqu'un Juif est malingre, il voit accourir vers lui l'image du petit Juif. Il est rare qu'il arrive à considérer sereinement cette coïncidence malchanceuse avec la figure biologique traditionnelle. Lorsqu'un Juif a un gros nez, tout se passe comme s'il portait, au milieu du visage, une prétendue signalisation juive permanente : il a le nez juif, c'est-à-dire non le nez du Juif qu'il est, mais celui du Juif qu'il doit être. Ce pauvre nez, qui n'aurait rien du Juif s'il était sur une autre figure, se trouve ici gonflé de toute la judéité supposée de son possesseur. Du coup, comme sa couleur chez le Noir, le nez devient sur la figure du

Juif le symbole de son malheur et son exclusion. Comme pour la circoncision, ce n'est pas le nez juif ou le petit Juif qui fait l'importance de la Judéité ; c'est la judéité qui se signifie dans le nez, le rachitisme ou les taches de rousseur. Sinon, quel intérêt de savoir si le Juif polonais possède ou non des taches de rousseur ? ou que le Noir soit noir ? Vue de Sirius cette affaire apparaîtrait dérisoire. Ainsi le problème de la figure biologique prend une physionomie nouvelle. Il s'intègre dans une perspective plus large sinon moins dramatique. En quoi consiste cette judéité, qui donne sa signification à la biologie du Juif ? Et pour commencer, quel est le sens de cette image du Juif, partie intégrante de ma judéité, à laquelle je suis incessamment renvoyé ?

3

Suis-je une figure économique ?

Regardez autour de vous, me suggérait-on encore : où l'argent circule et se gagne, vous trouverez des Juifs. Dans le commerce bien sûr, la banque, les professions libérales les plus lucratives, l'industrie... Les Juifs abondent dans les postes d'intermédiaires, ils en ont la patience et la ruse, la souplesse, et (notez comme nous savons être justes) les qualités humaines, la cordialité, l'initiative... Cet autre portrait collectif, aux traits papillotants et imprécis, est cependant l'un des plus vieux, des plus routiniers de mon histoire, banale, chronique et tenace comme un asthme familial. L'antisémite dispose ici d'une véritable caution historique, qui n'existe guère pour le procès biologique. Dès l'Antiquité, Tacite faisait des reproches analogues aux Juifs de l'époque. Dans Alexandrie, la concurrence qui opposait les marchands juifs aux marchands grecs leur attirait la haine. Judas fut un traître pour de l'argent ; pour si peu en vérité ! mais la circonstance est aggravante : trente deniers ! « Passe encore pour des millions ! semble dire l'incohérente sagesse des nations, quelle méprisable avidité ! » Le Juif du

Moyen Âge nous est dépeint comme un usurier qui ne mérite que vengeance. La littérature des temps modernes reprend et utilise largement un modèle si commode, une composition si éprouvée, comme on dit au théâtre. Shakespeare lui prête les traits du sinistre Shylock, qui réclame à sa victime une livre de chair. Victor Hugo n'hésite pas à introduire un affreux personnage, nommé Deutz je crois, qui livre une princesse pour cinq cent mille francs. C'est-à-dire la noblesse, la faiblesse et la pureté souillées, détruites : rien ne résiste à cette épouvantable maladie : l'amour juif du gain. Drumont, le maître antisémite de la fin du XIXe siècle, et de tous les antisémites ultérieurs, affirme que : « L'antisémitisme est une guerre économique. » Même à gauche, il existe au moins une suspicion économique, fort ancienne puisqu'elle part du socialiste Toussenel pour aboutir au communiste Khrouchtchev. « Depuis des dizaines de siècles, déclare tranquillement ce dernier (...) Si vous prenez le bâtiment ou la métallurgie, professions de masses, vous ne pourriez y rencontrer un seul Juif, à ma connaissance. Ils n'aiment pas le travail collectif, la discipline de groupe. »

La remarque ne signale pas un simple constat historique, elle suggère une *volonté* mauvaise des Juifs à dédaigner les honorables métiers des masses. Le journal anarchisant *Le Canard enchaîné* écrivait : « La première dame de France… c'est la banque Rothschild. »

Il ne s'agit que de rire peut-être, mais aucune plaisanterie n'est complètement innocente. Même la gauche tient largement compte du stéréotype qui lie le Juif à l'économie et à l'argent. Je n'ai pas l'intention, là encore, de faire l'inventaire de ce folklore. Je voulais noter simplement que l'écho vient de loin, qu'il se répercute le long des siècles et se prolonge jusqu'à nos jours. Du marchand judéen de l'Antiquité à l'agent de change moderne, en passant par Nathan le Sage, l'importateur d'épices de Lessing, du revendeur de dépouilles qui suivait les armées napoléoniennes au marchand de tapis de nos pays, une chaîne solide me relie à ce portrait de famille. Au point qu'on prétend le retrouver jusque dans mon visage actuel de chair, et apparenter les deux procès, l'économique et le biologique. Comment en douter en effet ? des habitudes si invétérées doivent avoir leur origine dans le «sang», dans le «génie de la race». Comme tous les enfants juifs, je serais venu au monde avec un goût particulier pour l'argent et tout armé pour le satisfaire. N'est-il pas compréhensible et presque normal que je me sois transformé en gagneur d'argent, en figure économique?

J'ajoute que j'avais beau feindre d'ironiser ou hausser les épaules, je me sentais concerné, signalé par cette accusation économique, comme par une plaque de P.G. collée à mon dos et aux dos des miens. Aurais-je été l'homme le plus désintéressé de la terre, un Spinoza polisseur de lunettes, un artisan du cuir comme mon père, ce que j'ai failli être, et dont j'ai souvent la nostalgie, je savais que pour les autres, j'avais à répondre d'une bien fâcheuse renommée. Et que je le veuille ou non le mécanisme se déclenchait chaque fois. Lorsqu'on prononçait devant moi le nom d'un banquier ou d'un homme d'affaires important, que je soupçonnais être un nom juif, je dressais une oreille inquiète : encore un ! Ne peuvent-ils pas nous laisser en paix ces hommes d'argent ! Inévitablement il apportait de l'eau au moulin déjà ruisselant de l'accusateur. J'en voulais à ce Gugenheim ou à ce Leibowitch de s'être fait banquier alors qu'il était si manifestement Juif. Pour ne pas mentir, je dois dire aussi qu'il se mêlait quelquefois à ce regret une curieuse satisfaction. L'existence, les actes de Juifs puissants, les Rothschild par exemple, évoqués surtout en milieu non juif, m'irritaient autant qu'ils me flattaient agréablement. Je suis gêné de cette richesse, de cette puissance peut-être douteuse, mais aussi vaguement rassuré, et confusément fier, comme si je participais un peu de cette force et de cette réussite. Et je crois bien que tous les Juifs connaissent ce mouvement d'orgueil, un peu enfantin mais euphorique, au rappel des origines juives de tels coreligionnaires célèbres. La force économique, les Rothschild, que je l'admette ou non, sont l'un des symboles admis de l'existence juive. Je peux le refuser et le combattre ; je peux essayer de démontrer qu'il n'appartient nullement à l'essence de la judéité, je dois commencer par en tenir compte. Dans un film récent, *Le Colonel et moi*, le héros juif polonais se trouvait avoir besoin d'une voiture pour fuir : tout naturellement il va essayer de s'en procurer chez les Rothschild, comme si leur parc à voitures appartenait au patrimoine juif. La plaisanterie porte bien et fait rire tout le monde, parce que tous, Juifs et non-Juifs, sont de connivence. Le symbole économique des Rothschild fait partie du langage objectif et commun.

Illusion ! dira-t-on, bavardage que tout cela ! En fait cette voiture, les Rothschild la donnèrent-ils à Jacobovitch, notre petit héros juif polonais ? Non !

il est obligé de soudoyer l'un des chauffeurs. Certes, en partie, l'accusation est du seul domaine du langage et de l'illusion verbale, j'y reviens incessamment. Mais en partie seulement. J'aurai d'ailleurs à le répéter souvent : il est rare que le langage ne soit l'expression de rien. Ces paroles-là, quoi que j'en aie, influent sur mon existence et sur celle des miens. Jacobovitch était un niais de croire que les Rothschild lui offriraient une voiture : mais il essaie de l'obtenir, il se déplace effectivement pour la leur demander. Aurait-il osé se présenter chez un financier non juif ? Y aurait-il même songé ? La seule pensée, enfin, de la liaison, fausse ou vraie, entre le Juif et l'argent, chez mes interlocuteurs et chez moi-même, transforme ma conduite. Je sais que la plupart de mes gestes économiques, si je défends mes intérêts par exemple, seront qualifiés de typiquement juifs. Et sachant cela, ma conduite en est déjà perturbée, se fait plus discrète ou plus cynique.

Mais il y a plus, qui dépasse décidément ce plan du langage : même désintéressé, même pauvre, dans une certaine mesure je suis solidaire de ces Juifs qui semblent confirmer l'accusation, me seraient-ils odieux à moi-même. Chaque fois que des Juifs, fussent-ils banquiers, sont insultés ou menacés parce que Juifs, j'entends le signal d'alarme pour tous les Juifs. Lorsqu'on commence à piller les boutiques des commerçants juifs, je sais qu'il y a un risque de mort pour tous les Juifs, parce que la mort du Juif redevient un acte futile et facilement contagieux. Nous étions si fort en colère contre les riches Juifs allemands que nous accueillîmes assez froidement l'annonce de leurs premiers malheurs, et, l'avouerai-je, presque avec satisfaction : ces puissantes communautés avaient toujours refusé de recevoir nos camarades, propagandistes ou quêteurs. Favorisées par le sort, elles avaient refusé de se reconnaître solidaires de la misère et de la peur des autres Juifs du monde. Voilà que la roue avait tourné, et ce pauvre argent que nous dûmes recueillir sou par sou chez les plus pauvres, il fallut bien l'employer à essayer de les sauver, eux, qui nous l'avaient refusé. Nous ne pûmes nous empêcher de considérer leur catastrophe comme une confirmation de nos efforts. Seulement, nous ne triomphâmes pas longtemps : quelque temps après, la vague nazie nous atteignait à notre tour. Ainsi nous eûmes tous tort, nous goûtâmes du même malheur, chacun à notre tour. L'histoire nous a amplement confirmé depuis combien le destin juif est un destin solidaire. Ce fut la meilleure leçon de ces années de guerre. Que cela me flatte ou m'humilie, mon sort est lié à celui de tous les autres Juifs, possédants y compris, que la géographie, l'histoire ou la fortune nous rapprochent ou nous séparent.

Vrai ou fictif en bref, ce rôle économique du Juif, je dois en répondre, que je sois moi-même un privilégié, un bénéficiaire du système économique, ou un exploité en révolte. Pauvre ou riche, on m'accuse d'avoir détourné à mon profit, au détriment des autres, toutes les richesses du monde. Il est inutile de me le cacher : Judas le traître et Shylock l'usurier sont des caricatures de moi, qui courent sur les marchés du monde. C'est bien de moi qu'il s'agit et, à moins d'y consentir tacitement, je suis requis par elles de prendre position sur l'argent.

J'ai déjà un peu respiré lorsque je me suis avisé de desserrer le carcan de l'histoire et de refuser la sempiternelle et trop commode accusation au nom du passé. Si je me sens solidaire des vivants, je ne me sens vraiment responsable ni de Judas ni de Shylock, ni de Süss, à supposer qu'ils soient tels qu'on les dépeint. Car en quoi suis-je comptable de ce qui échappe si totalement à ma volonté ? Je trouve ridicule et vain de se réclamer de ses ancêtres, dans le bien comme dans le mal. Comment les Italiens d'aujourd'hui pourraient-ils se glorifier des vertus militaires des Romains ? Il faudrait alors aussi les punir pour les crimes de ces conquérants. Faudrait-il accuser les Espagnols des atrocités de l'Inquisition ? Et l'Église tout entière ? Et insulter de ce souvenir tous les prêtres qui passent dans la rue ?

On dit que dans l'Antiquité les Juifs furent des commerçants : l'étaient-ils davantage que ces multiples peuples de la Méditerranée, Phéniciens ou Grecs par exemple ? Des historiens plus récents se mettent à dire que non, qu'ils le furent peut-être moins. (Goïten.) Il paraîtrait maintenant qu'ils furent plus souvent agriculteurs que commerçants ; plus souvent laboureurs et artisans que tant d'autres peuples qu'on n'accuse pas. C'est P. Jaccard, le savant spécialiste de l'histoire du travail, qui l'écrit : « Israël est bien le seul peuple de l'Antiquité qui soit resté réfractaire à l'influence du mysticisme oriental condamnant le travail et l'activité comme la source de tous les maux. Les Hébreux ont toujours honoré les métiers... »

Puis ils auraient été des banquiers. On ferait

bien de nous donner la proportion des banquiers relativement à l'ensemble de la judaïcité. Et ces banquiers eux-mêmes étaient-ils différents et pires que les Anglais ou les Portugais ? Le passé enfin n'est que de l'histoire, et l'histoire est encore trop souvent fallacieuse.

Mais arrêtons là, et laissons pour une autre occasion cette indispensable tâche d'exorcisme du passé. Ce qui importe en définitive, ce n'est pas tant le souvenir de ce procès, mais qu'il continue. Ce débat se ramène donc à cette question que j'accepte : cette tradition, ou prétendue tradition économique, est-elle toujours relayée par les Juifs ? Sommes-nous, Juifs d'aujourd'hui, suis-je moi, Juif vivant, économiquement définissable ?

Or, ici, au contraire de l'affaire biologique, je peux juger sur pièces et les pièces existent. Je sais fort bien qui je suis : je n'ai jamais été un gagneur d'argent et l'argent ne m'a jamais tenté. Je ne trouve nullement en moi les fameuses aptitudes, ou alors que seraient des aptitudes qui ne se seraient pas manifestées ? Quand je pense à quel point j'ai toujours manqué d'argent ! À quel point, j'ai toujours mal compris, et au fond méprisé, ceux qui passent une vie si précieuse à en gagner ! Il n'y a là ni mérite ni carence, je connais l'origine chez moi de tels sentiments. Fils d'artisans, ayant vécu toute ma vie dans ce milieu de petits bourreliers et d'ouvriers tailleurs, j'en ai gardé la rigidité scrupuleuse et l'idée, peut-être niaise, que l'argent doit se gagner à son exact effort. Or ma peine, je préférais la réserver à d'autres ambitions. Plus tard, je me suis aperçu avec amusement, mais en somme sans regret, que mes révoltes mêmes contre mon père s'étaient faites au nom de ses propres valeurs. Lorsque, conscient de son écrasement et de ses échecs, et doutant du sens de sa propre existence, il finit par me conseiller de choisir une profession où le plus important serait de gagner aisément et largement ma vie, je refusai avec violence et mépris. Sans voir, sur le moment, qu'optant pour le métier d'enseigner et d'écrire, parmi les plus artisanaux que je connaisse, je ne faisais que reprendre, contre lui, le drapeau même de mon père.

Où aurais-je rencontré d'ailleurs le modèle vivant de ces images crapuleuses du Juif? Nous vivions aux portes de l'un des ghettos les plus pauvres du monde, où nous avions nos occupations, nos synagogues, nos parents, nos amis. L'or, les pierreries, les richesses, longtemps je n'en eus l'idée que par les histoires fabuleuses de ma mère, puis par le cinéma. Lorsque les nazis lancèrent le slogan de la ploutocratie juive internationale, j'eus l'impression d'une amère loufoquerie de l'histoire : j'avais la même colère qu'eux contre l'argent et les possédants (à supposer que la leur ne fût pas feinte). Nous détestions de tout notre cœur d'adolescent ces associations philanthropiques, avec lesquelles nous devions pactiser, puisqu'elles soulageaient tout de même l'atroce misère du ghetto. Nous consentions à ne pas attendre la révolution pour laisser combattre la tuberculose triomphante ou la mort qui arrachait à sa mère un enfant sur cinq. Mais cela nous humiliait comme une connivence avec leur ordre. La ville comptait, outre les classes moyennes qui naviguaient entre une gêne permanente et une aisance sporadique, quelques riches familles de gros commerçants ou de propriétaires. Mais notables très locaux, plutôt dérisoires, contre qui finalement mes colères hésitaient, ils n'étaient ni bien nombreux, ni surtout bien puissants. Tout le pouvoir en colonie se trouvait concentré en d'autres mains. La masse du ghetto enfin l'emportait surtout, écrasait tout : la judaïcité, pour moi, ce fut d'abord les ruelles tortueuses que je ne pus longtemps revoir sans tendresse, pitié, révolte et une âcre et mystérieuse volupté. Et lorsque je me suis posé la question économique, j'ai eu du mal à la comprendre. Au fond, comme sur d'autres points, deux perspectives cohabitaient en moi : il y avait le Juif qui était moi et les miens, et d'autre part les racontars, ragots méchants des autres. Ces deux domaines, l'un bien réel, l'autre fictif, ne pourraient que glisser l'un sur l'autre, comme deux liquides de différentes densités. Je savais bien, je ne pouvais douter que le vrai Juif ne fût le pauvre, puisque le vrai Juif c'était moi. Peut-être, chance et malchance de ma vie, le ghetto m'aura-t-il épargné un peu de cette judéophobie si fréquente chez certains Juifs.

Je m'attends, bien sûr, que l'on me chicane sur cet aspect de pauvreté, lequel, me dira-t-on, n'est aussi flagrant que chez nous. Vous ramenez encore le grand procès à votre seule affaire ! Le reproche n'est pas sans valeur. Mais là encore, je prétends que l'illusion n'est pas de notre côté, mais en Europe, et en Europe très occidentale. Dans tout l'Orient, c'est la misère qui a régné et non l'opulence. Il en fut de même dans ces nombreuses communautés aujourd'hui décimées de l'Europe centrale. L'importante judaïcité russe fut essentiellement une judaïcité de démunis.

Si, lorsque je pense à l'économie juive, les images qui m'en viennent sont d'abord celles de la *hara* de Tunis, des *mellahs* du Maroc, cela signifie au moins que la figure économique du Juif éclate, comme la figure biologique avait éclaté. Que *la figure économique universelle du Juif n'existe pas plus que sa prétendue figure biologique universelle.*

4

Suis-je une figure économique ?
(suite)

Peut-on dire au moins que la *majorité* des Juifs, sinon leur totalité, soit économiquement définissable ? Mon embarras renaît aussitôt : comment cerner cette *vérité moyenne*, qui caractériserait économiquement le Juif ?

J'ai d'abord essayé de mettre de l'ordre dans ce mélange descriptif qui courait les rues, hargneux, bavard et incohérent. J'ai ainsi appris à mes dépens qu'il était vain de rechercher la précision et la logique dans le propos de l'antisémite. C'étaient pêle-mêle des reproches d'avarice et de prodigalité, d'exhibitionnisme et de sordidité. On nous accusait à la fois de jeter par vantardise notre argent par les fenêtres et d'y tenir fortement. On reprochait aux femmes juives de ne pas s'habiller et d'accaparer les meilleurs couturiers. Je ne prétends pas que toutes ces remarques fussent toutes infondées. Elles ne pouvaient être vraies en même temps. On aurait pu accuser le ghetto d'être sordide et les beaux quartiers opulents. Souvent il ne s'agissait que de traits de civilisation, qui s'éclairaient si l'on prenait la peine de les replacer dans leur contexte. Ou qui n'avaient rien de juif; ainsi pour ce goût des couleurs vives, qui était arabe surtout. Ainsi pour ces fêtes méditerranéennes, luxe fugitif et indispensable d'une vie quotidiennement trop terne, et qui jetaient les Juifs et les musulmans dans les mêmes prodigalités périodiques. Ainsi pour les voitures somptueuses des riches, dans ces pays où il n'existait que de rares moyens de paraître. Les mêmes phénomènes se trouvent sous d'autres cieux, aux climats similaires et aux structures sociales voisines. Le même goût pour la parure; le même contraste dans les conditions : une mince couche de possédants trop riches sur une large base de populations trop pauvres...

Tout cela certes méritait discussion. Et Dieu sait si je ne me suis pas privé moi-même d'exprimer mes impatiences et mes révoltes contre mon pays natal et contre les miens! Mais je ne vois guère aujourd'hui en quoi seraient plus moraux, ou plus séduisants, les petits calculs des fonctionnaires coloniaux, ou l'évidente peur de jouir des bourgeoisies métropolitaines que j'ai connues depuis, les incroyables acrobaties pour tromper le fisc en vivant le moins possible, le grand espoir mystifié de la retraite ou les multiples économies de tous les instants pour l'achat-d'une-petite-maison-à-la-campagne. Je veux bien qu'on tienne cela pour des vertus, et qu'on les nomme prévoyance, tenue et discrétion. Qu'on nous permette seulement, à notre tour, de refuser de mesurer notre vie et nos rêves à l'étalon d'autres rêves et d'autres manies collectives. Je ne viens pas solliciter l'indulgence pour ce que je suis. Je ne cherche ni à provoquer la sympathie ni à lutter contre l'antipathie. Comment ferais-je d'ailleurs pour dissiper cet agacement provoqué par ma manière d'être, et que je nie à peine ? Tout n'est pas vrai dans la description que les autres faisaient de nous, mais tout n'est pas faux : oui, nous étions plus dépensiers et plus exubérants, plus prodigues et plus bougeants, plus avides de vivre, plus amateurs de nourritures et de voyages...

Mais est-ce bien le fond du problème ? Est-ce bien ce qui fonde l'accusation ? N'est-il pas sous-entendu plutôt que *cette manière d'être et de vivre retentit sur la vie des autres* ? Qu'il existe un rôle et une influence économiques notables du Juif qui perturbent gravement l'économie et l'existence de ses concitoyens ?

« Souvenez-vous de ce que je vous dis, monsieur Dedalus, l'Angleterre est aux mains des Juifs. Dans tous les postes éminents : la finance, la presse. Et leur présence là est l'indice de la décadence d'une nation. Voilà des années que je vois cela venir. Aussi vrai que nous sommes ici, le mercantilisme juif a commencé son œuvre de destruction. La vieille Angleterre se meurt. » (James Joyce.)

De sorte qu'aujourd'hui les Juifs seraient responsables des structures économiques des pays où ils vivent, et même de tout le monde moderne.

La dernière guerre aura montré l'inanité de la puissance et de la prétendue collusion juive internationale. Bien malheureusement pour nous, oserai-je dire ! Ah ! Nous aurions tant aimé, à l'époque, qu'eût existé une force commune proprement juive ! Nous n'aurions pas eu besoin de supplier, en vain, le ministre américain de la Guerre d'accepter ce marché proposé par les nazis aux abois : un million de vies juives contre des camions. Les insurgés de Varsovie n'auraient pas attendu, jusqu'à l'extermination, l'intervention des troupes russes.

L'argument revêt quelquefois une forme plus subtile. Les Juifs auraient économiquement conquis le monde, non grâce à quelque directoire occulte, mais par une espèce de contamination spirituelle : il y aurait une parenté profonde entre l'esprit du capitalisme et l'esprit du judaïsme. On comprend du coup pourquoi les Juifs sont tellement bien adaptés à l'économie moderne, abstraite, bancaire et dynamique : ils l'ont inventée à leur image. C'est littéralement leur créature. Voilà pourquoi un économiste comme Sombart, souvent perspicace, qui soutient cette curieuse théorie, se voit obligé d'inventorier avec soin les fameuses et fumeuses aptitudes économiques du Juif. Comment la judaïcité de l'époque, quelques hommes relativement peu nombreux, peu intégrés, écrasés, pouvaient-ils à eux seuls réussir un tel bouleversement des structures de toute l'Europe, et bientôt du monde ? Mais peut-être les meilleurs esprits, les plus objectifs, sont-ils perturbés dès qu'ils s'occupent du Juif ; et conservent-ils, malgré eux, quelque croyance en une « virtus judaïca » occulte et fabuleuse. N'est-il pas plus aisé de supposer que c'est au contraire la transformation profonde et complexe de la société occidentale qui a appelé la forme bourgeoise et capitaliste ? Qui s'est incarnée en elle, ou mieux : qui est la forme capitaliste elle-même ? Le Juif a bénéficié, certes, de l'éclatement de la société médiévale, où il ne pouvait avoir qu'une place mesurée, une existence dérisoire et toujours en péril. La société nouvelle, moins hiérarchisée, donc plus anonyme, plus dynamique, et donc plus libérale, lui convenait mieux en effet. Cessant de le désigner strictement aux regards des autres, elle l'exposait moins à leurs coups ; lui proposant un champ plus large à son industrie, elle augmentait ses chances de vivre et de prospérer.

Et où est le mal et où est le mystère ? La libération du Juif ne fut qu'une infime partie de la libération de tant d'autres, qui étaient la majorité, et qui furent le véritable et puissant moteur de cette révolution. Il y a si peu d'adéquation entre l'âme juive et l'esprit du capitalisme qu'on a pu changer d'âme sans trop bouleverser la démonstration : on a cru pouvoir signaler la même coïncidence avec l'âme protestante. L'origine du capitalisme, a-t-on affirmé avec la même gravité, se trouve dans l'esprit d'ascétisme, développé par la Réforme. Puis, sur la même lancée, on a essayé le même tour avec l'âme catholique. L'origine du capitalisme ? Examinez donc l'organisation de l'Église catholique, l'extraordinaire corps des jésuites en particulier, vous découvrirez... etc. En vérité, on peut aller fort loin avec ce petit jeu des ressemblances, de la parenté ou de la génétique dite spirituelle. Il suffit de ramener le judaïsme ou le protestantisme, ou l'islamisme, à quelques idées simples ; puis de faire subir le même traitement au capitalisme (ou au marxisme d'ailleurs !) et le tour est joué. La réduction sera d'autant plus facile qu'elle s'opérera au seul niveau des idées ou de la psychologie. Que n'a-t-on pas expliqué définitivement par le fatalisme ou le goût de la rêverie chez les colonisés ! Les institutions et les techniques, les formidables forces humaines, et le rapport complexe de ces forces qui font une société, et dont la constante transformation bouleverse sans cesse, corrode et renouvelle cette société, ne gênent pas cette merveilleuse liberté du penseur-magicien idéaliste. Si merveilleuse qu'elle ressemble fort à de la fantaisie.

Il faut décidément abandonner le passé aux historiens jusqu'à ce qu'ils se mettent d'accord, les aptitudes ancestrales aux psychologues (s'ils en veulent), et l'âme économique aux nuages mystiques et noirs de l'imagination antisémite. La seule manière de parler juste ici aurait été de parler chiffres et faits, et de multiplier les comparaisons statistiques. En l'absence d'une science sûre, on ne peut que s'abstenir.

Adolescent pendant la dernière guerre, j'enrageais de ne pouvoir répondre avec certitude aux allégations des nazis et de leurs faux témoins. Rien que pour mon seul repos, j'aurais souhaité pouvoir me dire : ils mentent ! Tel chiffre est faux, telle accusation est inventée. Mais j'avais beau fouiller, avec mes camarades des cercles d'études, la très riche bibliothèque du Souk el Attarine, je ne pouvais que déplorer la rareté, la pauvreté des textes techniques, à côté de l'extraordinaire floraison de littérature-discours, pamphlets, délires et insinuations ou plaidoyers et protestations. Il faut croire que cette rigueur modeste et ses résultats possibles sont moins souhaités que tout ce bavardage où se trouve noyée la place exacte du Juif dans l'économie contemporaine.

Qui, transgressant ces veto, nous donnera la grande étude exhaustive intitulée simplement «Rôle des Juifs dans l'économie française, dans l'économie américaine ou anglaise... » ? Je devine le nouveau sursaut de mes lecteurs juifs et philosémites : Danger ! Ce serait désigner les Juifs à l'attention ! Ce serait déjà les séparer, les considérer *a priori* comme étrangers à l'économie du pays ! J'ai assez dit ce que je pense de ces fausses précautions d'autruche. La seule manière sérieuse d'envisager ce problème est d'abord d'en souhaiter une solution. C'est-à-dire, délaissant les préconceptions, de le ramener à cette question modeste : les Juifs forment-ils, dans chacune de nos sociétés, *des catégories socio-économiques particulières* ?

À la question, ainsi précisée, la réponse paraîtrait aisée à beaucoup : Si les Juifs forment une catégorie particulière ? Mais c'est l'évidence même ! À peine seraient-ils plus embarrassés pour préciser laquelle : en tout cas, pas celle des gagne-petit. N'étant pas d'un côté, il faut bien qu'ils soient de l'autre. C'est fort simple, on le voit. Les Juifs seraient essentiellement des possédants, financiers, hommes d'affaires et intermédiaires ; bref, les grands spécialistes de l'économie, ses maîtres et ses profiteurs. Ce n'est là, au fond, qu'une variante à peine déguisée de l'image traditionnelle du gros Juif (gros, cette fois), ricanant sur sa montagne d'écus, tandis que gémissent les peuples, écrasés sous le joug de la ploutocratie juive internationale... Mais enfin, à peine rationalisée, cette proposition révèle sa véritable nature : une généralisation abusive. Elle amuse, paraît-il, les véritables spécialistes précisément, les maîtres réels de l'économie. Ils savent bien, eux, entre les mains de qui se trouve la puissance économique : « Quant à l'image classique qui représente les

Le Juif mythique

Juifs à la tête des banques internationales et des agents de change de Wall Street, les milieux financiers sont les premiers à en rire. Il y a en réalité très peu de Juifs dans ces deux catégories. » (V. Packard.)

Assurément il existe des banquiers juifs, une banque juive, comme on dit une banque protestante ou une banque catholique. Mais cela ne mérite ni tant de réticences inquiètes de la part des Juifs, ni tant de soupçons hargneux chez les antisémites. Pourquoi n'en existerait-il pas ? Pourquoi étendre l'accusation à l'*ensemble* des Juifs ? Et si je suis socialiste, je lutterai aussi contre les hommes d'argent juifs, mais je ne les ferai ni plus ni moins coupables que les autres. Et s'ils sont plus nombreux et plus puissants parmi les miens — ce qui reste à démontrer — ma lutte sera plus difficile et plus complexe. Mais cette différence, si elle existe, ne légitime nullement un anathème particulier et global contre *tous les Juifs*.

Je ne connais que les marxistes qui aient fait un effort sérieux pour définir les activités économiques de la *majorité* de la population juive. Parmi les interlocuteurs de nos fougueuses discussions d'adolescents se trouvaient aussi des communistes. Ils faisaient appel à ce concept clef qui leur a rendu de si précieux services : celui de classe sociale. Les Juifs, nous affirmaient-ils, étaient tout simplement une classe. Et l'antisémitisme un conflit économique, parmi d'autres, que la révolution se chargerait de résoudre. Le difficile et irritant « problème juif » semblait s'ordonner dans le temps. Nous commencerions par la lutte des classes pour aboutir à la fin du malheur juif. Mais toutes les serrures ne se laissent pas ouvrir par la même clef, fût-elle un passe-partout, et le réel ne se laisse pas ainsi docilement réduire.

J'ai décrit, dans le *Portrait du colonisé*, l'obstination parallèle des communistes à ramener les conflits coloniaux à la lutte des classes, dont l'issue dépendrait du triomphe des ouvriers européens. Or la division colonisateurs-colonisés n'était pas assimilable à la division possédants-démunis. La revendication du colonisé ne se borne pas à la revendication économique. Les luttes du colonisé eurent partout des allures nationales; bourgeoisies en tête, avec des programmes sociaux souvent inexistants. Non qu'il s'agisse de nier, ou de minimiser l'importance de la découverte marxiste. La plupart des oppressions comportent un aspect économique; celle de la femme y comprise. J'ai montré que l'un des mécanismes fondamentaux de la relation coloniale était celui du *privilège*. Mais j'ai découvert aussi que le privilège colonial n'était nullement réservé à une *classe*; la plupart des colonisateurs, toutes classes confondues, fussent-elles les plus déshéritées par ailleurs, en bénéficiaient en quelque mesure. Ce privilège, en outre, n'était pas uniquement économique. L'oppression culturelle et le mépris du colonisé, l'amputation de sa vie sociale et historique, le racisme et la ségrégation, jouaient aussi en faveur du colonisateur; c'est tout cela qui donnait son allure originale à l'oppression coloniale. Je ne crois pas davantage que le problème juif soit une simple affaire de classe; ni l'antisémitisme un simple conflit économique, même travesti. C'est un écrivain communiste très orthodoxe qui le note :

«Les nazis ont tué six millions de Juifs, appartenant à vingt pays différents, riches ou pauvres, célèbres ou inconnus.» (Ilya Ehrenbourg.)

D'où peut-être le trouble évident de l'action marxiste pour tout ce qui touche aux Juifs : je crois qu'ils sont tout simplement désorientés ; comment traiter ce curieux personnage, à la fois si visiblement opprimé, et n'appartenant pas toujours, à première vue, aux opprimés économiques courants que défendent les marxistes ?

Enfin, n'y aurait-il donc rien ? Toute caractérisation économique du Juif serait-elle illusoire et du seul domaine de la passion ? Là encore, honnêtement je ne le pense pas. En l'absence de renseignements chiffrés, je suis dans l'évidente incapacité de fixer décisivement l'importance de la différence économique. Mais je crois qu'elle existe. Même en l'absence de renseignements sûrs, comment aurais-je ignoré, par exemple, l'importante participation des Juifs à tel ou tel corps de métier ? Lorsque je traversais certains souks, comment n'aurais-je pas vu que les petites boutiques, serrées l'une contre l'autre, longs tunnels pas plus larges que leurs portes, n'étaient occupées que par des Juifs ? Je n'ai pas besoin d'aller chercher plus loin : les bourreliers dont nous étions, excepté deux ou trois malheureux égarés, étaient tous juifs. Les tailleurs à l'européenne, dont mes deux oncles, se partageaient équitablement en Juifs et en Italiens. Les cordonniers, les marchands de tissus, les bijoutiers se recrutaient surtout parmi mes coreligionnaires. (Qu'on ne s'effraie pas trop de ces bijoutiers-là : ces orfèvres comportaient plus d'artisans que de spéculateurs, et ne gagnaient guère plus que les graveurs sur cuivre.) Il existe ce que je propose d'appeler une *tendance à la cristallisation* de la fonction économique des Juifs. À l'intérieur d'une première répartition globale, mettons en classe moyenne, on découvre vite une *deuxième concentration*, quelques cercles plus limités, et du coup plus remarquables. Cela ne faisait aucun doute pour la Tunisie. Nous avons la chance d'avoir enfin une thèse en Sorbonne sur la population juive de Paris : l'auteur semble bien avoir mis en lumière le même phénomène : il note une « concentration des deux tiers de l'activité dans un très petit nombre de secteurs, et en même temps une diffusion extrême du dernier tiers à toutes les échelles de l'économie » (Roblin).

Je n'ai pas eu la possibilité de vérifier cette remarque pour d'autres pays, mais je suis persuadé que l'on ferait presque partout les mêmes constatations, même dans les pays socialistes où les structures traditionnelles se sont pourtant trouvées modifiées. Tout s'est passé comme si l'originalité économique du Juif s'était en partie reconstituée.

Cette *double concentration* est même à l'origine d'un véritable *effet d'optique sociale*, d'un halo déformateur, qui en augmente en retour l'importance apparente. Le chiffre total, réel, des commerçants juifs, par exemple, n'a rien de considérable. La même thèse nous le confirme pour Paris et la Seine. « La proportion de (commerçants et d'employés de commerce juifs) est à peine supérieure à celle des Français de la Seine... » Mais leur concentration dans quelques secteurs commerciaux les rend infiniment plus visibles, plus provocants. Ainsi, même si la statistique générale n'a rien de notable, l'originalité du détail subsiste.

Cette tendance à la cristallisation se trouve encore renforcée par une fréquente pesanteur démographique de la population juive : les Juifs de même origine ont tendance à rester longtemps économiquement groupés. Les financiers juifs de Paris ne sont pas seulement juifs, ils sont également aux trois quarts alsaciens, et s'appellent presque tous Bloch ou Weill. Cette distribution et cette correspondance démographico-économique s'expliquent aisément. Les Juifs les plus anciennement installés dans le pays se sont relativement adaptés à la population : ils ont fini par trouver leur place dans le système économique. Les nouveaux arrivés, généralement démunis, sont prêts à accepter n'importe quelle fonction. La dernière vague d'immigrants juifs nord-africains, par exemple, fournit à la France un sous-prolétariat peu exigeant. Plus tard, les meilleurs éléments les plus actifs se trouveront reclassés. Mais cet effet de halo en est encore aggravé. Même si le nombre de financiers juifs n'avait rien d'insolite, relativement au nombre des autres financiers, cette solution concentrée de Bloch ou de Weill augmentera l'impression de saturation. Faisant ses achats dans telle rue parisienne, l'antisémite butera en effet sur de très nombreux bonnetiers juifs. Il se trouve confirmé dans sa phobie, et en conclut que *tout* le commerce est entre les mains des Juifs : sans se représenter davantage *tous les secteurs commerciaux où il n'y a pas de Juifs du tout*, et qui ramènent la proportion générale à la presque banalité.

Il y a beaucoup de Juifs dans l'industrie du vêtement, mais il n'y a pratiquement pas de Juifs dans les industries alimentaires, chimiques, ou de construction. Les Juifs se dirigent volontiers en effet vers certaines activités libérales ; ce qu'il conviendrait d'expliquer. Mais le phénomène est infiniment grossi : parce qu'ils se bloquent dans telle profession libérale, la médecine par exemple, où, par le simple jeu du nombre, certains occupent des postes notoires, etc. Mais on ne pense pas à tous les métiers libéraux dont ils sont absents.

Il existe donc une originalité relative de l'insertion économique du Juif dans la cité. Sa caractérisation est possible. Mais il est absurde de voir dans le Juif une pure figure économique. C'est au contraire toute sa situation au milieu des autres qui appelle son insertion économique particulière ; comme elle commande son insertion politique ou culturelle. On peut admettre enfin qu'il existe *une certaine physionomie économique du Juif*. Mais il serait stupide de l'accuser de détenir les clefs de l'économie, puisqu'il est absent de larges secteurs de cette économie, et puisque la statistique globale ne révèle rien en sa faveur.

5

Le sens du procès

Dois-je en être surpris ? Convaincu de mon existence originale, en tant que Juif, comment serais-je étonné de me découvrir des particularités ? Découvrant ces particularités, je ne fais que confirmer cette existence par un trait supplémentaire. L'antisémite va pavoiser, je le sais bien. Mais il n'avait guère besoin de ma contribution.

Qu'ai-je découvert en effet de bien terrible au terme de cet itinéraire ? Que les Juifs se différencient, en quelque mesure, des non-Juifs au milieu desquels ils vivent ? Mais pourquoi cette vérité, assez banale, devrait alimenter la passion antisémite ? Ce trait n'est même pas typiquement juif. Quel groupement humain, doué d'une certaine autonomie, vivant au milieu d'autres, ne s'en distingue pas de plusieurs manières ? C'est presque une lapalissade : Tout groupement séparé a tendance à la différenciation. C'est l'ensemble des différences, pourrait-on dire, qui constitue l'existence propre d'un groupe, et la maintient, positive et négative. Pour le reste il s'assimile, c'est-à-dire il disparaît. En Tunisie, loin d'être une étrange exception, la différenciation était la règle commune ; et du coup nous ne lui accordions pas une attention exagérée. Nos concitoyens corses reconnaissaient qu'ils occupaient de très nombreux postes dans la fonction publique ; la Corse, disaient-ils avec humour, exporte des fonctionnaires et importe des retraités. Les actifs habitants de Djerba coïncidaient si bien avec l'épicerie que nous disions djerbien pour épicier. Les maçons étaient italiens, les chevriers maltais et les tailleurs de vigne espagnols. Il est aisé de découvrir des répartitions similaires un peu partout dans le monde. En France les Auvergnats possèdent la majorité des débits de boissons ; les Normands fournissent le pays en hommes de loi, etc. Il arrive que l'on en soit un peu irrité, mais jamais comme par les Juifs, jusqu'à la haine. Tout au plus y puise-t-on quelques occasions à mauvaise humeur, ou à plaisanterie. Nous imitions en Tunisie l'accent prétendument corse des agents de police.

Cette concentration professionnelle apparaît comme l'effet d'une espèce de mécanique sociale. On n'a pas besoin d'en appeler à l'âme de Colomba pour expliquer la fonctionnarisation des Corses : la pauvreté de l'île, les traditions d'émigration, les parents en place ailleurs, y suffisent largement. Pourquoi y a-t-il tant de médecins juifs ? Vieille profession juive, qui s'accorde avec une instabilité géographique séculaire ; sans oublier les traditions familiales qui en résultent. Un courtier juif d'Anvers m'a expliqué fort simplement pourquoi tant de Juifs de cette ville sont courtiers : c'est un métier qui peut être exercé n'importe où, sans demander une reconversion trop longue. Les enfants prennent généralement la succession de leur père. Le phénomène n'est pas limité aux professions lucratives : on peut saisir sur le vif actuellement à Paris la formation d'un groupe de prolétaires nord-africains. Il s'effectue également, dans la fameuse rue de Rivoli, une concentration de petits marchands algériens, tunisiens et marocains : on s'y donne rendez-vous dès avant le départ, on s'adresse aux mêmes agents immobiliers, qui se spécialisent d'ailleurs dans cette clientèle, on se reçoit éventuellement entre familles en attendant de découvrir un appartement.

Même l'ascension sociale relative des immigrants ne semble pas symptomatique des seuls Juifs : c'est le cas de la plupart des vieilles minorités. Ce besoin de sécurité qui assaille tout groupe vivant en milieu étranger le poussera à se stabiliser par de plus solides racines, économiques entre autres. Il faut du temps, une certaine ancienneté dans le pays, pour conquérir un nouveau statut. D'où cette valse étonnante, et continue, entre les différentes couches d'émigrations successives. Le quartier Saint-Paul à Paris, refuge aujourd'hui des séphardim tunisiens et marocains, était, avant la guerre encore, celui des askenazim. Mais cette dynamique n'a rien d'original, on la retrouve dans la plupart des pays d'immigration, en Amérique par exemple. Elle ne possède nullement la signification que lui donne l'antisémite.

J'ai toujours ressenti au contraire cet aspect économique de ma vie comme une entrave et une limitation, et non comme un privilège. Pourquoi n'ai-je pas *a priori* toutes les possibilités professionnelles ? Pourquoi suis-je obligé de détourner mon attention de tant de chasses gardées ? Pourquoi dois-je raisonnablement dissuader mon fils d'entreprendre telle carrière ? Lorsque à la fin de mes études secondaires j'ai annoncé que je voulais devenir professeur, mes parents et amis me le déconseillèrent vivement : un Juif fonctionnaire en Tunisie ! Ils étaient persuadés que j'aurais une piètre carrière, quels que fussent mes efforts. Je reconnais aujourd'hui qu'ils n'avaient pas absolument tort ; j'ai vérifié à mes dépens ce que mes parents savaient déjà et qu'ils n'ont pas su m'expliquer clairement. L'antisémitisme, qui se prévaut tellement du prétexte économique, a surtout d'efficaces sanctions économiques contre le Juif. La concentration économique a toujours été aussi négative que positive, aussi néfaste qu'utile pour le Juif lui-même.

On ne veut voir dans ce resserrement que le signe de sa bonne fortune, la preuve de son habileté diabolique ; on oublie qu'elle fut aussi la seule issue à son infortune initiale ; qu'elle lui fut imposée par le sort et par les autres, et qu'elle le poursuivra souvent toute sa vie. On proclame que le regroupement des Juifs dans certains métiers fait grand tort aux non-Juifs. Mais on ne pense pas assez au tort fait aux Juifs eux-mêmes par cette obligation. Car la contrepartie est évidente : le complément de cette concentration est son exclusion de tant d'autres secteurs. Le *numerus clausus* n'est tout de même pas une invention juive ! Mais ce n'est pas la première fois qu'un oppresseur transforme en péché de sa victime ce dont il est lui-même responsable. Nous n'avons pas souvent été des agriculteurs, c'est vrai ; mais nous a-t-on laissés le devenir ? Longtemps nous n'avions même pas le droit d'acheter de la terre ; et lorsque nous le pûmes, pourquoi l'aurions-nous fait, si nous risquions à tout instant de nous la voir arracher ? Le Juif ne fut pas souvent soldat dans le passé, n'eut pas souvent sa place dans l'épopée ? Mais longtemps il n'eut même pas le droit de monter à cheval ; ce stupide et peureux animal était trop noble pour lui.

Tout ce que nous sommes, enfin, s'explique en grande partie par ce que nous n'avons pu être. Et tout ce que nous n'avons pas été s'explique en grande partie par l'oppression. Il fut une période où le chrétien également eut sa vie restreinte à certaines activités ; c'était sous la domination musulmane. Il ne pouvait non plus porter des armes et monter à cheval, témoigner en justice, ni bien sûr exercer n'importe quel métier. Quel en fut le résultat ? Sinon une existence précaire et des métiers qu'on voulait bien lui abandonner ? En Tunisie, avant les premières concessions du colonisateur, les administrations nous étaient fermées, nous étions exclus de l'armée, sinon comme hommes de troupe, nous ne pouvions être colons, à cause de l'insécurité à vivre au milieu de populations hostiles. Que nous restait-il ? L'artisanat, le commerce et certaines professions libérales : eh bien, c'est très exactement ce que nous exercions.

« Vous nous reprochez d'être des commerçants ou des intellectuels comme si votre cruauté vous laissait le droit au reproche — mais pour cultiver un champ, il faut penser à la récolte... En France, une génération a vécu dans le calme, c'est entendu ; depuis l'affaire Dreyfus nous nous sommes sentis des hommes à vos yeux. Mais pendant ce temps on tuait des Juifs en Russie, en Turquie. Puis ça a recommencé, partout. Comme il n'y a pas si longtemps que ça avait cessé, même ici, nous retrouvons le comportement de peur qui est notre seule défense, nous nous voûtons, nous nous cachons, nous nous recroquevillons. » (Clara Malraux.)

C'est même vrai, que des Juifs furent amenés à pratiquer quelquefois de sales métiers : usuriers par exemple, ou collecteurs d'impôts au service des puissants. Et l'on peut comprendre que certaines populations aient porté de la haine à ces figures de leur malheur économique. Mais même dans ces cas extrêmes et rares, il faut voir qu'ils occupaient des emplois dont personne ne voulait : précisément, parce qu'ils étaient infamants selon les valeurs de ces populations. Ils remplissaient en somme le rôle de l'exécuteur des hautes ou des basses œuvres des puissants ; ils en étaient les gants sales.

La première victime enfin de cette spécialisation économique est le Juif lui-même. Il n'est ni juste ni sain que le Juif soit ainsi voué à certains secteurs exclusifs de l'économie ; même s'il lui arrive de s'y faire une place honorable. Lorsque dans nos cercles d'études nous commençâmes à réfléchir sur la nature et la situation de ce peuple dispersé, nous découvrîmes, entre autres, qu'il était économiquement malade. Sa physionomie professionnelle pouvait être comparée à une pyramide renversée, posée sur sa pointe. Alors que chez la plupart des peuples la base de la pyramide est constituée de paysans et d'ouvriers, qui forment les assises de toute la construction sociale, les Juifs ne possèdent pas de paysans, et presque pas d'ouvriers. Les commerçants, les intermédiaires, les employés juifs, au contraire, sont trop nombreux, relativement à la moyenne des autres peuples, et plus encore relativement à la pyramide juive. L'artisanat y est démesuré. Les intellectuels pléthoriques dans tel secteur, inexistants dans tel autre.

S'il fallait une preuve supplémentaire de cette morbidité de la situation du Juif, il suffirait de penser à son extraordinaire fragilité. C'est le groupe juif tout entier qui est régulièrement mis en péril. Chaque fois qu'une nation subit une crise, ses Juifs sont les premiers touchés ; soit par la volonté légale du gouvernement, soit par le jeu sournois de la xénophobie profonde des peuples. Après la guerre de 1914-1918 le mécanisme a joué à peu près dans tous les pays d'Europe, partout où surgissaient des difficultés. La plupart des jeunes nations ont éliminé les Juifs de tous les postes dirigeants. On leur a expliqué avec un regret poli que les nouvelles générations, les classes nouvelles, issues du peuple lui-même cette fois, revendiquaient les places et les responsabilités, ce qui n'était pas faux, mais sous-entendait que les Juifs n'étaient pas d'authentiques rejetons du peuple. Cela semble bien une loi ou une large habitude de l'histoire : chaque fois que les Juifs ne sont pas indispensables, chaque fois qu'ils peuvent être remplacés, ils le sont inexorablement. Qu'on ne croie même pas que ce soit là la rançon de la richesse ou de la puissance. J'ai pu vérifier en Afrique du Nord que ce sont les pauvres qui sont les plus vulnérables, les plus rapidement touchés. Ce sont eux, par exemple, qui émigrèrent les premiers. Non seulement parce qu'ils n'avaient rien à perdre, mais parce qu'ils sont les plus fragiles. Perdant leurs emplois ou leurs boutiques, ils perdaient tout et se trouvaient asphyxiés en quelques semaines. Les riches pouvaient tenir plus longtemps, et pour peu qu'ils réussissent à sauver une partie de leurs biens, la perte n'était que relative.

Nous retrouvons en somme l'un des dilemmes de la condition juive. La ségrégation oblige le Juif à la spécialisation professionnelle, et la spécialisation alimente la ségrégation, accentue la physionomie particulière du Juif. La différence et le particularisme contribuent largement à la faiblesse, à la précarité de l'existence juive.

Alors pourquoi ? Pourquoi une telle accusation, une telle disproportion entre les faits et l'interprétation que l'on en a donnée communément ? Le Juif n'est pas une figure économique, ni une classe sociale déterminée, ni même l'agent exclusif d'un rôle économique. Il est concerné d'une certaine manière par l'économie, il est vrai, et se groupe de préférence dans quelques secteurs professionnels. Mais il y est acculé autant qu'il le décide, il s'y résigne autant qu'il y consent. Il s'organise de son mieux dans ce terrain qui lui est laissé et finit quelquefois par y avoir ses aises, comme il arrive dans les longues habitudes, les vieux vêtements et les vieux logis. Mais cette adéquation est chèrement payée. Il en est puni dès que possible, destitué et renvoyé dès qu'un autre, mieux né, peut le remplacer. Nous nous retrouvons ainsi devant la même impasse que celle de l'enquête biologique. Partis d'une interrogation, nous aboutissons à une autre interrogation : pourquoi une telle importance supposée à quelques traits assez flous, nullement infamants chez les autres, et plus nocifs pour lui-même que pour les autres ? Je ne vois ici encore que la même réponse : ce n'est pas la différence économique, ou biologique, qui est le véritable motif de l'accusation. C'est l'existence globale du Juif qui est refusée, et qui rend cette différence paradoxale et désastreuse.

Le reproche fondamental fait au Juif est qu'il serait toujours un privilégié économique. Il existe certes des privilégiés économiques parmi les Juifs, mais les masses juives sont aussi malheureuses, et souvent plus que les autres. Mais l'on trouve des grappes de Juifs à chaque barreau de l'échelle sociale. Les Juifs ne sont pas souvent des ouvriers, il est vrai. Mais où a-t-on vu que tout ce qui n'est pas ouvrier mérite une telle défaveur ? Et s'il était nécessaire d'être pauvre pour être moral, qu'on se réjouisse : les artisans, employés, petits intermédiaires, intellectuels miséreux, sont assez nombreux chez les Juifs pour appeler sur eux des nuages de bénédictions. N'est-ce pas plutôt que les Juifs devraient nécessairement occuper le plus bas de l'échelle ?

Et dans une société basée sur le profit, la propriété privée et le libéralisme économique, dirigée par les possédants et les intermédiaires, comment ose-t-on faire grief à certains Juifs de participer tant soit peu à ces mécanismes avantageux ? Sinon, parce qu'il est sous-entendu que le Juif n'a pas les mêmes *droits* que les autres ? Je veux bien que l'on désapprouve tout le commerce et que l'on souhaite la réforme de tout le circuit de distribution. Mais je refuse le procès particulier intenté aux commerçants juifs. N'est-ce pas plutôt que l'on dénie au Juif *le droit* d'être commerçant ? Simplement parce qu'il est juif, et non parce que le commerce est mauvais en soi ?

Toute cette discussion sur la nocivité de l'argent juif, du commerce juif, de la banque juive, etc., révèle d'ailleurs sa vanité dès que l'on passe à d'autres secteurs : aux professions libérales par exemple ou à l'artisanat. On y découvre la même âpreté dans la querelle, alors que les thèmes de l'argent et du profit n'y dominent plus. On dira, certes, que tel médecin juif gagne beaucoup d'argent, mais le reproche principal est cette fois la concentration, l'accaparement de la profession. Les médecins juifs ne sont pas tant accusés de demander plus cher, ou de voler leurs clients, ou d'être marrons. Mais on affirmera que «toute la médecine est "AUX MAINS" des Juifs», etc. On vérifie bien que c'est toute la participation du Juif à l'économie qui est mise en question et déclarée mauvaise. Le régime de Vichy, au début de la dernière guerre, nous infligea, on le sait, un *numerus clausus*. Les Juifs n'eurent plus le droit d'être médecins, avocats, enseignants ou même étudiants. Certains de mes camarades, et même quelques professeurs modérés, justifièrent une décision qu'ils jugeaient équitable.

« Je ne suis pas antisémite, m'assurait un vieux camarade de classe, mais il n'y a pas de raison pour qu'il y ait plus de médecins juifs que la proportion des Juifs relativement à la population. »

Cet argument arithmétique, sous une apparente impartialité, était révélateur de la passion antijuive. Fallait-il distribuer les professions et les postes suivant les différentes catégories de population ? Les Auvergnats se verraient supprimer nombre des cafés qu'ils possèdent, et les Normands devraient cesser d'être si souvent juges et avocats... En vérité, mes bons camarades vichystes voulaient dire autre chose : ils sous-entendaient que le cas des Juifs était différent de celui des Auvergnats, des Normands ou même des Corses. Les Corses pouvaient être tous fonctionnaires, si cela leur chantait, les Juifs non : car il n'était pas bon que tant de Juifs soient fonctionnaires, médecins ou commerçants.

Pourquoi ? Les avocats juifs seraient-ils moins habiles ? Les médecins moins compétents et les enseignants moins bons pédagogues ? Non, l'antisémite n'a jamais fait de tels reproches ; au contraire, paradoxalement, il cite tel médecin ou tel avocat juif comme particulièrement malin. Mais il sous-entend, confusément il est vrai, qu'il y a un certain danger, une certaine nocivité dans l'exercice de ces métiers par les Juifs. Qu'est-ce à dire, sinon que le Juif est dangereux et criminel en soi ? Que ce n'est pas le médecin ou l'avocat qui est attaqué dans le Juif, mais le Juif dans le médecin, l'avocat, l'enseignant, ou le commerçant. Ainsi s'il se bloque dans un seul secteur professionnel, on dit qu'il accapare ; s'il se disperse, on dit qu'il est partout. C'est que le fond de l'affaire réside non dans ses activités, mais dans ce qu'il est tout entier. C'est le Juif que l'on soupçonne, juge et condamne. C'est en bref *la judéité du Juif qui donne un sens infamant à l'économie du Juif et non l'inverse.*

6

Le mythe

Je me suis donc trouvé devant un portrait mythique de moi-même; comme j'ai décrit un colonisé mythique; comme il existe un prolétaire mythique. Ces portraits imaginaires, je le répète, ne le sont pas entièrement. Il est rare que de telles accusations, qui troublent tant de gens divers, y compris la victime, ne reposent sur rien. Il aurait fallu que l'accusateur fût un pur dément, ou un extraordinaire faussaire qui arriverait à faire totalement illusion; et encore, l'habileté commande de s'appuyer au moins sur quelques repères vérifiables. Mais les quelques traits juifs réels, que j'ai reconnus dans l'accusation, sont dérisoires, ou ont une autre signification. J'ai vite senti que la querelle qui m'est cherchée dépassait de loin mes défauts supposés; l'accusation est si disproportionnée à ses éventuels points de départ que je suis contraint de chercher ailleurs si je veux la comprendre.

J'ai ainsi tenu à suivre l'antisémite pas à pas, aussi loin qu'il voulait me conduire, dans deux directions: celle de ma figure biologique et celle de ma figure économique; simplement parce que ce sont les plus courantes aujourd'hui. Mais je peux refaire la même expérience, le même itinéraire, à propos de ma prétendue figure métaphysique, culturelle ou politique. Pour de nombreux chrétiens, on le sait, le Juif aurait surtout une physionomie théologique particulière : il aurait un destin mystique, condamnable et condamné pour divers méfaits, dont le plus révoltant serait l'assassinat de Jésus-Christ. Qu'on ne me dise pas là encore qu'il s'agit d'une affaire classée. L'Église ne les a jamais entièrement abandonnées ; et je dirai une autre fois pourquoi elle ne pouvait guère le faire. Les œuvres des écrivains catholiques contemporains continuent d'ailleurs à y faire de fréquentes allusions ; et le plus représentatif d'entre eux, Claudel, n'hésite pas à chevaucher lourdement ce thème. Comment ne pas voir qu'il s'agit toujours de la même histoire racontée d'une manière différente ? À travers ma description théologique je reconnais la même accusation familière et fondamentale : mon existence dans l'univers des autres hommes est une calamité ; ou, en termes théologiques, une malédiction irrémédiable.

De même pour l'accusation culturelle : personnage étonnamment pervers, je contaminerais, je fausserais l'esprit des autres. Si l'on trouve que j'exagère, qu'on relise avec quelque attention la production littéraire de ces dernières décennies. Je ne parle pas bien sûr des imprécations de Céline, de Ezra Pound, ou de quelque autre antisémite délirant, mais simplement des auteurs les plus modérés. Je viens juste de voir réaffirmer, dans un des livres de Lawrence Durrell, que la morale de Moïse a empoisonné toute la civilisation moderne, ce qui n'est même pas original. De même pour mon prétendu rôle politique : le Juif pèserait d'un terrible poids, occulte et nocif, sur la destinée sociale et historique des peuples. Ainsi les Juifs ne seraient pas étrangers à l'éclatement de la dernière guerre. Chacun en bref exprime dans son langage, à travers son idéologie propre, ce qu'il suppose être le Juif ; simplement les théologiens utilisent des termes théologiques, les écrivains une description culturelle et les politiciens des caractérisations politiques. Mais il s'agit toujours de la même idée et du même mouvement : le Juif est posé comme un être redoutable, d'une extraordinaire puissance maléfique.

Dans tous les cas, l'accusation s'appuyant sur quelques notations dérape, s'amplifie, s'organise en un véritable mythe. C'est-à-dire qu'elle ne conserve plus qu'une relation lointaine avec le réel initial, pour vivre de sa propre vie. Deux caractéristiques reviennent toujours, en effet, dans ces différentes figures de moi-même : leur *désinvolture* à l'égard du réel, et d'autre part leur *commodité* pour mon accusateur[1]. La commodité n'est pas toujours évidente, mais l'incohérence, la contradiction fourmillent véritablement dans la moindre description antisémite. J'ai pu hésiter sur tel détail de telle de mes figures supposées, il m'a toujours été impossible de prendre au sérieux ces constructions. Les quelques différences qui me séparent des autres hommes, et que j'ai reconnues,

---

1. Cet inventaire du racisme antijuif me servira plus tard pour la rédaction de mon livre *Le Racisme*, Gallimard, 1982, Folio actuel, 1994.

semblent être devenues folles. D'autres me sont prêtées qui me font enrager ou rire. La plupart, enfin, qui devraient normalement s'exclure l'une de l'autre, se contredisent avec tranquillité. Mon esprit serait à la fois intelligence et aveuglement, je comprends tout et je ne comprends rien, du moins dans plusieurs domaines importants : l'art, la mystique, le sentiment. Pourquoi mon intelligence si aiguë serait-elle en même temps systématiquement infirme ? Si j'insiste, on m'explique vaguement que j'aurais une intelligence analytique, abstraite et inapte à «l'intuition». Un président du jury d'agrégation a osé le déclarer à l'un de mes camarades stupéfait : «Vous voyez bien les détails, mais vous ne savez pas en faire la synthèse : c'est une tournure d'esprit israélite.»

On pourrait croire aussi bien que mon inquiétude, ma vie difficile auraient particulièrement développé mes antennes, que mon émotivité en serait exagérée. Ce que l'antisémite me concéderait d'ailleurs, à condition que ce soit une autre infirmité, un dérèglement de la sensibilité, et non de «l'intuition», trop noble pour fonctionner dans l'esprit du Juif. Les doctrinaires allemands affirmaient, à quelques lignes d'intervalle, l'existence d'un judéo-capitalisme et d'un judéo-bolchevisme. Comment les deux peuvent-ils aller ensemble ? Et ce n'était pas là une affirmation purement nazie, réservée au seul usage des foules allemandes de l'époque. Les nazis ont repris et développé des idées coutumières dans la tradition allemande. Est-ce même une contradiction spécifique aux antisémites germaniques ? La croyance que les Juifs sont les maîtres de l'argent, et celle qu'ils fomentent les révolutions coexistent dans une multitude de têtes sans se gêner le moins du monde. Le corps du Juif appelle les mêmes jugements contradictoires que son esprit ou sa conduite. Je devrais être à la fois malingre, souffreteux, un déchet biologique, et bouffi et gras comme le veau d'or. Il s'agit de la superposition de deux images d'origines différentes : l'une provient des habitants misérables des ghettos et l'autre de l'usurier trop bien nourri. On n'éprouve guère le besoin, en tout cas, d'accorder entre elles ces différentes esquisses. L'accusation raciste fait communément du Juif une race quasi pure : elle lui en veut de cette espèce de quant-à-soi biologique qui le rend inassimilable depuis des siècles ; le juif aurait ainsi réussi à demeurer un corps étranger au milieu des nations. Mais on rencontre avec la même fréquence la caractérisation inverse : le Juif aurait emprunté à tous les peuples au milieu desquels il a passé ; c'est un mélange douteux et méprisable car, bien entendu, il a pris le pire, et le résultat serait désastreux, pour lui et pour ceux qui l'ont accueilli. On connaît la définition de J. Streicher : « Le Juif est la monstruosité incarnée..., dans ses veines coule le sang des Allemands nordiques mêlé à celui des Mongols et des Nègres. D'où son aspect physique. »

Je pourrais continuer longtemps à dresser ce catalogue des incohérences et contradictions de mon portrait mythique. Il est clair que ce ne sont pas mes traits réels qui importent dans cette affaire, mais le désir profond de me voir d'une certaine manière. Or, loin d'être gêné par ces contradictions, le mythe en paraît au contraire renforcé. Objectivement incohérent, le mythe sert ainsi un unique dessein : il s'agit de montrer, à n'importe quel prix, par addition d'affirmations répétées, même hétéroclites, que le Juif est nocif ; à la limite qu'il est même le mal absolu. Du coup ce délire, cette folie ont un sens, un but et une trajectoire visibles. Le mythe du Juif n'est pas un pur mensonge, il contient une part de vérité, mais la vérité du mythe est le pourquoi du mythe : quelles sont ici cette cohérence et cette signification cachée ? C'est ce que j'ai appelé sa *commodité* : mon portrait mythique est toujours à l'*avantage* de mon accusateur. On comprend pourquoi l'incohérence ne gêne pas l'antisémite : son intérêt et sa passion unifient de l'intérieur tout ce qu'il raconte à mon sujet. C'est pourquoi théologiens, politiciens, économistes, écrivains proposent chacun le Juif qui lui convient. En grande partie, enfin, *l'accusation renvoie à l'accusateur*.

Le mécanisme est commun à la plupart des oppressions : une accusation, une mise en question de l'opprimé qui, par son ampleur, sa radicalité, rend suspect l'accusateur lui-même. On découvre vite que la figure mythique du Juif est construite par la société où il vit, comme la figure mythique du colonisé est imaginée par le colonisateur. Du coup, pour comprendre le mythe du Juif, il faut d'abord examiner les besoins et les attitudes du non-Juif. Ce noircissement systématique semble devoir atteindre tout l'être du Juif, toutes ses activités et tous ses produits. Rien n'y échappe dans son corps ni dans son esprit. Ses doigts sont crochus, on le sait : mais ne croyez pas qu'il s'agisse de simples déformations rhumatismales ; ce sont là des symptômes équivoques d'une biologie fondamentalement malsaine. Souvent d'ailleurs, ils sont en outre sales : pourquoi sales, sinon pour accentuer cette répugnance qu'il doit inspirer ? Ses pieds sont plats ; ce n'est pas davantage une simple infirmité, gênante surtout pour lui. L'homme tout entier est «immonde», contrefait, malade, contractant facilement certaines maladies, de préférence cachées ; sournoisement immunisé contre d'autres ; sa sexualité est évidemment trouble. Il possède enfin toutes les tares, toutes les laideurs, acquises et innées. J'exagère ? Mais non, il suffirait là encore de récolter et de mettre bout à bout tout ce qui traîne chez de bons écrivains de notre temps : «Skada était un Israélite d'Asie Mineure, d'une cinquantaine d'années. Très myope, il portait un nez busqué, olivâtre, des lunettes dont les verres étaient épais comme des lentilles de télescope. Il était laid : des cheveux crépus, courts et collés sur un crâne ovoïde : d'énormes oreilles...» (R. Martin du Gard.)

J'ajoute que cet écrivain n'était pas spécialement malveillant envers ses personnages juifs ; il ne fait que traduire une convention : le Juif est laid. Oscar Wilde, dans son *Portrait de Dorian Gray*, n'aura même pas cette réserve : son personnage juif est à la fois fourbe et physiquement déshérité.

Mais peut-on, cependant, en vouloir à un malade ou un infirme ? Nous ne pardonnons à un malade, il est vrai, que s'il nous tient à cœur, s'il est des nôtres. Les autres nous agacent ou nous dégoûtent, le Juif participe de ce dégoût révolté : il est considéré comme un malade étranger, agressif et dangereux. Ne pousse-t-il pas la malignité jusqu'à propager des maladies dont il reste lui-même indemne ! On peut dire que cela échappe à sa volonté ; nul n'est responsable de son corps ; les oreilles décollées ou le grand nez ne déshonorent pas nécessairement. C'est pourquoi le mal physique, à la rigueur excusable, ou sans grande signification, se complète presque toujours par le mal moral, qui est sans excuse : « Un mélange semblable, ajoutait Streicher, a formé son âme disparate, inharmonieuse, vile. Tel sang, tel âme. L'âme du Juif est la somme de toutes les turpitudes. » Les laideurs, infirmités et maladies du Juif révèlent en fait une âme hideuse. Les doigts crochus traduisent son avidité et sa méchanceté, leur saleté ajoute la tare morale à la disgrâce physique. La biologie conduit à une psychologie particulière, et l'une explique l'autre et inversement. Mais de telles démonstrations seraient tellement *commodes* pour lui que l'antisémite y applaudit d'avance. La négativisation biologique a besoin de cette négativisation spirituelle qui la complète et l'achève.

Tout dans le juif, enfin, doit être affirmé mauvais : même ce qui peut paraître à première vue une qualité. Dit-on que le Juif est intelligent ? On pourrait croire que c'est une vertu. Mais non : il est *trop* intelligent, il est d'une sagacité, destructive, corrosive. Dit-on qu'il a une grande soif de savoir ? Cela signifie qu'il est atteint de « boulimie intellectuelle ». J'ai montré comment toutes les qualités reconnues à contrecœur au colonisé se transformaient en défauts : la générosité en prodigalité et la gaieté en vulgarité. Les différences qui séparent le Juif des autres ne sont pas condamnées seulement parce qu'elles sont des différences mais parce qu'elles seraient des différences nocives. Le Juif n'est pas seulement économiquement différent, il serait économiquement néfaste. Toute la caractérisation du Juif est implicitement ou explicitement commandée par le même processus : une négativisation systématique, progressive, qui tend par son propre mouvement à son maximum.

Et à la limite, le Juif est dépeint comme le mal absolu, le diable au Moyen Âge. Cela signifie précisément que son accusateur requiert contre lui la peine de mort : à la limite, la négativisation ne peut qu'aboutir à la néantisation, à la suppression du Juif. L'antisémite paraît insatiable, le mouvement de refus du Juif semble l'entraîner toujours plus loin. C'est que le drame, en grande partie, est en lui-même plus que dans l'existence réelle de sa victime. Il ne suffit donc pas que le Juif soit un peu coupable et un peu condamné, pour telle ou telle conduite peut-être déplaisante. Il faut qu'il soit toujours davantage condamnable, donc toujours davantage coupable. Le point culminant en doit être évidemment la négation absolue, l'accusation ne pouvant s'éteindre que par sa mort. À ce point de vue, l'image théologique traditionnelle est la plus expressive, la plus révélatrice du souhait antisémite profond : le Juif est mauvais pour l'éternité. C'est dans cette optique également qu'il faut comprendre les étonnantes accusations de meurtre rituel. Pourquoi le Juif est-il accusé d'assassinat ? Je répondrai brutalement : pour qu'on puisse l'assassiner, lui. Le Juif a tué le Christ, il profane des hosties, c'est-à-dire qu'il *continue* à assassiner le Christ à travers les temps. L'accusation ne se cantonne pas aux symboles ; le Juif tue concrètement : de temps en temps, tous les ans à Pâques, un enfant chrétien disparaît. Ce thème du Juif assassin déborde largement le christianisme. Les accusations nazies ne sont que la laïcisation de ce processus théologique de condamnation radicale. Le racisme moderne ne fait qu'utiliser un langage plus adapté à nos contemporains : « Les Juifs visent à la conquête du monde et à la suppression de tous les peuples », leur explique un tract arabe distribué à Bonn par la délégation de la Ligue arabe. Les mêmes arguments sont répandus quotidiennement aux quatre coins du monde par plusieurs officines, belges et canadiennes entre autres : les Juifs sont la cause de la plupart des guerres, des cataclysmes sociaux et des meurtres collectifs. Passe encore pour la conquête du monde : pourquoi assassineraient-ils tous les peuples ? Mais ce délire a un sens : le Juif commet les crimes les plus atroces, on peut donc l'assassiner sans scrupule. Il faut retourner l'argument pour le comprendre : il s'agit au contraire de préparer la mort du Juif.

Ce mécanisme liquidateur ne va pas toujours à son terme, sans quoi le Juif aurait disparu. Non que la suppression définitive du Juif soit tellement scandaleuse pour la conscience des peuples ; de temps en temps elle est envisagée et reçoit un commencement d'exécution. Je persiste à penser que le Juif est en danger de mort permanent ; mais le mécanisme contient en lui-même son propre frein. Le massacre effectif du colonisé aurait fait disparaître la colonisation : il s'est donc établi une espèce d'équilibre entre ce mouvement spontané vers l'anéantissement du colonisé et son acceptation relative, pour perpétuer les profits et les privilèges du colonisateur. La même dialectique se retrouve dans les relations entre les patrons et leurs employés : la tentation naturelle du patron est de tirer le maximum de ses salariés, mais il faut que l'employé vive, et vive assez bien pour ne pas se révolter. Heureusement donc que le Juif est, d'une certaine manière, utile aux non-Juifs : non seulement pour leur santé psychologique (compensation, commodité d'avoir toujours un être inférieur à soi, bouc émissaire, etc.), mais parce qu'il remplit quelques rôles spécifiques au milieu des autres : ces rôles qu'on lui reproche si âprement. S'il n'avait pas découvert instinctivement la nécessité de se rendre indispensable, s'il n'occupait pas une série de positions sociales, qui le font momentanément irremplaçable, nul doute qu'il serait aussitôt remplacé, exterminé ou ignominieusement chassé.

On le voit clairement, en tout cas, *la fonction du portrait mythique du Juif est de justifier l'oppression*. Et donc, d'une certaine manière, aider à la maintenir. Ce n'est pas toujours, certes, une machine de guerre consciemment et volontairement dressée, mais plus souvent une espèce de fonction régulatrice. Le non-Juif se trouve devant l'oppression du Juif comme devant un fait ; qu'il y applaudisse ou s'en indigne, il y participe toujours un peu, directement ou indirectement. L'exclusion du Juif profite à tous les autres, l'écrasement du Juif résulte du fonctionnement de toute la société, le langage antisémite appartient, à des degrés divers, à tout le monde. Dans un film, *La Chaîne*, un personnage blanc, qui avait blessé un Noir en l'appelant nègre, s'excuse en lui disant qu'il n'avait pas inventé ce terme. Le Noir lui répond à peu près : « Tu n'as pas inventé les mots et les usages qui m'écrasent, mais tu les utilises. » Devant la condition faite au Juif, le non-Juif découvre un problème qui lui est également posé, auquel il doit répondre à sa manière : *le mythe est la réponse la plus banale, et la plus commode du non-Juif à la condition juive.*

Certes, il pourrait aussi refuser l'oppression du Juif. Mais ce refus n'est pas très aisé, je le reconnais volontiers. Outre la renonciation à des privilèges appréciables, il faudrait en somme transformer la société tout entière, en bouleverser les rapports humains et le système des valeurs ; il faudrait porter atteinte à l'ordre social qui permet cette oppression. Mais où a-t-on vu de tels dévouements, de tels efforts, seulement pour sauver autrui ? Au surplus, un autrui que l'on méprise ? Et faut-il donc que le non-Juif devienne révolutionnaire et se dresse contre sa propre société parce que le Juif y est malheureux ? Alors qu'il n'est même pas convaincu que ce malheur ne soit pas mérité ?

Mais, dira-t-on, il arrive que le non-Juif soit *déjà* révolutionnaire, pour d'autres raisons que celle d'aider le Juif ! C'est une chance pour le Juif, en effet, que des gens existent, nombreux, qui souhaitent plus de justice. Ce sont eux-mêmes souvent des opprimés de cette même société et leur cause coïncide en partie avec celle du Juif. Mais le parallèle ne va guère plus loin. Le Juif est l'opprimé de *toute* cette société, y compris de ses autres opprimés ; n'importe qui, fût-il le plus déshérité, se sent en mesure de mépriser et d'insulter le Juif. C'est pourquoi existe également un antisémitisme ouvrier, qui n'est pas totalement aberrant : pour tous les membres de la société, sans exception, il est avantageux de posséder des Juifs. De même que tout homme, aussi misérable soit-il, méprise les femmes et juge la masculinité un bien inestimable : en quoi il n'a pas absolument tort puisqu'il en bénéficie concrètement. De même que tout colonisateur sans exception se sent supérieur à n'importe quel colonisé parce que tout colonisateur trouve certains avantages à la perpétuation de la situation coloniale. De toute manière enfin, ce bouleversement de la société, et l'aménagement du sort du Juif, sont promis pour un futur plus ou moins lointain. Pour le moment, le Juif est l'opprimé d'une société dont le non-Juif participe bénéfiquement : tout non-Juif doit s'accommoder de cette relation qui l'unit au Juif. Il peut l'approuver, comme le colonialiste approuve la colonisation, ou la refuser, comme le bon colonisateur critique la politique de son pays, il ne peut pas ne pas la vivre au moins partiellement.

Il faudra donc qu'il s'en explique. Dans le meilleur des cas, il plaidera, il reconnaîtra une partie de sa responsabilité, rejetant l'autre sur le Juif. Ce que je comprends encore : il lui est difficile de se reconnaître pleinement coupable. Et alors qu'il est déjà plus ou moins intoxiqué par le mythe : car il y a cercle : *l'oppression suscite le mythe, et le mythe entretient l'oppression*. Plus souvent, la faute est reportée sur le Juif lui-même : en bref, la culpabilité du non-Juif se transforme en culpabilité du Juif, c'est-à-dire en antisémitisme. Si le non-Juif n'est pas coupable, il faut que

Le Juif mythique

le Juif le soit. Si le clochard et la prostituée ne sont pas coupables, alors nous le sommes : il faut donc que le clochard et la prostituée soient responsables de leur malheur et du désordre qu'ils introduisent dans la société. Il faut que la culpabilité se change en son contraire, celle de l'oppresseur devenant celle de l'opprimé ; le Juif mythique est en somme un plaidoyer du non-Juif.

À partir de ce retournement tout devient clair et tout devient possible : un véritable mécanisme d'avilissement est déclenché. Pire encore : ce plaidoyer et ce mécanisme ont dorénavant leurs propres lois ; plus le non-Juif opprime le Juif, plus il l'accuse ; plus il l'accuse, plus il se sent coupable à son égard ; plus il se sent coupable, plus il doit le déclarer mauvais, plus il doit l'enfoncer davantage..., nous tournons en rond.

C'est ce que j'ai proposé d'appeler le *complexe de Néron*[1]. Chemin faisant, la pelote du mythe grossit toujours, l'accusation prend des proportions démesurées, tend vers une limite extraordinaire : le Juif devient en effet une espèce de monstre. Il porte le malheur en lui et sème le malheur autour de lui. La ville d'Herbauges (France) aurait été engloutie dans un cataclysme naturel. Voici ce qu'écrit, en plaisantant (!) bien sûr, le magazine *Fortune*, édité par la Loterie nationale et répandu à des millions d'exemplaires dans tout le pays.

« Le Juif errant qui s'appelle peut-être Cartaphilus, peut-être Ahasverus, peut-être Isaac Laquedem, il faut qu'il marche jusqu'à la fin des temps. Et s'il lui arrive de s'arrêter, la ville où il fait cette

---

1. Voir le *Portrait du colonisé*.

pose est promise à la destruction... Hambourg en 1542... Strasbourg en 1582... Beauvais en 1605. Et c'est ce qu'il advint en Saxe : on peut constater qu'il ne reste pas trace de la ville sise sur le Matterberg et où il eut l'imprudence de vouloir prendre du repos. »

C'est sur ce trajet, qui va de la négativisation à l'anéantissement, que se trouve l'essentielle et nécessaire étape du racisme. On pourrait presque affirmer que le racisme est indépendant des différences biologiques réelles. L'accusation raciste est une rationalisation supplémentaire, trop commode, du refus du Juif. Non, je l'ai assez dit, qu'il n'y a jamais de traits biologiques particuliers à l'opprimé ; il arrive même que l'indice biologique soit évident, comme pour la femme ou le Noir. Mais, considérée hors de l'accusation et du mythe, aucune caractérisation biologique n'est mauvaise en soi, aucune différence n'est condamnable. D'ailleurs lorsque la différence biologique n'existe pas, l'antisémite l'invente. Le racisme est une généralisation abusive et péjorative d'une différence réelle ou imaginaire. Ce n'est pas la race qui appelle et justifie l'oppression, c'est l'oppression qui suscite l'idéologie raciste.

Dorénavant, ce qui importe, c'est cet effort de radicalisation, de substantification du Juif. Le racisme permet simplement de l'atteindre dans sa totalité, sa globalité et sa durée : tout son être est atteint, tous les individus du même groupe, et la déchéance est définitive et irrémédiable. Le Juif en devient du coup incompréhensible, opaque et mystérieux ; il communique un sentiment de malaise et d'étrangeté : « C'est un fantôme », qui se promène au milieu des nations, désagréable apparition qu'il faut chasser. Un peu plus noblement, on parlera du «Mystère d'Israël»; mais qu'on ne se fasse pas d'illusions, ce mystère est vénéneux, il contient en son centre la mort du Christ, le refus du Juif de reconnaître le triomphe chrétien, l'éternelle punition qui poursuit le «Juif errant». Par une antithèse simple, le Juif est en même temps accusé de ne pas comprendre les autres, leur art, leur culture, leur sensibilité; ni compréhensible par les autres, ni comprenant les autres, le Juif, en bref, n'est pas de leur monde: l'avilissement aboutit à la déshumanisation. Le mythe est achevé: son but est atteint.

Comment en effet ne pas refuser et ne pas condamner un tel être? Physiquement hideux et taré, moralement odieux, économiquement néfaste, politiquement dangereux, spirituellement pervers, théologiquement maudit, pourquoi aurait-on même pitié de lui? «Il faut se séparer des Juifs en bloc et ne pas garder des petits», déclarait pendant la dernière guerre l'écrivain français Robert Brasillach. Dépouillé de toutes les qualités humaines, il devient en effet une espèce d'animal. On comprend que périodiquement, lors des paroxysmes antisémitiques, l'écrasement du Juif apparaisse comme un devoir. C'est une espèce de chasse contre un animal nuisible; il faut bien se défendre contre lui.

J'ai enfin laissé de côté jusqu'ici une fonction secondaire du mythe, mais qui le complète souvent. Le Juif est à ce point coupable qu'il finit par le reconnaître lui-même! Quel triomphe alors pour l'antisémite, lorsque le Juif avoue au surplus son trouble devant ce miroir truqué! Or, nous connaissons tous des moments de doute: l'accusation est si générale, les injures si diverses, si répétées, qu'il arrive quelquefois d'hésiter. Quelle meilleure contre-épreuve pour l'accusation ? L'accusé a avoué : la punition peut être donnée en toute tranquillité, l'oppression peut et doit être continuée. Si le Juif lui-même se résigne à la condition qui lui est faite, s'il accepte les limites qui lui sont imposées, s'il finit même par se conduire comme on l'attend de lui, alors l'oppression est définitivement assise.

En résumé, le portrait mythique du Juif prépare et achève son *oppression concrète*. Il en est le symbole, les préliminaires et le couronnement ; il la justifie par avance et en légitime les conséquences. S'il se présente d'abord comme un délirant plaidoyer de l'imagination antisémite, il est aussi une caution et une absolution de la conduite et des institutions de l'antisémite. Il est en somme déjà oppression puisqu'il en annonce les manifestations concrètes et contribue à sa pérennité : il contribue à l'écrasement réel du Juif. Voilà qui nous explique, mieux que tous les « mystères », la tenace survie de cette absurde mythisation : le Juif continue aujourd'hui à être un opprimé. Le mythe n'est pas seulement un ensemble de préjugés et d'arguments, à débattre et à réfuter, il est la pointe verbale d'un *comportement toujours actuel de l'antisémite*. Ce mythe accusateur et oppressif est enfin la meilleure introduction pour comprendre la *vie réelle* faite aux Juifs.

III

Le Juif réel : ce qu'il n'est pas

1

Le Juif et la religion des autres

Le mythe ainsi dépisté, dévoilé, ramené à sa juste mesure et place, qui suis-je alors ? Quel est donc le Juif réel, vivant, souffrant et se réjouissant ? Pour me saisir dans mon existence concrète, la meilleure démarche aurait été, semblait-il, de décrire les aspects positifs de cette existence : traditions et institutions, habitudes collectives et valeurs, économie, religion, art. J'y reviendrai bien sûr. Mais je me suis vite aperçu que l'existence juive est aussi remarquable par ses limitations et ses manques que par ses traits positifs. À chaque pas, les difficultés à vivre venaient contrarier, bouleverser, transformer le sens de cette vie. Ce qui fait le malheur du Juif, sinon tout son être, n'est pas tant ce qu'il est que ce qu'il n'est pas. Au point qu'il craint obscurément de cesser d'exister avec la fin de son malheur, et que souvent il s'y attache. Je me souviens avoir écrit une histoire où le héros devait retrouver un collier merveilleux, un bijou de perles noires et blanches ; mais où les noires étaient si lumineusement noires qu'on ne voyait qu'elles ; où l'éclat des blanches en était à ce point terni qu'elles en paraissaient invisibles. Un jour, fatigué de cet état de choses, le jeune homme crut bon de se débarrasser des perles noires : mal lui en prit : le collier disparut à nouveau, et cette fois définitivement. Ah ! il y a bien autant de grains sombres que de grains clairs dans le collier de la vie juive ! qui sont aussi denses, aussi lourds aux doigts. Je ne récrirais plus aujourd'hui ce conte de la même manière. Je crois à la possibilité d'une vie juive indépendante du noir malheur séculaire. Mais en vérité je ne sais pas s'il s'agira de la même vie, si l'on pourra encore parler de Juifs et de judaïsme. Pour le moment, en tout cas, il est impossible de comprendre les aspects positifs de la judéité sans se référer constamment, et d'abord, à ses aspects négatifs ; à tout ce que le Juif n'est pas, à tout ce dont il est exclu.

Lorsque, il y a quelques années, je quittai la Tunisie pour la France, je savais que je quittais un pays musulman, je ne savais pas que je gagnais un pays catholique. Quelques semaines suffirent à m'imposer cette évidence. De loin, ou de trop près, les choses s'égalisent et se distribuent sagement, comme le suggèrent les manuels de littérature et d'histoire. D'un côté Bossuet et Fénelon, de l'autre Voltaire et Diderot ; d'un côté un secteur catholique, de l'autre un secteur rationaliste et libéral ; une région cléricale, une région anticléricale et athée. De sorte qu'il suffirait de choisir ses lectures, ses amis et sa ville pour vivre sa vie tranquille et sans conflits excessifs. Mais j'ai vite découvert que la réalité française est inextricablement mêlée, libérale et catholique, cléricale et anticléricale à la fois. Un peu plus de catholicisme en telle région, un peu plus de libéralisme en telle autre, mais le fonds commun chrétien est partout, plus ou moins enfoui, plus ou moins éclatant.

Cette vérité est certes tiraillée ; par le conservateur, qui, souhaitant vivre dans le passé, s'efforce de croire que le présent lui est identique ; par les gens de progrès, comme ils se nomment, qui, impatients de vivre l'avenir, finissent par ne plus voir le présent. Mais le fait actuel, dont on ne sait guère comment il évoluera, combien il durera, est celui-ci : la France reste, malgré les changements considérables, un pays catholique comme l'Amérique est un pays protestant. On me dit que la lutte est chaude, et c'est vrai, je l'ai constaté dernièrement à propos de l'école libre ; les ouvriers ont tendance à se déchristianiser, et c'est peut-être vrai, bien qu'il faille tenir compte des flux et des reflux. Mais le présent actuel, c'est qu'un jeune Français sur trois pratique, c'est que : « Sur l'ensemble des jeunes Français entre dix-huit et trente ans, plus de huit sur dix ont pratiqué le catholicisme dans leur enfance et fait leur communion solennelle, plus de sept le professent encore... Plus de la moitié de l'enseignement secondaire français est entre les mains des écoles confessionnelles catholiques. » (Enquête de l'Institut français d'opinion publique[1].) Lorsque je voyage à l'intérieur de ce pays, que me montre-t-on avec une juste fierté ? Qu'est-ce que je demande moi-même à voir spontanément, parce que je sais que c'est cela qui mérite d'être vu, sinon des églises, des chapelles, des baptistères, des Vierges, des objets du culte et très peu d'autres choses ? J'ai vérifié

---

1. Chiffre de 1960.

l'exactitude de ces descriptions d'écrivains bien-pensants : les villages sont serrés autour de leur église, autour des clochers, qui les signalent de loin et semblent en effet les protéger.

Est-ce le seul cas de la France ? Mais non ; j'ai été stupéfait l'année dernière, amusé, lorsque j'ai lu dans les journaux italiens la déclaration solennelle de Togliatti, le leader des communistes italiens, encourageant et bénissant «les communiantes communistes». Il ne s'agit là, me dira-t-on, que de *tactique*... mais s'il faut de la tactique, c'est qu'il y a un réel à contourner. Or le réel du peuple italien est profondément catholique, comme le réel polonais, comme le réel espagnol. Et dans les pays musulmans, dont je viens, le Ramadan ou l'Achoura rythment la vie sociale, comme Noël et Pâques rythment celle des pays catholiques. On connaît l'importance de la religion dans les pays anglo-saxons, inextricablement mêlée aux institutions.

J'ai bien essayé de me donner le change : «Pourquoi tant d'attention, me disais-je, à la religion des autres, alors que je ne suis moi-même ni croyant ni presque pratiquant ! Est-ce que je cesse de travailler le samedi ? Est-ce que je fête sérieusement la Pâque et Kippour ? Ai-je seulement le mot de synagogue souvent à la bouche, comme certains, pour la saluer ou l'attaquer ? À peine s'il m'arrive d'y penser. D'autre part, tant de chrétiens ne pratiquent pas plus que moi ; la plupart de mes amis non juifs ne sont-ils pas aussi indifférents que moi à la chose religieuse ?...» Mais ce n'étaient là que des arguments de polémique contre moi-même, pour me rassurer. Il ne s'agit, je le sais bien, ni de religion, ni seulement de la religion des autres, mais d'un rapport plus complexe. Je ne suis pas exclu et différent seulement par la positivité de ma propre religion ; je suis exclu et différent par la positivité de la religion des autres, qui se transforme ainsi pour moi en une sournoise négativité, toujours plus ou moins pesante. Ce qui fait ma situation religieuse, ce n'est pas tant le degré de ma propre religion, c'est que *je ne sois pas* de la religion des hommes parmi lesquels je vis, c'est que je sois Juif au milieu des non-Juifs. Ce qui signifie également que mes enfants, mes parents, mes amis le plus souvent, se trouvent dans ce cas. C'est que je sois toujours, dans une certaine mesure, en dehors de l'univers religieux, de la culture, de la société dont je fais partie par ailleurs.

Car il ne s'agit pas seulement des pratiques plus ou moins privées, plus ou moins coutumières, mais du légal et de l'officiel qui régissent nos sociétés. La légalité des pays chrétiens est une légalité d'inspiration chrétienne à peine déguisée, et souvent proclamée ; la légalité des pays musulmans est une légalité musulmane, allant de soi et sans réticences. Il ne s'agit pas seulement des manifestations voulues, au visage fixé par le temps, descriptibles et cernables, mais aussi des rêves, des sentiments et de l'idéologie la plus confuse et la plus claire. La religion des autres est partout, enfin, dans la rue comme dans les institutions, dans les vitrines et les journaux, dans les objets, les monuments, les discours, l'air : l'art, la morale et la philosophie sont aussi chrétiens que le droit et la géographie. La tradition philosophique enseignée dans les écoles, les grands motifs de la peinture et de la sculpture sont aussi imprégnés de christianisme que la législation du mariage. Me trouvant l'année dernière sur la Côte d'Azur, je me suis amusé à noter les villages qui portent des noms de saints : leur nombre est étonnant : Saint-Tropez, Sainte-Maxime, Saint-Raphaël, Saint-Aygulf..., il en est de même des stations du métro parisien. Ma première irritation contre Paris, ville que j'aime tant par ailleurs, fut d'origine religieuse si mes souvenirs sont exacts. Occupé une partie de la journée par un méchant job, je veillais tard le soir pour avancer dans mes études. J'étais réveillé tous les matins, et plusieurs fois de suite jusqu'à l'exaspération, par des cloches sonnant à toute volée, insistant longuement, puis revenant à la charge dès que je m'étais assoupi de nouveau. J'habitais, il est vrai, un petit hôtel à deux pas d'une église, mais on est toujours dans cette ville à deux pas d'une église. L'incident est mince, je le sais bien. Le plus significatif précisément est qu'il me soit resté en mémoire. C'est qu'il m'avait paru doublement symbolique, je suppose : ces cloches sonnaient le signal des devoirs communs aux autres, de leur union ; du même coup, elles sonnaient pour moi le signal de mon exclusion de cette communauté. J'étais dans un pays catholique ; tout le monde devait trouver normales et peut-être agréables ces cloches du matin, sauf moi, et mes pareils précisément, qui en étais gêné. Gêne impuissante au surplus : les autres, qui n'en étaient pas agacés, ni même peut-être réveillés, étaient le nombre et la force. Ce qui les concerne, ce qu'ils approuvent, est la légitimité. Ces cloches ne sont que l'écho familier de leur âme commune.

J'exagère ? Réaction intempestive ? Que l'on qualifie cela comme l'on voudra ; je n'ai jamais dit que les réactions du Juif, en ce domaine surtout, fussent d'une indiscutable santé. Réaction toute personnelle ? Je ne le crois pas. Je ne crois pas avoir forcé l'interprétation de ces incidents, raccourcis symboliques de la situation religieuse du Juif. J'ai trouvé sans étonnement la même irritation dans la biographie de Freud, et deviné chez lui le même malaise. Ce même sentiment désagréable, qui me trouble durant ces interminables et obligatoires visites d'église dans toutes les villes où nous passons, je l'ai même constaté chez de nombreux amis protestants. Se rendent-ils toujours compte, les chrétiens, de ce que ce nom de Jésus, leur Dieu, peut signifier pour un Juif ? Pour un chrétien, fût-il devenu athée, il évoque, il a évoqué tout au moins, une immense vertu, un être bon infiniment, ou qui s'est voulu bon, qui se propose comme le Bien. Pour le chrétien qui reste croyant, il résume et accomplit la meilleure partie de lui-même. Le chrétien qui a cessé de croire ne prend plus cette ambition au sérieux, il peut même en éprouver du ressentiment, accuser les prêtres d'incapacité ou même de tromperie ; mais s'il dénonce une illusion, il ne met pas en doute, généralement, la grandeur et la beauté de l'illusion. Pour le Juif qui n'a pas cessé de croire et de pratiquer sa propre religion, le christianisme est l'usurpation, théologique et métaphysique, de son histoire ; c'est un blasphème, un scandale spirituel et une subversion. Pour tous les Juifs, fussent-ils athées, le nom de Jésus est le symbole d'une menace, de cette grande menace qui pèse sur leurs têtes depuis des siècles, et qui risque toujours d'éclater en catastrophes, sans qu'ils sachent pourquoi, ni comment les prévenir. Ce nom fait partie de l'accusation, absurde, délirante, mais d'une efficace cruauté, qui leur rend la vie sociale peu respirable. Ce nom a fini par être, enfin, l'un des signes, l'un des noms de l'immense appareil qui les entoure, les condamne et les exclut. Que mes amis chrétiens me pardonnent : pour qu'ils me comprennent mieux, et pour employer leur propre langage, je dirai que pour les Juifs, leur Dieu c'est un peu le diable.

Un jour à Tunis, un idiot juif (nous en avions toujours un certain nombre qui hantaient les cimetières et les réunions communautaires), voyant passer un enterrement chrétien, fut subitement pris d'une fureur insolite. Un couteau ouvert à la main, il se précipita sur le cortège mortuaire qui se dispersait affolé, lorsque l'idiot, sans un regard pour la foule hurlante de terreur, piqua droit sur l'enfant de chœur... et lui arracha la croix des mains, la jeta à terre et rageusement la piétina longuement. Je n'ai compris que plus tard ce fait divers : l'anxiété s'exprime comme elle peut : l'idiot répondait à sa manière à notre commun malaise devant ce monde de croix, de prêtres et d'églises, symboles concentrés de l'hostilité, de l'étrangeté de cet univers qui nous enserrait, nous assaillait aussitôt que nous avions quitté l'espace étroit du ghetto.

Il est impossible de ne pas noter cette rupture, au moins, que la religion des autres introduit dans la vie du Juif. Cette séparation de la vie quotidienne du Juif de celle de ses concitoyens non juifs. Il existe un aspect chrétien de l'existence des non-Juifs, quelle que soit l'indépendance de leur pensée ou leur fidélité aux dogmes traditionnels. Mais, du même coup, il existe un aspect chrétien de la condition juive non séparable de la vie du Juif, que le Juif ne peut non plus oublier, sinon par abstraction ou étourderie. Sur le plan collectif l'affaire est peut-être plus claire encore. Je suis maintenant convaincu que l'histoire des peuples, leur aventure collective est aussi une histoire religieuse ; non pas seulement marquée par la religion, mais vécue et exprimée à travers la religion. Ce fut l'une de nos grandes naïvetés, et bien nocives, d'avoir cru, dans nos milieux dits de gauche, à la fin des religions. Ce fut une grande erreur d'avoir essayé de minimiser son rôle dans la compréhension du passé des peuples. Il ne s'agirait ni de s'en réjouir ni d'en pleurer mais de constater son extraordinaire importance et d'en tenir compte. Il me paraît évident aujourd'hui que toute la vie collective des chrétiens est encore rythmée dans son ensemble par le christianisme ; leur histoire passée et l'histoire qui continue à se faire. Voyez encore ces relais de sacre qui jalonnent et ponctuent l'histoire et la vie de la France : le sacre de Charlemagne et celui de Clovis, le sacre de Charles VII et celui de Napoléon. On sait la place et le rôle de l'Église dans les mœurs et dans la politique ; ces régions entières étroitement dépendantes des mots d'ordre de leurs curés.

Tout cela est banal certes ; tellement qu'on ne songe plus guère à sa signification. On découvre mieux encore peut-être l'intensité du religieux dans les moments de fête, où elle culmine, où la collectivité prend conscience d'elle-même, comme un être unique. Par une ironie du sort, non moins banale et compréhensible, c'est alors que le Juif se découvre le plus exclu. Je me trouvais l'autre soir au théâtre. La pièce était drôle et les acteurs bons, nous riions tous à l'unisson ; lorsque le ton bascula et devint sérieux. L'actrice, émue, peut-être pour de bon, dans un mouvement de ferveur exaltée, invoqua la Sainte Vierge et Jésus et mit les spectateurs, elle-même et la ville entière, sous la protection du Christ. Mais c'est alors que tous se taisaient, gagnés par l'émotion commune, juste à ce moment, c'était fini pour moi ; même le plaisir esthétique en était contrarié. Cette sainte et ce Dieu, je ne les reconnaissais pas, leur protection me gênait comme une hypocrisie ; cet accord profond ou provisoire de la salle, je ne pouvais l'accepter, je ne pouvais en être. Et toute cette salle, toute cette ville enfin, en faisais-je vraiment partie, puisque je m'en séparais ainsi dans les moments des plus grandes retrouvailles ? Comme d'habitude, le doute renaissait de cette faille pour tout gagner. C'est au moment où le corps social s'unifie dans la communion retrouvée, dans le souvenir des drames et des victoires communes, que le Juif mesure le mieux sa non-coïncidence, sa distance d'avec la communauté. Tout alors le lui rappelle, avec plus d'insistance que d'habitude : les journaux, la radio, les rues, les manifestations publiques des chefs de la nation. Dans la semaine de Noël, même les discours scientifiques, politiques, à la radio, à la télévision, commencent par des invocations : « En ce jour où tous les hommes se sentent des cœurs d'enfants, etc. » Tous ? Justement pas moi ; je ne suis pas de cette communion-là. L'un des premiers gestes du général de Gaulle prenant le pouvoir fut une adresse au pape où il lui demandait de bénir la France et les Français. Cette France, le Juif en fait-il partie ? Si oui, comment accepterait-il qu'elle soit bénie par le pape, et lui avec ? En réalité les chefs de l'État font comme si le Juif n'existait pas. Et il est vrai qu'il ne compte guère, qu'il n'ose même pas se compter lui-même : sinon pourquoi supporterait-il que le chef de l'État, c'est-à-dire son représentant, aille à l'église dans ses fonctions, c'est-à-dire en son nom ? Le nonce apostolique est doyen du corps diplomatique : de quel droit ? Sinon par une prééminence admise de la religion catholique, qui n'est pas la sienne ? C'est toujours au moment de la plus grande effusion, dans les cérémonies et les rites communs, à l'enterrement des héros, à la célébration des victoires ou aux catastrophes de chemin de fer, que le Juif vérifie son esseulement et son peu d'importance, que son cœur se serre à la découverte que cette effusion, cette réconciliation générale, où tous ses concitoyens se retrouvent, se redécouvrent des origines et des projets communs, le laissent hors du jeu. C'est alors que la distance se rétablit la plus forte.

Je sens bien, à l'instant où je l'énonce, ce que ma révolte peut avoir de peu convaincant et de dérisoire, et ma réclamation d'exorbitant. Eh quoi ! prétendrais-je imposer ma loi à la majorité ? N'est-il pas normal qu'une nation vive suivant les désirs, les habitudes et les mythes du plus grand nombre ? Je me hâte de le dire, je le reconnais aussitôt : parfaitement *normal* ; je ne vois guère comment elle pourrait vivre autrement. Je dois même avouer que je comprends différemment aujourd'hui le phénomène religieux. Je continue à croire certes à la nocivité d'une emprise cléricale sur la vie d'une nation, à la nécessité de combattre toute influence politique des prêtres et même toute utilisation politique de la religion. Mais je crois aussi que le phénomène religieux n'est pas une invention des prêtres ou d'une seule classe dominante : il est une expression, parmi les plus importantes et les plus significatives, de la vie de tout le groupe. Et si un peuple s'exprime ainsi, pour ce moment de son histoire, manifeste son unité et son existence en sacrifiant des poulets ou en organisant des processions, le prêtre ne peut que bénir les poulets et les processions. Lorsque l'année dernière le pape a béni les scooters et a proposé une madone des scootéristes, il n'a pas inventé l'importance des Vespas en Italie, il l'a simplement reconnue. Le prêtre entretient, alimente, il est vrai, les illusions et les mystifications collectives, mais dans une très grande mesure, il ne fait que les traduire et les avaliser à sa manière. Bien sûr, là-dessus peut se greffer une idéologie réactionnaire, une utilisation, une perversion de ces sentiments primaires, mais ces sentiments existent, correspondent à des besoins confus, et leurs manifestations sont dans une large mesure naturelles et normales. Ce qui n'est pas normal dans cette affaire, c'est *ma* vie différente à cet égard, au sein de la nation : *le Juif est celui qui n'est pas de la religion des autres*. Je voulais simplement attirer l'attention sur cette différence et ses conséquences vécues par moi, qui n'appartiens pas à cette normalité. Il est clair que je dois vivre une religion qui n'est pas la mienne, et qui règle et qui rythme toute la vie collective. Je dois partir en congé aux fêtes des Pâques chrétiennes et non à la Pâque juive. Qu'on ne me rétorque pas que de nombreux citoyens non juifs condamnent eux aussi cette contamination. Il ne s'agit jamais que de condamnation théorique : leur vie de tous les jours reste ordonnée par la religion commune, qui pour le moins fut leur religion et qui ne les déchire pas. « Ce qui vous manque, me disait, mi-sérieuse, mi-plaisante, une de mes amies non juive, c'est de n'avoir même pas *été* chrétien ! » Le Juif, lui, croyant ou non, consentant ou rebelle, doit vivre peu ou prou cette religion des autres qui le décale de lui-même et le nie. Souvent il finira par fêter volontiers Noël, dansera, fera des cadeaux, aura un arbre à la maison et assistera à la messe de minuit. Mais il fêtera dans le trouble et l'ironie, dans l'ambiguïté et la mauvaise foi. Il expliquera que l'arbre « c'est pour les enfants, pour ne pas les priver... », « que la messe de minuit a une grande valeur esthétique ». La vérité est plus simple et plus contraignante à la fois. Comment ferait-il pour ne pas participer à la joie générale ? Et d'ailleurs pourquoi s'y refuserait-il ? Il n'a ni assez de force, ni assez de conviction pour tout refuser ; l'effort du refus dépasserait le trouble de la participation. Comment ne verrait-il pas la splendeur des vitrines de la ville, les illuminations des grands magasins, la richesse insolite des marchés d'alimentation, comment ne respirerait-il pas comme tout le monde l'euphorie, l'allégresse de l'air ? Serait-il distrait et ne sortirait-il pas de chez lui, on viendrait le chercher : il est invité, lui et ses enfants, à l'arbre de la banque ou à celui des anciens combattants, ou à plusieurs arbres à la fois. Doit-il aussi refuser les poupées que l'on offre à sa fille et les petites autos que l'on offre à son fils ? Est-il tellement sectaire ? Il se sent un peu ironique, envers lui-même surtout, d'accepter, mais il se sentirait plus ridicule encore de refuser. Et d'ailleurs : il s'exclurait alors de lui-même, lui qui se plaint tant d'être exclu !

2

Le Juif, la nation et l'histoire

J'ai raconté ailleurs comment notre adolescence et le début de notre âge d'homme se refusaient également à considérer sérieusement la persistance des nations. Nous vivions dans l'attente enthousiaste de temps nouveaux, inouïs, et en croyions voir déjà les signes précurseurs : l'agonie, décisivement amorcée, des religions, des familles et des nations. Nous n'avions que colère, mépris et ironie, pour les attardés de l'histoire qui se cramponnaient à ces résidus. Je vois mieux aujourd'hui pourquoi nous apportions tant d'ardeur à cultiver de tels espoirs. Certes, l'humeur impatiente et généreuse des adolescents, qui les pousse à se libérer et à libérer le monde entier de toutes les entraves, s'accommode particulièrement des idéologies révolutionnaires. Mais, en outre, nous étions juifs : je suis persuadé que cela n'était pas étranger à la vigueur de notre choix : par-delà les familles, les religions et les nations des autres qui nous repoussaient et nous isolaient dans notre judéité, nous voulions retrouver tous les hommes, et, du coup, devenir nous-mêmes des hommes comme les autres.

Las! soit que nous nous trompions complètement, soit que nous soyons rentrés depuis dans une période de reflux, soit simplement que j'aie vieilli, il m'a bien fallu admettre que ces résidus possédaient la vivacité du chiendent et s'obstinaient à demeurer des structures profondes de la vie des peuples, des aspects essentiels de leur être collectif. La guerre se fit au nom des nations, et la paix confirma les plus anciennes et en fit naître de nouvelles. L'après-guerre vit un indiscutable renouveau religieux qui porta, dans une partie de l'Europe, des partis confessionnels au pouvoir. C'est pour l'avoir compris que les communistes, qui veillent à garder en main le pouls des peuples, célèbrent les «communiants catholiques», proposent aux chrétiens leur «main tendue» et se proclament patriotes et nationaux. Les socialistes n'auront même pas besoin de ruser : leur chauvinisme était bien réel ; les guerres coloniales lui donnèrent bientôt l'occasion de s'épanouir. Apparemment nous étions condamnés, et pour longtemps, aux religions et aux nations. Encore une fois, je ne juge pas, je constate.

Qu'allions-nous devenir, quant à nous? Qu'allaient devenir nos espoirs d'adolescents? Ce que nous sentions confusément, ce que nous voulions supprimer en refusant toute la société d'alors, je ne veux ni ne peux plus me le cacher : l'état religieux des peuples étant ce qu'il est, la nation étant ce qu'elle est, le Juif se trouve, dans une certaine mesure, *à l'écart de la communauté nationale*. Là encore on va se récrier. Je suis prêt à concéder, par lassitude, pour éviter une discussion où ce n'est pas la raison seule qui parle, qu'il s'agit d'une situation très variable. Mais enfin, les peuples,

Le Juif réel : ce qu'il n'est pas 201

aujourd'hui encore, vivant leur vie collective de manière nationale, je me sens plus ou moins à l'écart de cette vie et de la nationalité commune.

Ainsi, l'accusation se vérifie ? Ainsi Juif, vous vous avouez apatride et cosmopolite ? De vous-même, vous vous refusez à la nation !... Ah ! je ne refuse rien ! Qu'est-ce qui se vérifie ? Est-ce bien mon refus, ou le refus des autres ? Comme si j'avais, sur ce point, assez de force et d'orgueil, de sérénité et d'indépendance pour pouvoir refuser ! J'ai souvent souhaité de mépriser sans passion, d'ironiser sur ces résidus, sur ce que je voulais croire être des survivances, comme un ex-amoureux devenu indifférent. Mais on ne méprise bien qu'après avoir été comblé, et mes camarades non juifs y arrivent infiniment mieux que moi. La vérité au contraire est que j'ai aspiré de toutes mes forces à l'intégration, à devenir un citoyen comme les autres. Oui, j'avoue sur ce point ma déception humiliée : qu'il aurait été confortable de faire partie intégrante, définitive, des institutions d'un pays, de ne pas se sentir, se découvrir constamment mis en question ! L'ennemi du Juif glapit de joie à la moindre confession sur cette non-coïncidence, ce non-enracinement du Juif. Comment ose-t-il nous faire un procès de l'objet même de notre nostalgie, de ce malheur qui nous est imposé par le sort, pour ne pas dire par lui-même ? Comment ose-t-il se prévaloir de notre exclusion ? Je n'ai rien refusé, c'est la nation qui m'a refusé, qui me laisse hors d'elle. Que je le veuille ou non, l'histoire du pays où je vis m'apparaît comme une histoire d'emprunt. Comment me sentirais-je représenté par Jeanne d'Arc ? Encore la religion ! Que l'on me donne une recette pour considérer à part la tradition nationale et la tradition religieuse. Je ne puis oublier que l'héroïne nationale portait son épée comme une croix ; comme la plupart des héros historiques ; Bayard mourant demandant à baiser son épée : double symbole fondu en un. Comment aurais-je pu m'identifier à Clovis, naïf et bon ancêtre prestigieux des manuels de l'école primaire, mais qui, paraît-il, aurait volontiers exterminé les méchants Juifs ? ou même à Napoléon, si ambigu, si agacé par les Juifs de son époque ? ou, à plus forte raison, aux tsars pogromistes ou aux souverains orientaux ? Il m'est impossible en vérité de coïncider sérieusement avec le passé d'aucune nation.

Pour une grande partie des citoyens actuels du pays, cette histoire et ce passé ne sont pas exactement les leurs non plus. Mais ils ne le savent pas ; et personne ne le sait. Heureusement pour eux, le grand oubli collectif a joué depuis longtemps. Leurs ancêtres étrangers confondus dans le grand cimetière du passé, cette fosse commune où tout se mélange et disparaît, ils recueillent le bénéfice de l'anonymat : d'où peuvent-ils être s'ils ne sont pas d'ici ? Quiconque arrive à se greffer à l'arbre récupère d'énormes racines et finit par s'en croire issu de toute éternité, se légitime et légitime ses descendants. Il y a toujours quelque chose de mystique dans toute mémoire collective. Le Juif, lui, parce que Juif, conserve intégralement sa filiation. Serait-il plus ancien que toutes ces greffes successives au corps de la nation, de si loin qu'il est apparu, par définition, on admet qu'il vient d'ailleurs, puisqu'il n'a pas toujours été là. Ainsi, à Tunis, nous glorifiions-nous quelquefois d'être d'authentiques Berbères, des Phéniciens, installés avant tout le monde, depuis la reine Didon. Cette prétendue noblesse même nous isolait davantage. Ainsi notre fleuve avait coulé le même depuis des siècles, au milieu du lac bouillonnant des autres, sans que jamais les eaux se soient mêlées. Bien entendu, beaucoup de Juifs ont disparu : ceux dont les eaux se sont mêlées.

Il n'y a là enfin ni de quoi se refuser ni de quoi se réjouir. Je vis mon destin social et politique, non comme prestigieux et exceptionnel, mais comme séparé de celui de mes concitoyens. D'où ma gêne, mon appréhension, dès que l'on parle devant moi de tout ce qui touche à ce passé historique. Pas de Gaulois, s'il vous plaît ! Arrière les Celtes, les Germains et les Slaves et les conquérants romains et les conquérants arabes ! Car alors je me découvre seul et nu : mes ancêtres, à moi, n'ont jamais été ni gaulois, ni celtes, ni slaves, ni germains, ni arabes, ni turcs. Quelle certitude est-ce là ?, diriez-vous. Qui est sûr de ses ancêtres ? Peut-on même être sûr de son père ? Mais il s'agit surtout d'une assurance du cœur et d'un consentement de l'opinion. Et, surtout, non d'un trait positif de l'existence juive, mais d'un trait *négatif*. La différence est ici négativement capitale : mes concitoyens ne furent peut-être pas des Gaulois ou des Arabes, mais cela n'a pas d'importance. Moi, je n'ai peut-être pas été un Arabe ou un Romain : mais cela est considéré comme sûr. Je n'ai jamais pu dire « nous », en songeant à ces lignées historiques dont se prévalent mes concitoyens. Je n'ai jamais entendu un autre Juif dire « nous » sans tiquer, sans le soupçonner d'étourderie, de complaisance ou de forcer sa langue.

Il faut que j'ajoute également ceci : j'ai horreur de l'emphase historique, passéiste et même futuriste. Je me moque de la « France immortelle », de la « Tunisie impérissable », comme du « judaïsme éternel ». Je crois que la mort, tôt ou tard, se révèle en tout, et que toutes ces éternités et immortalités, si avantageusement affirmées, ne sont que de pauvres assurances que nous essayons de nous donner contre elle : « C'est précisément que vous êtes juif ! me rétorquera-t-on. Vous vous moquez des patries parce que vous n'en avez pas ! » Ce n'est que partiellement vrai. J'ai dit aussi que plusieurs de mes amis non juifs étaient bien plus violents que moi, plus tranquillement méprisants de leurs mythes collectifs. Je n'ai pas leur assurance et leur sérénité ; ma raison aussi discute et tranche, mais mon cœur en souffre et réclame. J'aurais tant préféré avoir participé à ces illusions, si illusions il y a, quitte à les refuser, après, avec une hauteur ironique. En avoir été pour mieux m'en libérer. On peut arriver à traiter avec désinvolture le passé collectif de sa nation, son histoire et ses traditions, mais il est presque insupportable de se les voir dénier par les autres, de se les dénier à soi-même. André Gide notait dans son journal qu'il lui était impossible de penser comme Barrès, qu'il admirait, parce qu'il était protestant et non catholique, et parce que son père et sa mère venaient de deux régions différentes de la France : dans une certaine mesure il se sentait trop dispersé, hétérogène déjà, et en souffrait un peu. Et pourtant personne ne songeait à le mettre en question ; personne ne doutait, et il ne doutait nullement lui-même que son destin et celui de la France ne coïncident. Avec quel pays, quel coin de la terre, suis-je sûr, moi, de coïncider ? Avec quelle culture ? Quelle aventure collective ? Il est vrai que je peux feindre de trouver une certaine force dans cet éparpillement, une liberté supérieure : « Voyez, je n'appartiens à rien, je ne souffre donc d'aucune entrave ! » Il peut y avoir quelque orgueil et quelques ressources, en effet, dans cette solitude et dans cette obligatoire distance. Et je ne les dédaigne pas, les jours de courage et de santé. Mais je préfère avouer que c'est les payer trop cher. La bâtardise aiguise l'esprit, certes, mais c'est une condition bien incommode, et qu'il vaut mieux épargner aux gens. Une psychologue de mes amies, un peu étourdie, me disait : « Je suis du Jura, mon père est du Jura, mon grand-père aussi... La plupart de mes amis juifs, leur père est de tel endroit, leur grand-père d'un autre, et leur oncle continue à vivre dans un troisième pays. »

Elle ajoutait, gentiment consolatrice : « À côté de mes amis juifs, je me sens un peu étriquée, pauvre. » Mais c'était là une phrase de riche, un regret romantique, pour qui a déjà le vivre et le couvert, et soupire après la poésie. Si elle savait combien ses amis juifs auraient préféré sa solide pauvreté à leur trop riche éparpillement, son unicité géographique et historique à leur aérienne instabilité !

Je veux dire que cette constante rupture, cette négativité rongeuse, je ne puis faire qu'elles n'aient une lourde signification sur mon destin. Elles sont encore l'un des signes majeurs, l'une des composantes de mon oppression. Je l'ai montré pour le colonisé. L'une de ses atteintes les plus graves porte ainsi sur les dimensions historiques de l'opprimé : elle le lamine, elle l'amincit, dans l'espoir peut-être de le rendre transparent, moins encombrant. Aucun passé historique n'est reconnu à l'opprimé, et si l'oppression dure, l'histoire lui étant volée au fur et à mesure, il en a de moins en moins et finit par l'oublier tout à fait. Depuis plusieurs générations, les troupes coloniales ont payé de leur misère et de leur sang les desseins des peuples européens. Mais le gain et la gloire, si gloire il y a, sont-ils à eux ? La bataille de Monte Cassino est « inscrite à jamais à l'actif du courage immortel de l'Armée française » : précise-t-on que cette armée comprenait un fort pourcentage de Nord-Africains et de Juifs ? À l'intérieur même de la nation, les femmes, en tant que femmes, n'ont presque aucune place : voyez comme l'histoire de toutes les nations est tranquillement une histoire masculine. Certes à l'intérieur de la masculinité il y a des fauteuils et des strapontins. La mémoire historique semble être dispensée selon la puissance ; et seuls les maîtres et les importants ont droit à un passé particularisé. Qui aurait l'idée de dresser l'arbre généalogique d'une famille de pauvres ? Bien beau déjà si l'on note qu'ils ont participé collectivement à la genèse du monde, qu'ils ont servi de matériau ou de pâte à levain, qu'ils ont été des masses de manœuvres ou des forces avec les désirs desquelles il a fallu ruser. Le Juif n'a même pas droit à cette participation collective et confuse. Historiquement il semble n'avoir ni combattu, ni vaincu, ni souffert ; rien inventé, rien laissé derrière lui, pas de monuments, pas de traces, pas de souvenirs. S'il n'y avait quelques mentions accidentelles dans les archives des autres, tel assassinat collectif ou tel impôt extraordinaire à lui infligé, on pourrait douter qu'il ait jamais vécu dans telle contrée. Comment aurait-il pu en être autrement ? L'histoire étant nationale, ne faisant pas réellement partie de la nation, comment aurait-il eu de passé historique ? A-t-il même eu un passé tout court ? A-t-il même existé ? Cela peut paraître paradoxal pour ce témoin d'un passé prestigieux, comme on dit pour nous être agréable. Mais ce passé est trop prestigieux, précisément trop éloigné, trop passé, sans continuité avec ce que nous sommes aujourd'hui : c'est un passé *mythique*, celui de la Bible, du passage de la mer Rouge et de la manne dans le désert. Depuis, rien ou presque rien. Certes l'histoire des nations est également en grande partie mythique, mais elle n'est pas vécue seulement comme un mythe, elle est reprise, actualisée et revécue tous les jours. Le Juif doit balancer entre son histoire de légendes, que souvent il ne connaît plus, et une histoire contemporaine, où il n'est pas reconnu, où il n'a pas de place. À la limite, en effet, l'opprimé pur n'a plus de passé du tout.

Comment cela ne serait-il pas sans conséquences, que je sois ainsi énucléé de l'univers commun ? Ce n'est pas, je le répète, par fétichisme de la nation, de l'histoire et du passé que je souffre de ma non-intégration au corps et à la durée de la nation. Les conditions négatives de l'existence juive sont simplement aussi lourdes de conséquences que les positives. Bien au-delà de la revendication sentimentale, de la simple frustration affective, je ne suis pas à égalité réelle avec mes concitoyens devant notre vie commune actuelle, devant notre histoire commune qui se fait tous les jours. Le plus souvent, il m'est interdit d'en attendre les mêmes espérances alors que j'en appréhende davantage. Peu rassuré par le passé, je n'ose croire complètement à mon avenir national. Beaucoup de Juifs font comme s'ils y croyaient, comme s'ils en étaient dupes. Mais il ne faut guère les pousser pour découvrir en eux l'hésitation et le doute. Pour faire des projets d'avenir commun, il faudrait être sûrs de rester ensemble. Or mon mariage avec la nation risque toujours d'être remis en cause. Comment, dans ces conditions, m'installer pour toujours ? sans l'arrière-pensée trouble, anxieuse, d'avoir à discuter, ou même à déménager encore ? Je vis, je cohabite, avec l'espoir que cela dure, qu'on me laisse en paix. Peut-être, espoir suprême, à la longue, on se sera tellement habitué à moi que mes enfants seront définitivement adoptés. Mais un jour, de temps en temps, un incident me rappelle que le contrat tacite est fragile, que je n'ai pas droit aux mêmes égards, à la même sécurité que mes concitoyens. Les Français furent expulsés d'Égypte, puis, les relations entre ce pays et la France s'étant améliorées, ils furent de nouveau autorisés à rentrer..., sauf les Français juifs. Telle pouvait être à la rigueur la thèse de l'Égypte, en guerre avec Israël, et qui a franchement adopté une attitude antijuive, mais pas celle de la France, qui abandonna pourtant ses ressortissants de religion juive : « Le gouvernement français, écrit l'un d'eux, dans le but de renouer à tout prix ses relations avec l'Égypte, a accepté le principe de sacrifier le citoyen français de confession israélite... Aussi estimons-nous que la mère patrie... a sacrifié un groupe de ses enfants... en passant outre au principe sacré et garanti par la constitution de non-discrimination raciale...» L'ensemble de la nation aurait-elle admis si facilement que les Bretons ou les Savoyards fussent ainsi lâchés ? Qu'on se rappelle les protestations contre le traité de 1870 qui cédait, pourtant sous l'empire de la force, l'Alsace-Lorraine à l'Allemagne : la rancune des Alsaciens-Lorrains en est encore vivante aujourd'hui.

Cette intégration problématique du Juif au corps collectif signifie enfin une insécurité réelle, une fragilité historique latente. Le Juif ne peut pas regarder derrière lui, mais il ne peut, non plus, regarder devant lui qu'avec précaution. Le passé, on le lui nie, le futur, on le lui discute, ce qui est plus grave encore. Derrière lui, le vide, devant lui, l'incertitude au moins, sinon la menace. A-t-on besoin de chercher loin les sources de son agitation et de son anxiété permanente ?

En fait, toute la relation du Juif à l'histoire et au temps est ainsi pervertie, sans cesse prête au bouleversement. A-t-on assez répété que le Juif n'est préoccupé que du présent ! On entend par là, bien sûr, qu'il est un jouisseur et un pourceau ; qu'il manque de respect pour les traditions, pour les assises les plus sacrées de la vie des peuples, qu'il n'a pas le «sens du passé». Ainsi présentée, la remarque devient stupide et fausse comme à l'ordinaire : comment concilier cette préoccupation de l'immédiat avec le souci du Juif, reconnu par ailleurs d'une référence tenace à une tradition séculaire ? On a rarement vu, en outre, un pourceau si peu tranquille, si peu satisfait que le Juif.

Pourtant tout n'est pas faux encore dans cette accusation. Oui, je le reconnais : je suis essentiellement préoccupé par le présent : il me cause bien assez de soucis ! Coupé du passé, interdit de l'histoire, sans assurances pour l'avenir, il ne me reste en effet que le présent : ce n'est pas une préférence, c'est une obligation. Le seul choix qui me soit permis est en somme entre l'éternité et le contemporain immédiat. Toujours à l'arrière-fond de moi, à tout hasard, je garde l'éternité, référence dernière pour ma pensée, ultime recours pour les temps de catastrophe. Que faire lorsque le présent se dérobe, lorsque les hommes deviennent trop cruels, l'histoire insupportable ? « Éternel, notre Dieu... Abraham notre père. » Abraham, Isaac et Jacob, nos pères séculaires, c'est-à-dire hors des siècles... En attendant, mon présent de Juif ne possède ni la même couleur, ni le même poids d'espoir que celui de mes concitoyens. Je me souviens de nos débats sur le sens de la dernière guerre avec nos camarades non juifs. Je lis, dans les mémoires de guerre du romancier-soldat allemand Jünger, tous ces noms d'écrivains français qui l'ont reçu en pleine guerre, et qui avaient avec lui d'excellentes relations. Je ne leur en fais même pas grief. Nous n'avions pas les mêmes risques, notre enjeu n'était pas le même, notre évaluation ne pouvait être identique, je le reconnais volontiers. Un grand romancier français écrivait au début de la guerre d'Espagne : « Tout, *plutôt que la guerre! Tout, tout!* (C'est lui qui souligne.) Même le fascisme en Espagne ! et ne me poussez pas, car je dirais aussi : oui... et même "le fascisme en France" !... Rien, *aucune épreuve, aucune servitude*, ne peut être comparée à la guerre, à tout ce qu'elle engendre... Le partisan étouffe-t-il en vous "l'humain"? *Tout*, Hitler plutôt que la guerre!» (Roger Martin du Gard.)

Affirmation de classe? Non, pas seulement. Tout acte humain se justifie par un bilan, gains et pertes. Les Français pouvaient penser qu'ils perdraient plus à faire la guerre qu'à accepter les conditions allemandes. Ils l'ont cru un long moment, pourquoi n'auraient-ils pas hésité? Que risquait Roger Martin du Gard? Il pouvait croire que le malheur de la guerre l'emportait sur tous les autres. Pour nous, le nazisme réussit à dépasser même la guerre en horreur; il fut les enfants séparés de leurs parents, les petites filles livrées au bordel, les chambres à gaz, la déshumanisation des camps et des tortures. En vérité nous n'étions plus du tout à égalité devant le présent qui déferlait vers nous. Le roi des Belges avait accepté que les Allemands pénètrent en Belgique: a-t-il eu tort? a-t-il eu raison? J'en ai beaucoup entendu discuter en Belgique, et cela se discute peut-être: son pays ne fut ainsi pas détruit, il put relever rapidement ses quelques ruines et rétablir son économie. Beaucoup de gens se seraient accommodés de l'hitlérisme, de n'importe quel fascisme, au début du moins. Beaucoup pensaient, avec raison peut-être, qu'individuellement ils s'en sortiraient toujours. À la longue, peut-être auraient-ils découvert qu'ils avaient fait un mauvais calcul historique. Pour le Juif, il n'y avait ni discussion, ni délai, ni accommodement possible. C'était une vérité immédiate, une affaire de vie ou de mort, et d'avilissement total avant la mort. Un mois après l'arrivée des Allemands à Tunis, nous avions compris que tout était en jeu et tout était presque perdu déjà : notre dignité d'homme, nos enfants et nos femmes, et bientôt nos vies ; et les quelques efforts spasmodiques de la communauté affolée n'auraient jamais servi qu'à reculer et à étager les échéances.

Il n'est même pas besoin d'attendre de telles crises pour vérifier cette insuffisante intégration et toute la fragilité qui en découle. Le Juif *en tant que Juif* ne peut presque jamais agir sur le destin national, dont il fait partie cependant : on ne le consulte pas, ai-je dit, et la plupart du temps, il ne réclame même pas, trop content qu'on l'oublie et que l'on agisse à son égard comme s'il n'existait pas. Mais réclamerait-il, il redécouvre aussitôt son impuissance, et l'hésitation des autres à son égard. Lorsque les Juifs sont rentrés des camps, des prisons ou de l'exil, ils ont trouvé leurs appartements occupés, leurs biens pillés, quelquefois par des voisins immédiats. Ne fallait-il pas obliger les pillards à restituer ? L'embarras des gouvernants, l'étonnement du public, tourna vite à l'agacement et à l'aigreur. Après tant de malheurs, était-il bienséant de réclamer pour si peu ! Ne devions-nous pas nous réjouir d'être encore en vie ? En somme, nous avions tant l'habitude du malheur qu'il ne valait pas la peine de nous défendre pour de si petits dommages.

On a beaucoup discuté, on discute encore du sort des Européens dans les colonies qui se libèrent. Je m'empresse de dire que c'est légitime : quelles que soient les erreurs politiques d'une population, vaincue par un sort nouveau, elle devient à son tour digne d'attention. Mais n'y avait-il, dans ces colonies, que les ex-colonisateurs d'une part, les ex-colonisés d'autre part ? En

Afrique du Nord, les Juifs dépassaient largement en nombre les Français. Qui en a entendu parler ? Qu'a-t-il été prévu pour eux ? On dira que leur sort coïncide avec celui des Tunisiens ou des Marocains et demain avec celui des Algériens : mais tout le monde en Afrique du Nord sait que c'est un pieux mensonge, que leurs difficultés et leurs aspirations sont différentes : ils ont en gros choisi la culture, la langue et la scolarité française. Je ne dis pas qu'ils aient raison, ou tort ; je dis que cela est, pour une foule de raisons qui tiennent à l'histoire récente. Dira-t-on, au contraire, que leur sort coïncide avec celui des Français ? C'est au moins aussi faux ; en Tunisie et au Maroc, c'était même juridiquement inexact. Les Français qui quittaient ces pays ont été financièrement aidés ; ils réclament encore, mais ils ont reçu des primes de réinstallation, des facilités pour se réemployer. Qu'a-t-on fait pour les Juifs ?

En fait l'histoire se fait sans nous et nous en avons l'habitude, comme la plupart des opprimés. Et comme la plupart des opprimés, nous en recueillons l'amertume. Dès qu'une catastrophe atteint une nation, nous sommes les premiers abandonnés. Vichy a donné ses Juifs aussitôt et nous fûmes en Tunisie livrés les premiers. Qu'on ne me dise pas qu'on a donné aussi les communistes ou les francs-maçons. On est communiste si on le veut bien ; c'est un acte libre, que l'on peut s'épargner si l'on estime le danger trop grand par exemple. La dignité exige certes de continuer à l'être à l'heure du danger, mais il s'agit toujours d'un choix, d'un acte libre et continué. Être juif, ce n'est pas d'abord un choix. Nous verrons qu'on y ajoute souvent une confirmation, qui lui donne l'allure d'une décision. Mais c'est d'abord une condition ; refuser cette condition n'y change pas grand-chose non plus, car elle dépend plus des autres que de soi. Or, les autres livrent leurs Juifs, apparemment sans grande difficulté, spontanément en quelque sorte, comme on jette par-dessus bord ce que l'on a de moins précieux, ce qui mérite le moins d'être défendu. Lorsqu'une nation va mal, lorsque le monde va mal, je le sais maintenant par toute l'expérience de ma courte vie, il y a risque pour le Juif : même si la maladie n'a aucun rapport avec les Juifs. Ce n'est pas Hitler qui a inventé l'antisémitisme allemand : il a utilisé et cultivé, bien sûr, un poison déjà largement sécrété par la nation allemande.

« Dès 1926, il était presque impossible à un jeune Juif d'être employé dans l'une des grandes banques ou l'une des grandes entreprises industrielles... L'Allemagne était accablée du poids d'une masse de chômeurs, mais le pourcentage de Juifs en chômage était beaucoup plus élevé que leur pourcentage dans la population, et certainement beaucoup plus élevé que leur pourcentage parmi les salariés. » (Adler-Rudel.)

Nous sommes enfin des laissés-pour-compte de l'histoire. Nous souhaitons passer inaperçus ; mais l'histoire se faisant sans nous, elle se fait aussi, le plus souvent, contre nous. Tout se passe, on l'a assez remarqué, comme si le Juif s'offrait en victime expiatoire, toute désignée, à la pauvre imagination des bourreaux, des dictateurs et des politiciens. Mais ce n'est pas un hasard : *le Juif est, socialement et historiquement, le point faible de la nation, le maillon le plus fragile de la chaîne, qui doit donc céder le premier.*

3

Le Juif et la cité

Ce n'est là, en effet, ni un hasard ni une malédiction. Sous le régime de Vichy et du maréchal Pétain, un professeur à la faculté de Droit écrivait : « La raison d'être de l'incapacité des Juifs d'accéder aux fonctions publiques est la même que celle de l'incapacité frappant les naturalisés : la protection des services publics... On a même jugé les Juifs, ajoutait-il, plus dangereux politiquement que les naturalisés. » (M. Duverger.)

Ainsi les services publics auraient besoin d'être protégés contre les Juifs ! Quelle est cette folie qui atteint les Juifs ? Pourquoi détruiraient-ils le patrimoine commun ? Le corps social où ils se sont réfugiés et qui les protège ? En vérité, nous voyons toujours resurgir le mythe négatif : la nature diabolique du Juif, comme celle du scorpion, le ferait agir contre lui-même. N'a-t-on pas fini par nous accuser d'avoir fait construire nous-mêmes les fours crématoires où nous devions nous précipiter comme des moutons atteints de démence ? Laissons là ces propositions délirantes. L'époque tout entière délirait, dira-t-on, et il s'agissait d'un régime imposé et inspiré par les Allemands.

Et pourtant, j'en suis aujourd'hui convaincu, les lois françaises de l'époque n'ont fait que cristalliser, mettre en code, un sentiment diffus dans la majorité de la population française : le Juif ne fait pas exactement partie d'elle-même. On pourrait le suggérer à l'homme de la rue, sous une forme modérée. Je ne crois pas qu'il en serait scandalisé : le Juif ne peut prendre complètement à cœur l'intérêt public. Pourquoi ? Pourquoi le Juif serait-il un peu moins civique que les autres ? Parbleu, parce qu'il est un peu moins citoyen ! On peut ajouter hypocritement que c'est d'ailleurs regrettable, injuste, etc. Mais, sous cette forme, la proposition est presque acceptable. J'hésite moi-même, je me trouble : suis-je moins citoyen ? Sachant que je suis ainsi considéré et traité par les autres, je me sens un peu moins citoyen, en effet, que mes concitoyens.

Bien sûr, mon accusateur en tire des conclusions, que je repousse avec indignation. Loin de vouloir nuire à la cité, loin de chercher à distendre mes liens avec mes concitoyens, j'aspire au contraire à les confirmer ; j'espère devenir tous les jours davantage un citoyen comme les autres. C'est pourquoi, loin de tricher, d'en faire moins que les autres, j'en fais généralement plus que la moyenne des gens. Le Juif multiplie au contraire les manifestations de sa fidélité, les preuves d'une citoyenneté zélée. Je lisais l'autre jour à la porte d'un édifice public, sur ces plaques de marbre où les musées, les hôpitaux, les universités gravent le nom de leurs bienfaiteurs : les Juifs occupaient près de la moitié de la liste. J'ai dit aussi que la délinquance juive est relativement rare : seulement, là encore, il y a quelque vérité à la base de ce sentiment populaire, plus ou moins vague, mais solidement ancré. Et ce sentiment je le crois partagé par le Juif lui-même : je ne suis pas tellement surpris moi-même par l'accusation antisémite, je sais que mon intégration à la cité ne va pas d'elle-même. Chaque nouveau coup du sort ne me paraît pas tellement scandaleux, j'ai l'habitude de ces remises en question et de ce traitement particulier.

Comme la relation à l'histoire et à la nation, ma relation à la cité est faussée, pervertie. Un Juif belge, né, élevé, installé à Bruxelles, me fait visiter sa ville natale et me parle des Belges avec objectivité, et comme de l'extérieur :

— *Ils* lavent eux-mêmes leur morceau de trottoir, me raconte-t-il, *ils* sont très propres...

— Vous parlez des Bruxellois comme si vous n'en étiez pas un, lui dis-je.

Il hésite à peine, puis sans forcer la note il m'explique :

— Oui et non... J'aime passionnément cette ville et ce pays... Je les connais parfaitement... Mobilisé deux fois, je les défendrais encore... Mais il me semble tout de même que ce n'est pas tout à fait moi.

Il a refusé pudiquement de me dire pourquoi (« C'est trop long... trop compliqué... »), pourquoi il ne se sent pas complètement chez lui dans cette ville dont il n'a pu se passer (il y est revenu après un essai malheureux de vivre ailleurs). Mais je connais bien cette peine d'amour déçu : aimer sans être aimé, voilà en raccourci le drame civique d'un très grand nombre de Juifs ; souhaiter éperdument être aimé, définitivement adopté, en étant presque sûr de ne l'être jamais. Ces pays auxquels ils tiennent tant ne tiennent probablement pas à eux. Ce doute familier, ils le vivent toute leur vie, car tout le leur suggère, tout y insiste et l'alimente. Essaieraient-ils, de toutes leurs forces, de feindre qu'ils appartiennent à la collectivité, le phénomène leur échappe et s'impose à eux. Quoi qu'ils fassent, les Blum, les Bloch ou les Weill ne sont jamais considérés comme des Dupont ou des Smith par les Dupont et les Smith. Et peut-on en définitive se sentir à l'aise comme un Dupont parmi les Dupont quand on s'appelle Bloch ou Weill, ou surtout Rabinovitch ou Benillouche? Mais, direz-vous, le Juif ne s'appelle pas toujours Blum, Rabinovitch ou Benillouche? Il a fini souvent par emprunter un nom local, «bien français» ou bien anglais, acclimaté à la langue et au paysage. Certes, mais il y a toujours des frères, des cousins, des alliés, des amis, des coreligionnaires nouveaux arrivés, réfugiés, immigrés, qui continuent à s'appeler stupidement Rabinovitch, Benillouche et Cohen. Faudrait-il en outre qu'il mette entre eux et lui un fossé de feu, qu'il ne les reconnaisse plus et qu'il s'oublie? Il le fait quelquefois. Mais enfin c'est rare; on ne peut vivre seul et brouiller tous ses repères. Le plus souvent, il les fréquente, eux plus souvent que les autres; mieux encore, sa fille ou son fils se marient de préférence parmi eux, et les voilà de nouveau Rabinovitch ou Benillouche. Il est bien avancé d'avoir réussi à s'appeler M. Presque-Dupont, si sa fille s'appelle à nouveau Mme Grunebaum! Le mécanisme est tel enfin qu'il se perpétue de lui-même, qu'il perpétue automatiquement la non-intégration du Juif à la cité, sa marginalité comme on dit aujourd'hui.

Et puis, pourquoi ne pas le dire ? Cette illégitimité n'est pas, non plus, purement sentimentale ou d'apparence. J'ai sous les yeux les statistiques comparées des Juifs français, naturalisés et étrangers (dressées par les soins du ministre antisémite Xavier Vallat ! mais cela nous apprendra à ne pas avoir nos propres travaux).

« D'après la préfecture de Paris, en 1942, il y aurait parmi les Juifs 46 542 Français contre 46 322 étrangers, les deux éléments semblant donc à égalité. Ces mêmes statistiques nous montrent encore que les naturalisés, 13 231, sont presque aussi nombreux que les Français d'origine, 17 068... »

Ainsi *75 % des Juifs parisiens apparaissent donc comme des naturalisés ou des étrangers* ! (Les 25 % qui restent comprennent également les Algériens d'origine !)

Paris, me suis-je dit, est un *melting-pot*, un fourre-tout. Il faudrait voir pour l'ensemble du pays. Mais il semble bien que le phénomène reste valable dans toute la France. Le même auteur cite le département du Vaucluse : 550 Français pour 643 naturalisés ; le Tarn : 362 Français pour 336 étrangers et 704 naturalisés. « Écrasante majorité, conclut-il, des étrangers et des naturalisés. » (P. 79.)

En Tunisie, de toute manière, nous n'étions que des colonisés, c'est-à-dire des citoyens de deuxième catégorie ; et Juifs par surcroît, c'est-à-dire affligés d'une perpétuelle hésitation entre les Européens, avec qui nous aurions voulu nous identifier, en devenant français, italiens ou anglais, et les Tunisiens à qui nous ressemblions en fait. Nous ne savions pas ce que nous souhaitions le plus, et nous n'aurions même pas su nous définir. Les événements de Suez, en 1956, m'ont fait découvrir par hasard que les Juifs d'Égypte étaient en majorité de nationalité française ! Que de fois, dans les pays les plus divers, ai-je entendu des Juifs annoncer triomphalement, les yeux brillants d'espoir : « Je crois que c'est fait : je vais obtenir ma naturalisation ! » Il n'était même pas sûr qu'ils allaient gagner beaucoup à cette transformation d'état civil, mais ce serait enfin, croyaient-ils, l'installation ! La normalisation ! Depuis des siècles les populations juives, soumises à un incessant mouvement migratoire, ont été constamment arrachées à leurs nationalités, si péniblement acquises. Trop souvent le Juif est l'humble candidat à une nouvelle citoyenneté. Trop souvent, le Juif est, *objectivement*, juridiquement, un homme en rupture de nationalité ou de nationalité fragile, un étranger ou un naturalisé.

Je vois bien la gravité de cette remarque, le risque qu'elle soit utilisée contre les Juifs ; je comprends la colère des miens contre cette nocive publicité d'un fait qui peut troubler beaucoup. Mais aux miens je ne puis que redire : N'est-ce pas la vérité ? Ne vaut-il pas mieux, en tout état de cause, que toute la vérité figure au dossier ? Aux autres, je redemande : Pour qui donc cette situation est-elle la plus catastrophique ? Il suffit de poser la question pour en apercevoir la réponse. En tout cas, est-ce là se refuser ? Est-ce douter du corps social ? J'ai aidé mes concitoyens tunisiens comme j'ai pu, à ma manière. Mais jamais, — pourquoi ne pas le dire ? — je ne me suis senti réellement et complètement adopté par eux : et ne me sentant pas complètement adopté, peut-être ne me suis-je pas conduit tout à fait comme l'un d'entre eux. C'est un cercle vicieux, bien sûr. Nos concitoyens tunisiens musulmans ne nous incluaient pas lorsqu'ils s'affirmaient comme un tout, et nous ne faisions pas allusion à eux en disant « nous ». Je me souviens de cette conversation avec le poète Aragon, après la signature de la paix franco-tunisienne. Soit par gentillesse, soit sincèrement, le grand écrivain n'arrêtait pas de me faire compliment sur la conduite exemplaire de « votre merveilleux petit pays », de « votre peuple héroïque », etc., je me suis senti aussi mal à l'aise que si j'avais usurpé cet héroïsme et cette exemplarité. Pourtant je n'ai fait ni moins ni plus que la grande moyenne des autres Tunisiens.

Il fallait rompre ce cercle, nous a-t-on dit, faire un effort supplémentaire, aller vers les autres... Peut-être aurions-nous eu alors la force et le droit de nous réjouir de leurs victoires, de nos victoires communes. J'ai moi-même essayé longtemps d'en convaincre mes coreligionnaires ; et peut-être était-ce possible, en effet. Mais enfin il y avait un cercle, que nous devions briser ; nous devions, toujours, nous, faire des efforts supplémentaires, supérieurs à ceux des autres. Comment ne pas être fatigué de tous ces efforts, de toutes ces avances, à sens unique ? Comment conserver une foi intacte en la cité, en ses concitoyens ? Ce qui m'étonne, ce qui m'a longtemps humilié, c'est au contraire l'obstination des miens, leur candidature à la fraternité, toujours si humblement posée depuis des siècles.

L'un de mes amis, démocrate et syndicaliste, avait coutume de me dire, lorsque j'abordais ces questions : « Abandonnez donc, que diable ! la Nation avec un grand N et la cité avec un grand C ! Avez-vous affaire quotidiennement avec la totalité des habitants du pays ou même de la ville ? Concrètement, nos relations sociales se présentent en termes de *classes*. Choisissez votre classe et tenez-vous-y ; luttez pour elle et pour vous, et vous ne vous sentirez plus dépaysé, dé-nationalisé et dé-civilisé... »

Je lui répondais que la cité et la nation existaient tout de même ; si je refusais d'en tenir compte, j'accentuerais mon caractère marginal, mon exclusion et ma différence avec mes concitoyens. Je n'étais nullement sûr que l'on puisse se passer de la nation et de la cité et vivre uniquement dans sa classe. Ce qui me révoltait en outre, ajoutais-je, était que je sois ainsi forcé, parce que Juif... « Les autres aussi ! insistait-il. Les ouvriers ne coïncident pas tant avec la nation : rappelez-vous les célèbres textes de Marx : "Les prolétaires n'ont pas de patrie !... Prolétaires de tous les pays, unissez-vous", etc. !... Rappelez-vous l'affirmation de ce général français : "Je me sens plus d'affinités, disait-il, avec un hobereau allemand qu'avec un socialiste français." Les financiers et les industriels ont des attaches avec les milieux d'affaires internationaux ; la "ploutocratie internationale" n'est pas tout à fait un slogan... »

Tout n'était pas faux dans les remontrances de mon ami. De toute manière, me disais-je, pourquoi ne pas essayer ? Puisque l'intégration à la nation et à la cité se révélait si difficile, sinon désespérée, pourquoi ne pas rallier ma classe sociale ? Mais aussitôt après, je me sentais aussi embarrassé : de quelle classe s'agissait-il ? Le plus curieux dans cette argumentation était le conseil lui-même, le *choix* proposé. Comme s'il pouvait s'agir d'une décision délibérée ! Passé cette période conquérante où tout me paraissait à la portée de mes jeunes forces et de toute bonne volonté, il me fallut admettre cette importante banalité : on ne choisit guère sa classe, ou même son groupe : on est plutôt choisi ; on y naît, on y vit, on y meurt, très généralement tout au moins. À la rigueur, des individus peuvent franchir la barrière et changer de statut ; des déplacements peuvent se produire à l'intérieur d'un même groupe humain. Mais la physionomie d'un ensemble, pour une longue période donnée, reste sensiblement la même. Ce genre de conseil, surtout adressé globalement, est finalement niais et utopique. « Luttez donc avec votre classe ! » Faudrait-il d'abord en faire partie : or j'ai vite découvert que les relations du Juif avec les classes sociales étaient aussi gravement perturbées. Ce conseil ne faisait que reculer et transposer la difficulté. Non seulement les Juifs ne forment pas une classe déterminée, se trouvent répartis sur un éventail socio-économique très ouvert, mais encore leur appartenance sociale, leur intégration à ces différentes classes ne sont pas de tout repos.

Il en existe un excellent réactif : l'adhésion des Juifs aux partis politiques. Comment ne pas constater la difficulté de coïncidence avec n'importe laquelle des formations politiques ? Je sais bien que cette coïncidence n'est pas toujours aisée pour les autres catégories de la nation. Les intellectuels en particulier y réussissent le plus mal. Je me suis demandé, bien sûr, si ma qualité d'intellectuel, si le nombre relativement élevé des intellectuels juifs ne venaient pas exagérer cette discordance. Mais, sans parler de l'abstention pure et simple, le trouble et l'hésitation, plus ou moins avoués, atteignent tôt ou tard la plupart des Juifs dans la plupart des partis politiques. Ce qui peut tromper, là encore, ce qui les signale au regard, c'est leur relative concentration dans quelques formations. Mais il existe une distance plus considérable que partout ailleurs entre l'ensemble de la vie politique d'un pays et ses Juifs. Ils ont tort ? Peut-être. J'ai compris, cependant, que lorsqu'une masse d'hommes se détourne d'un mouvement, ou y adhère, le problème est secondaire de savoir si elle a tort ou raison : le plus important est de découvrir pourquoi.

La difficulté, pour ne pas dire l'impossibilité, de militer à droite est évidente : sérieusement, je veux dire, et pour la plupart des Juifs. Bien sûr, à droite aussi on rencontre des noms juifs, mais ce sont toujours les mêmes qui reviennent. Quelques rares familles qui cultivent une tradition, ou qui bénéficient de certaines charges administratives. Des mariages flatteurs poussent souvent à épouser les intérêts politiques de la belle-famille. Plus bêtement, il s'agit quelquefois d'une attitude mondaine ; j'ai connu des garçons qui se sont inscrits aux Jeunesses fascistes pour tenter d'éblouir les filles. Mais enfin, très généralement, l'adhésion à droite suscite l'étonnement, l'ironie et même la méfiance. Comment peut-on être de droite quand on est juif ! Et cette condamnation instinctive n'est pas sans fondement. L'alliance de la judaïcité avec des mouvements de droite ne peut jamais être que provisoire. Tôt ou tard elle révèle une contradiction fondamentale. Pour préserver l'ordre existant, la droite doit figer et accentuer les différences, sans respecter le différent. Pour mieux se préserver elle-même, comme groupe privilégié, elle doit repousser, berner et opprimer les autres. Il peut arriver au Juif aussi de souhaiter la survie d'un ordre social donné, où par hasard il ne se trouve pas trop mal. Mais il souhaite en outre que les différences soient oubliées, minimisées pour le moins. La droite, ouvertement ou sournoisement, renvoie au contraire le Juif à sa judéité. Sans compter les périodes de crise où la doctrine de la droite, poussée au paroxysme, la conduit à des solutions de violence, à l'utilisation de sentiments et de méthodes qui font bon marché de l'existence des Juifs du pays. Ayant écrit tout cela dans l'un de mes livres précédents, je me suis attiré l'indignation de plusieurs de mes lecteurs : la droite n'est pas antisémite par essence, m'a-t-on souvent écrit. On peut en discuter ; il est possible qu'il n'y ait point là une nécessité logique ou métaphysique. Pourtant tout se passe ordinairement comme si les projets et l'action des partis de droite contribuaient régulièrement à mettre la judaïcité en péril.

Je sais également que tel politicien, tel universitaire juif de droite se désintéressent totalement, prétendent-ils, de cette judaïcité. Ils se veulent des bourgeois français ou anglais, qui appartiennent à une nation et à une classe ; qu'ils défendent et qui les défend : que viendrait faire ici la judaïcité ? Ils n'en parlent pratiquement jamais, et dans leurs manifestations, leurs discours et leur action, la mettent entre parenthèses. Mais est-ce bien comme ils le veulent ? Économiquement, culturellement solidaire de sa classe, le bourgeois juif peut-il l'être politiquement, sans arrière-pensée ou sans inconscience ? Peut-il empêcher que le cours du monde, les affaires de la nation retentissent différemment sur son destin et sur celui des autres bourgeois ? Si le fascisme triomphait, comment ferait-il pour éviter la catastrophe qui l'atteindrait comme Juif ? Il espère vaguement, je suppose, en être exempt, grâce à ses relations, ses amitiés, sa puissance bourgeoise enfin. Mais il n'est pas sûr que les avantages de classe remporteront sur les malheurs réservés au groupe. On a dit que les Juifs riches avaient moins souffert du nazisme. Cela est exact dans l'ensemble, mais seulement dans les premiers temps : au début, ils purent en appeler à leurs amitiés, en effet, partir plus facilement, se réinstaller ailleurs. Mais au fur et à mesure que le temps passait, il jouait également contre eux. Leurs moyens financiers diminuant, leur situation sociale de plus en plus ébranlée, leur judéité s'imposa bientôt, devint la plus visible. Rapidement ils cessèrent d'être les alliés naturels et protégés du régime, pour basculer du côté de ses victimes. Sans avoir besoin de ces conjonctures extrêmes pour le vérifier, tout cela le bourgeois juif le sait. Il le sait si bien qu'il en est relativement paralysé, d'où cette relative rareté des Juifs à droite. Cette ambiguïté, ou cette abstraction sont tout de même trop difficiles à vivre. Il n'est pas impossible d'ailleurs que ces difficultés, cette distance qui en résulte nuancent, favorablement à mon gré, le portrait du bourgeois juif. On trouve chez le bourgeois juif, me semble-t-il, moins d'entêtement en faveur de sa classe, moins d'opacité souvent, plus d'inquiétude et donc plus de relative clairvoyance. Il existe ainsi, indiscutablement, plus de libéraux parmi les bourgeois juifs que partout ailleurs. Cela, qui me paraît à moi une qualité, ajoute encore à leur ambiguïté et à leur séparation d'avec leur classe.

Sur les relations du Juif avec la gauche, il y aurait davantage à dire. La libération des peuples et la fin des oppressions n'ont jamais préoccupé les gens de droite. Ils risquent, au contraire, de voir inquiéter l'ordre établi, garant de leurs privilèges. Les partis de gauche se sont voulus, malgré quelques nuages, porteurs d'une solution : de la seule solution même au malheur de la condition juive. Il est impossible, bien sûr, d'examiner les différentes issues au problème juif sans examiner leurs propositions. J'y reviendrai donc plus longuement. En attendant, comment ne pas constater que loin d'avoir apporté la paix et l'oubli aux blessures juives, les révolutions socialistes les ont presque partout envenimées ? Loin de se trouver réglées, en régime socialiste, les difficultés des Juifs semblent s'exaspérer, ou pour le moins subsister intégralement. En admettant qu'il n'y ait là que des troubles de croissance, pourquoi ces échecs, même relatifs ? Il ne suffit pas de parler de faillite et de perversion de toute révolution. Il resterait à expliquer cette dégradation : pourquoi, sur le point qui nous occupe, cette incapacité à résoudre ce problème juif, dont la solution appartenait à leurs bonnes intentions ?

La cause paraît évidente : *la réalité juive a résisté à l'analyse socialiste classique*. Le Juif ne coïncide réellement avec aucune classe particulière. L'action révolutionnaire étant essentiellement une action de classe, la condition juive était condamnée à lui échapper. Pis encore : dans ce grand bouleversement qui entraîne la nation, le fait juif éclatait subitement comme un phénomène irréductible, étrange ; le Juif apparaissait comme un élément scandaleusement irréductible. Mais comment le Juif se sentirait-il sérieusement solidaire, alors que son oppression ne s'identifie avec celle de quiconque? que la libération de quiconque ne le délivrera en tant que Juif?

Je m'attends ici à l'habituelle impatience de mes lecteurs : Est-il donc nécessaire que le Juif soit délivré en tant que Juif? Ne pouvez-vous simplement faire cause commune avec les autres opprimés? En fait, je ne vois guère d'autre conduite, tant que le Juif continue à vivre au milieu des autres. Et c'est ce que font les Juifs en général. Leur participation aux partis de gauche, dans tous les pays du monde, est relativement importante. Mon premier mouvement, une immédiate sympathie, me pousse toujours vers les spoliés, les écrasés de l'histoire et de la cité. Et je ne doute pas que ma judéité y soit pour beaucoup ; mon cœur les devine et ma raison les approuve. Mais aujourd'hui, j'ai dû admettre que cette solidarité instinctive avec les battus, que je ne renie pas, que je continuerai à proclamer, ne me sauvera guère... même si ces battus d'hier finissaient par prendre leur revanche : car leur cause ne coïncide pas exactement avec la mienne. Il était prévisible d'ailleurs que cette lutte commune ne se soucierait que de ce qui est commun, et non de ce qui me concerne particulièrement ; non de ce qui est spécifiquement juif dans mon oppression.

Habituellement, j'agace mes amis lorsque je fais allusion à cette spécificité. Cet agacement serait la preuve que je me serais mal fait comprendre. Est-ce que je tiens tellement à ma spécificité ? Je dois préciser qu'elle n'est pour moi ni une revendication ni un idéal particulier : simplement, elle est ; je la constate en moi et dans les yeux des autres et dans leurs gestes : elle est une dimension de ma vie, l'ensemble des différences, positives et négatives, qui me séparent des autres. Cela dit, pourquoi n'aurais-je pas le droit de noter ceci : Pourquoi devrais-je, entre tous, oublier qui je suis ? Pour quiconque, on l'admettra, la lutte perd de son intérêt si elle est à ce prix. Et supposons que j'y consente. J'y ai d'ailleurs longtemps consenti ; j'ai longtemps milité, ai-je dit, dans toutes sortes de groupements qui voulaient la libération de tous les hommes. Par un accord tacite nous ne faisions pratiquement jamais allusion à l'existence des Juifs, à ma judéité. Et d'une certaine manière, cela me rassurait, me reposait. Mais l'action de mes amis politiques, à laquelle j'ai participé autant que j'ai pu, a rarement résolu mes propres difficultés. Je ne pouvais être sauvé que par hasard et indirectement. Les jours d'épreuve, cette spécificité, pudiquement tue, réapparaissait. J'ai donc renoncé à lier purement et simplement mon sort à celui des autres. J'ai découvert enfin que cet évanouissement de ma judéité ne dépend pas seulement de moi et de mes amis. Il ne suffisait pas que les gens de gauche, et tous les Juifs de gauche, ne prononcent plus le mot Juif pour que le problème disparaisse, pour qu'il n'y ait plus de difficultés à vivre pour les Juifs.

La vérité enfin est que je ne suis assuré de rien au sein de la cité, comme devant le cours de l'histoire. La tentation naturelle de la bourgeoisie est de se durcir en fascisme ou en régime réactionnaire : or la réaction m'exclut. La tentation, la vocation naturelle des socialistes est la révolution, le bouleversement de l'ordre social : or le socialisme et la révolution me nient. On m'explique que si je ne m'obstinais pas à rester juif, on ne pourrait ni m'exclure ni me nier. Je réponds que ce sont toutes ces négations et exclusions qui me font juif en grande partie. Ce n'est ni mon obstination seule qui me fait demeurer juif et proposer aux coups, ni mon abstention qui m'en sauverait. D'autres que moi ont poussé aussi loin que possible l'effacement, sans échapper au malheur ; et, tout compte fait, pourquoi ne tiendrais-je pas à moi-même, puisque je ne suis sûr de rien d'autre ? Enfin, que l'on comprenne au moins que j'hésite, que mes adhésions restent le plus souvent inquiètes et réticentes.

4

Le Juif et la politique

Un paradoxe affecte en somme ma vie politique : en tant que Juif, je suis terriblement concerné par la politique et à la fois politiquement paralysé. Mon sort est trop fragile pour que je puisse me désintéresser des passions et des fièvres de la cité. Ma vie est trop vulnérable pour que je n'essaie pas de prévoir les fluctuations du pouvoir, que je ne rêve pas à la manière d'agir sur lui. On discutait passionnément au ghetto des événements du monde et de la ville ; on y connaissait familièrement les personnages qui dirigeaient les affaires collectives ; une prière à la synagogue bénissait régulièrement les nouveaux chefs d'État. Mais si la politique est une préoccupation, elle est condamnée à n'être jamais sérieusement satisfaite. Certes, on rencontre des Juifs dans les milieux politiques, mais il n'existe pas de présence proprement juive dans la vie politique du pays. De nombreux Juifs essayent d'agir, agissent même politiquement, mais jamais en tant que Juifs.

Le mécanisme de ce paradoxe n'a rien d'obscur. Fortement ému et mû par la politique, le Juif ne peut agir politiquement qu'en laissant de côté sa judéité, qu'en l'oubliant, et surtout en la faisant oublier aux autres. L'énorme progrès dont a bénéficié la condition juive depuis la Révolution française ne s'est pas étendu jusque-là. Il m'est possible dorénavant de participer aux luttes et aux jeux civiques, mais à condition de passer inaperçu. Dans les périodes les plus libérales, je peux même y faire carrière, mais dans la seule mesure où je me camoufle et disparais comme Juif. La contre-épreuve m'en est administrée tous les jours : la meilleure arme pour m'empêcher d'agir, pour briser mon élan, émousser mon efficacité, est de dévoiler ostensiblement que je suis juif. Quel est l'homme politique juif qui n'a pas été considérablement gêné par ce rappel public ?

Suis-je en train de céder une fois de plus à cette hantise de la persécution, à cette susceptibilité méfiante, qui souvent trouble et nuance mon jugement, je le reconnais volontiers ? Je ne le crois pas. Ces dernières décennies, il n'y a eu en France que deux hommes politiques juifs notoires : Léon Blum et Mendès-France. Léon Blum fut littéralement hanté par une ambition curieuse pour un chef socialiste : toute sa vie il souhaita ardemment être reconnu par toute la communauté française. Il en arriva à agir au détriment de ses propres troupes ; et perdit ainsi sur les deux tableaux : car cette adoption par la totalité de la nation ne pouvait que rester un nostalgique mirage. Car précisément il était socialiste et juif. L'aventure de Mendès-France nous est honnêtement racontée par un écrivain catholique. (Le détail a son importance : le parti catholique M.R.P. a été l'ennemi le plus acharné de l'homme politique juif.)

«... Or, ce ministre encore jeune qui prétendait

donner à la France une "République pure et dure"... était juif. Rôle spécialement difficile à tenir pour celui qui, à chacun de ses discours et à chacun de ses actes, se sentait enveloppé d'antipathies et de suspicions à raison de son origine : d'où, par une réaction naturelle mais fâcheuse, ce mélange de raideur et de timidité qui, aux heures décisives de sa carrière, a sûrement gêné P. Mendès-France. » (P.-H. Simon.)

Les amis politiques de Mendès-France lui reprochèrent également cette timidité et ces réactions fâcheuses. Ainsi, de l'avis de tous, il a eu le tort de réagir comme un Juif, atteint par les accusations antisémites. Mais comment l'homme politique, qui veut représenter et défendre ses concitoyens, agir en leur nom, ne tiendrait-il pas compte de leurs humeurs ? Et surtout de leurs réserves à son égard ? C'est alors, au contraire, qu'il aurait manqué de lucidité. La suspicion qui a entouré Mendès-France ne s'est pas bornée d'ailleurs à des remarques verbales, elle s'est traduite en actes ; elle l'a effectivement empêché de rester au gouvernement. Ce n'est pas le plus grave cependant. Après tout, ces hommes n'ont jamais voulu agir et parler au nom des Juifs : or ils ont tout de même été ainsi désignés à l'attention de leurs concitoyens : ils ont été accusés pour cela d'on ne sait quelle duplicité. Ils ont essayé d'oublier leur judéité, pour mieux se consacrer à leurs électeurs : on la leur jette pourtant dans les jambes pour les faire tomber. Je sais bien qu'en politique, comme en amour, dit-on, tous les coups sont permis. Il reste que le point faible des politiciens juifs est leur judéité, qu'ils refusent et camouflent pourtant de leur mieux. On reconnaît là enfin l'ironie habituelle, fondamentale, de la condition juive : imposée et niée, pesante et transparente. Ces hommes n'agissaient pas comme Juifs, mais ils ne pouvaient empêcher que leurs actions ne fussent perturbées, contrées au nom de leur judéité.

Mais voici où le paradoxe apparaît plus éclatant encore : supposons que j'arrive, malgré mon handicap, à m'insérer dans la vie politique de la cité. Admettons que j'aie réussi à disparaître comme Juif aux yeux de la clientèle politique, en changeant de nom par exemple, en limitant soigneusement ma judéité à ma vie privée, ou même en l'étouffant à peu près complètement. Il faut ajouter maintenant que je dois renoncer à agir sur ma situation politique et celle des autres Juifs : je ne peux jamais agir ouvertement en ma propre faveur, de sorte que mon sort politique continue à m'échapper. Est-ce tellement important, une fois de plus, me dira-t-on : Pourquoi tenez-vous tellement à agir politiquement en tant que Juif ? En vérité, nous tournons en rond : nous retrouvons toujours la même question et la même réponse. Pourquoi dois-je veiller, quelquefois, à agir comme Juif ? Parce que le Juif existe ! Parce que le Juif existe comme Juif, pour lui et pour les autres. Il existe et en même temps il n'est jamais politiquement reconnu, sinon pour être utilisé, combattu ou tué. Pourquoi serait-il condamné à ne pouvoir jamais au moins se défendre en tant que tel ? Lorsque cela est nécessaire, bien entendu, lorsque jouent les différences. C'est pour rompre ce paradoxe (que nous devinions instinctivement) que, jeunes Juifs, nous nous intéressions si passionnément à la politique. C'est pour lui échapper que de nombreux Juifs essaient d'agir tout de même, en cherchant abri au milieu des groupes puissants, en sollicitant des protections inattendues, celle du pape, par exemple, ou celle d'une Église rivale. Mais c'est là jouer sur les bords du billard, indirectement, et en comptant sur la chance plus que sur soi. La cité, l'histoire, posent au Juif, à brûle-pourpoint, des questions directes, lui imposent des épreuves spécifiques qui exigent des parades et des réponses spécifiques. Le Juif ne peut presque jamais y répondre, car il est politiquement presque muet.

Et le Juif est politiquement muet, parce qu'il n'existe politiquement pas, parce qu'il vit politiquement dans l'abstraction. Après les événements du 13 mai 1958, où l'armée française d'Algérie s'était soulevée contre son propre gouvernement et avait failli instaurer un régime fasciste en France, un journaliste interrogea l'un des chefs de la communauté juive de Paris : Guy de Rothschild. Voici ce que cet homme responsable des siens lui répondit :

« Ma première réponse, la plus fondamentale, si je peux dire, c'est qu'à mon avis, les modifications politiques qui ont eu lieu depuis le 13 mai n'intéressent et ne touchent en rien les Juifs. Les Juifs en tant que Juifs naturellement — et non en tant que Français (nous sommes tous des Français) —, les Juifs en tant que Juifs n'avaient rien à voir et ne sont ni touchés, ni intéressés, ni concernés d'aucune façon, ni de près ni de loin, par ce qui est arrivé. Il s'agit de phénomènes politiques dans l'organisation de la vie publique et du gouvernement de la nation ; mais les Juifs ne sont ni objets ni sujets des modifications.» (Guy de Rothschild.)

Or, vivre dans l'abstraction n'a jamais empêché de se cogner au réel et d'en être durement sanctionné. Si le fascisme avait triomphé, à quoi nous aurait-il servi d'avoir affirmé dérisoirement, par la bouche de nos dirigeants, de n'avoir été «ni intéressés, ni concernés d'aucune façon, ni de près ni de loin»?... Peut-être ce grand financier ne voyait pas le danger fasciste? Peut-être, aveuglé par des sympathies de classe, ne voulait-il pas voir le lien entre le fascisme et la condition juive? Mais non; il ajoute honnêtement:

«Il est bien évident qu'à certains moments, des éléments qu'on peut... qualifier de fascistes ont failli dominer la scène politique française. En tant que Juifs en général, les éléments fascistes ne sont pas nos amis...»

Cela pourrait paraître aberrant, si l'on ne songeait à ce paradoxe qui éclaire notablement, ai-je dit, le comportement politique des Juifs. L'année dernière, les murs de Paris furent couverts, une fois de plus, de slogans et de symboles antijuifs. Une maison d'édition choisit le même moment pour lancer un dictionnaire contenant de nombreuses définitions injurieuses contre les Juifs. Un conseiller municipal, qui se trouvait être Juif, a cru devoir protester au cours d'une séance du Conseil de la ville. C'était agir avec dignité, mais que déclara l'honorable conseiller?

«Je n'ai aucun complexe sur cette question, s'est-il écrié. Je suis juif, mais ce n'est pas comme Juif que j'interviens ici, c'est comme Français et comme Français à part entière. C'est parce qu'il m'apparaît, en tant que Français, qu'il est inadmissible que l'on puisse diluer un poison subtil comme l'antisémitisme dans un ouvrage destiné à des enfants... » (Mᵉ Weil-Curiel.)

Ainsi il lui parut inopportun de protester simplement comme Juif. Au nom de la France, au nom de la République, de l'Enfance, de l'Humanité..., mais pas au nom du Juif, qu'il est pourtant, des Juifs, qui sont pourtant attaqués.

On imaginerait volontiers une scène de comédie, où d'honorables politiciens juifs, indignement accusés, attaqués, battus à mort comme Juifs, répondent dignement comme Français, ou comme Anglais.

— Sale Juif!
— Cela ne me touche pas, Monsieur..., mais comme Français cela me révolte!
— Si vous n'en êtes pas blessé comme Juif, pourquoi seriez-vous révolté comme Français?
— Parce que le Français que je suis n'accepte pas qu'on insulte les orphelins, les veuves et les opprimés... et les Juifs.
— Cela vous honore et honore les Français..., mais vous êtes juif, cependant: pourquoi confiez-vous au Français, qui n'est pas insulté, la tâche de défendre le Juif, qui est insulté? Pourquoi diable le Juif que vous êtes ne se défend-il pas lui-même? Serait-il muet? Ou n'est-ce pas vous-même, en vérité, qui l'avez réduit au silence? ou prétendez-vous qu'il n'est pas blessé pour ne pas lui donner la parole?

La contradiction profonde de sa vie civique communique au Juif une étrange pudeur politique, qui n'est peut-être qu'une autre expression de son impuissance. Il voit le danger, il aperçoit la parade, mais il n'ose jamais agir pour lui-même. « J'avais gardé un mauvais souvenir des années 30, déclare Raymond Aron, un souvenir d'inaction quand je savais de connaissance sûre que Hitler préparait la guerre. Mais, en ce temps-là, j'étais paralysé aussi par mon métier de pur universitaire. Je n'avais pas de tribune et je trouvais inutile de me mêler de ces choses-là. »

Le Juif sait pourtant qu'il en serait la première victime ; la plus atteinte. En quoi serait-il scandaleux qu'il crie au feu, qu'il prépare sa protection ? Et celle des autres par la même occasion ? Ne serait-il pas plus utile à la collectivité en se décidant à être utile pour lui-même ? Les Juifs auraient-ils assez crié pour avertir le monde contre le nazisme ? Mais parce qu'il est juif, précisément, il s'abstient, parce qu'il est plus en danger que les autres. Le résultat est pour le moins paradoxal, en effet. Lui, qui pressent le mieux les catastrophes, ne bouge pas... Il craint, s'il se mettait à se défendre, qu'on aille le soupçonner de songer à lui-même, à ses propres intérêts ! Mais le danger est souvent commun ? Certes, mais il est plus grave pour lui. Alors, le professeur le dit bien, il est le plus souvent paralysé. Comme le volatile de cette curieuse expérience, qui se tient sur le dos, les yeux ouverts, regardant le couteau qu'on agite au-dessus de lui, mais parfaitement inerte. Il a trouvé « inutile de se mêler de ces choses-là ». Ces choses qui concernent sa vie et sa mort, qui ont abouti au four crématoire, « la discrétion » lui interdit de s'en mêler. Ou s'il finit par agir, jamais il n'agira directement en sa propre faveur. Il noiera ses mobiles et ses intérêts, ses craintes et ses espoirs, à supposer qu'il se les avoue à lui-même, dans quelque mouvement plus vaste, dont l'action lui serait indirectement bénéfique.

En somme il n'existe pas non plus de *public politique juif*. On suggère périodiquement que la population juive de telle ville a voté de préférence pour tel candidat (pour de Gaulle, pour Kennedy, etc.). On le dit ; c'est probable ; mais elle se garde de le proclamer : elle ne pose pas ouvertement sa volonté comme une force, et donc comme l'enjeu d'un marché, ce qui est nécessaire en politique. Contrairement à ce que prétend l'antisémite, il n'existe pas de *politique juive*, ni dans le bon ni dans le mauvais sens.

C'est pourquoi, également, le Juif qui veut faire une carrière politique se met d'emblée au service des autres, et jamais au service des siens. On ne voit guère un député juif déposer un projet de loi en faveur des Juifs, comme le font normalement et légitimement les autres en faveur des leurs. On me ressortira la loi Crémieux en faveur des Juifs algériens : mais cette exception luit précisément comme un phare solitaire dans l'histoire politique des Juifs français.

Le politicien juif n'a de l'assurance qu'autant qu'il ne parle pas en Juif. Le politicien juif Trotsky ne le cédait pas en audace à son adversaire Staline ; le politicien juif Léon Blum valait bien son successeur Guy Mollet : mais leur dimension juive n'intervint à aucun moment de leur comportement politique. Une fois pour toutes ils avaient décidé de l'ignorer. Trotsky se niait purement et simplement comme Juif ; Léon Blum se croyait obligé à un tour de passe-passe logique : « Il réduit au silence le Juif qui est en lui pour mieux atteindre à l'idéal judaïque du Juste », écrivait son intelligente biographe C. Audry. Les valeurs universelles de la morale socialiste englobent le meilleur de la tradition juive : qu'avait-il encore besoin du judaïsme ?

Et je ne peux même pas leur jeter la pierre : agissant l'un en Russe l'autre en Français, en socialiste, en communiste, en philosophe, en homme d'action, ils endossent et gagnent la légitimité russe ou la légitimité française, la clarté philosophique, la fermeté des actes des hommes d'action. S'ils avaient été des responsables juifs, les mêmes hommes auraient vu mollir leur courage et s'obscurcir leur vision. Qu'auraient-ils représenté alors ? Loin d'être l'expression, l'agent de forces énormes et de doctrines superbes, ils seraient l'émanation d'une conjonction de faiblesses, d'une communauté acharnée à passer inaperçue. Aussitôt qu'un politicien juif se sent responsable de Juifs, sa politique devient débile, hésitante, sa voix politique chevrotante. Il veut ménager tout le monde, il évite de prendre position, sinon en faveur du pouvoir établi, ce qui n'est pas choisir en vérité, mais s'incliner. Et si le pouvoir tremble, il commence aussitôt à se chercher d'autres ouvertures, ce qui le fait soupçonner de duplicité et le fait mépriser. Et il est bien vrai que tels sont, trop souvent, les chefs de nos communautés, puisque chefs il y a. Ah! je comprends qu'il soit plus tentant, pour un jeune Juif, ambitieux et encore fier, de chercher à s'identifier à d'autres que les siens. Le jeu est tellement plus excitant, apparemment tellement plus libre. Dans très peu de carrières, un nom explicitement juif n'est pas une entrave. Et je ne parle même pas de ces rôles sociaux où le public s'identifie à ces

Le Juif réel : ce qu'il n'est pas

hommes qu'ils admirent. Il est rare qu'un artiste de cinéma ou de théâtre ose garder son nom s'il s'appelle Cohen ou Lévy.

Est-ce tellement surprenant ? Les dernières élections américaines nous ont appris combien, malgré le succès de Kennedy, il était important pour un candidat à la présidence d'être de la même religion que celle de la majorité des électeurs. J'avoue comprendre assez, dans l'état de culture où nous sommes encore, qu'une nation veuille se reconnaître dans ses représentants. Nous retrouverons ici l'une des difficultés à vivre de toute minorité. La France reste à cet égard un pays béni, où le Juif peut réussir plus souvent qu'ailleurs une carrière politique. Cependant on n'y a jamais vu un Juif Président de la République. On y supporte en somme qu'un Juif occupe de hauts postes dans l'État, même celui de Premier ministre, mais non qu'il devienne le symbole de la nation. Le Premier ministre est en principe le meilleur serviteur actuel possible de la nation, le plus habile. S'il n'y réussit pas, on le change ; s'il indispose, on le critique, on peut l'insulter. Un Premier ministre juif, même soigneusement négateur de sa judéité, se verra reprocher ses origines. Mais enfin, à force de se nier lui-même, il peut arriver à représenter les autres. Le Président de la République n'est plus un simple agent de la nation, il en est l'expression et le substitut ; elle se délègue et s'identifie en lui. C'est pourquoi il n'y a jamais eu un Juif Président de la République : aucune nation jusqu'ici n'a jamais accepté de s'identifier à un Juif.

Un fossé me sépare de toute action politique. Que j'essaie de combler, que je feins souvent d'ignorer, mais je sens bien, je vérifie tous les jours que mes gestes civiques sont toujours plus ou moins déphasés : comme est déphasée mon insertion à la nation et à l'histoire, à ma classe et à la cité. J'appartiens à la nation et je ne lui appartiens pas tout à fait, puisqu'elle m'accepte à contrecœur. Je suis de ma classe et je n'en suis pas tout à fait, puisqu'on s'y méfie de moi et que j'avoue lui échapper en partie. Je suis mêlé à la vie de la cité, et mon activité garde toujours un air d'emprunt. Particulièrement exposé et vulnérable, je suis pourtant politiquement suspect. Je m'évertue à n'agir jamais en tant que Juif et, trop souvent, je suis soupçonné de me conduire comme tel. Je suis tenté d'intervenir dans les affaires collectives, où je vois bien que je suis concerné, et j'apprends à mes dépens qu'il aurait mieux valu que je m'abstienne.

Me montrerais-je bon citoyen et bon patriote, ultra-patriote sans peur et sans reproche, citoyen conformiste, d'un dévouement obstiné et d'une ardeur sans défaillance ? Je reconnais qu'on peut s'en étonner : pourquoi un tel zèle, alors que je suis si peu encouragé ? On dira que je suis rusé, prudent, calculateur, obséquieux, faux. Ou alors on est sincèrement ravi, on me fait de tels compliments, si exagérés, que j'en ai l'oreille méfiante et agacée : je vois qu'ils ne sont pas du même métal que pour les autres. Ils signifient plus et ils signifient moins : étant ce que je suis, j'ai plus de mérite que les autres, on n'attendait pas tant de moi ! Déciderais-je, au contraire, d'être révolutionnaire, négateur d'une société que je tiens pour injuste et incohérente ? « Tous les Juifs sont des révolutionnaires et des destructeurs », affirmera-t-on. Ou, avec bienveillance : « Que voulez-vous, il ne vous restait plus que cette solution... » Et ce n'est même pas complètement faux ! Comment ne serais-je pas tenté, plus que les autres en effet, de fronder et de secouer cette société qui me refuse ? Beaucoup de jeunes Juifs ont activement participé à la résistance contre les nazis, en proportion plus élevée que dans la plupart des autres groupes. Que de fois nous a-t-on suggéré qu'ils y avaient aussi moins de mérite : Que pouvaient-ils faire d'autre ? Ou alors l'on découvre avec stupéfaction ce courage insolite chez des Juifs, depuis si longtemps déshabitués à se battre, etc. En bref, sauf pour le pire, je n'ai jamais le bénéfice de mes décisions, je ne puis vivre spontanément, naturellement mon appartenance civique et nationale. Il ne m'est pas permis d'être patriote, citoyen, révolutionnaire ou maquisard sans soupçons. Sans doute, pour répondre à une objection romantique, il n'y a pas que des désavantages dans cette distance et dans cet éloignement. Faisant contre mauvaise fortune bon cœur, je m'en suis quelquefois félicité. Cette difficulté à agir, me disais-je à moi-même, me rend plus sage, m'empêche de céder à l'impatience, de me disperser trop au gré de l'événement qui m'échappe. Empêché d'avoir une vie politique et sociale normale, le Juif se rabat fréquemment sur l'aventure spirituelle, la sagesse, l'art ou la philosophie. Ce choix m'est cependant imposé ; borné dès le départ, brimé, j'aurais pu en être définitivement étouffé, comme le furent beaucoup dont la vocation avait été d'avoir une vie publique.

Le philosophe Jean Wahl, qui a entendu la lecture de ces quelques pages, me fit également remarquer que tous les hommes étaient ainsi dans l'histoire, dans la cité et hors de la cité, et pas seulement les Juifs. Certes tous les hommes sont également opprimés, en quelque mesure et sur quelque plan. Beaucoup d'efforts sont encore nécessaires pour dévoiler, dénoncer et faire cesser les oppressions multiples que subissent les hommes. Mais chaque oppression est spécifique, et il faut décrire chacune en sa manière, pour mieux la connaître et la combattre. En outre, c'est tout de même affaire de degré! Les Juifs sont particulièrement opprimés, plus gravement, plus généralement que les autres. La condition juive, je le veux bien, est un raccourci, plus condensé, plus sombre, de la condition humaine.

5

De l'inconfort à la persécution

Quoi qu'il en soit, que ce soit là mon lot particulier, ou une infortune commune à tous les hommes, ou plus aggravée pour moi, je suis désarmé devant mon sort social et politique. Et, à première vue, je ne trouve guère de solution à une situation contradictoire, dans laquelle je ne puis agir ni m'abstenir.

On m'avait raconté en Belgique comment de nombreux Juifs avaient soutenu et financé le mouvement rexiste, dont le chef Léon Degrelle avait fini par s'allier aux nazis.

— Pourquoi, ai-je demandé ? par peur ou par calcul ? Pour ménager l'avenir, je suppose...

— Non, m'a-t-on répondu : parce que les Juifs comprenaient et approuvaient sincèrement les revendications nationalistes : surtout l'appel à l'union nationale..., plus tard, le mouvement est devenu antisémite, et il fallut bien l'abandonner...

C'était trop de candeur en vérité. Mais, toutes considérations idéologiques mises à part, je dois avouer que je ne fus pas tellement étonné. Je connais bien cette nostalgie de l'action commune avec tous les autres. Hélas, la communion s'est toujours dérobée ; l'action collective m'a toujours laissé en chemin. Je comprends même que les mouvements nationalistes puissent paraître tentants pour un Juif ; ils sont en fait les plus décevants ; mais, dans leurs débuts surtout, ils ravivent les mythes nationaux et insistent sur l'unité du corps et de l'âme de la nation. Séduits, reconnaissants, émus, de nombreux Juifs se jettent régulièrement, et puérilement, dans le giron immense de la mère collective enfin retrouvée..., qui non moins régulièrement se révèle une marâtre. Lorsque le corps social s'affermit en effet, s'assure de lui-même, il se durcit et bientôt devient méfiant envers tout ce qui n'est pas exactement lui-même. Le grand espoir d'identification s'évanouit une fois de plus et le Juif se retrouve dehors ; trop content s'il n'est pas persécuté. C'est ainsi peut-être, et non seulement par un calcul assez sot, qu'il convient d'expliquer les adhésions de Juifs italiens au fascisme, de Juifs belges au nationalisme flamand, et même, toutes nuances mises à part, de nombreux Juifs français au gaullisme. L'esseulement politique du Juif, et l'impossibilité de toute politique proprement juive expliquent assurément cet effort désespéré pour coïncider avec la politique des autres. Or cet effort est régulièrement mis en échec. Il arrive toujours un moment où la vague se retire et le laisse sur la grève, insolite et abandonné des autres.

Dois-je alors m'abstenir ? La prudence, et l'expérience, sinon la fierté, semblent me le conseiller ; puisque je ne puis m'appuyer ni sur les partisans de l'ordre et du passé mystique de la nation, ni sur les partisans du bouleversement et de l'avenir. Une histoire même brève m'enseigne que je finis toujours par me repentir d'avoir cru aux premières effusions des candidats au pouvoir. Puisque aucune conduite politique ne m'est bénéfique, puisqu'on ne veut pas de moi, pourquoi ne pas me retirer de moi-même hors de cette dangereuse agitation? Les masses juives ont acquis à cet égard une espèce de sagesse résignée. Leur premier mouvement, devant l'accession d'un Juif à un poste élevé, n'est pas une pure joie, comme on pourrait le croire, mais un peu de fierté avec beaucoup de méfiance. Les deux ou trois fois où des Juifs devinrent Premiers ministres en France, la seule fois où un Juif fut ministre en Tunisie, une délégation alla, paraît-il, leur demander avec insistance de démissionner: il valait mieux ne pas provoquer l'envie et la colère des autres. Ils reçurent également une nombreuse correspondance qui implorait ou exigeait cette démission: après tout la punition serait supportée par tous.

Et pourtant je sais que je ne peux non plus m'abstenir sans danger. Dans un monde hostile, l'abstention serait la pire des politiques, puisqu'elle me livre sans combat. Une Juive, professeur de lettres, à qui nous demandions si elle participerait à une grève, m'a fourni le meilleur résumé de l'attitude abstentionniste juive: « La partie est truquée, nous a-t-elle dit, et toujours en notre défaveur. » Elle nous raconta comment elle avait assisté, en plein Paris, à l'arrestation des Juifs par les Allemands.

— On nous avait dit: Si une chose pareille arrivait, jamais les Français ne supporteraient cela! Vous verrez: ils descendraient dans la rue. Ils se battraient même avec des fers à repasser!... J'ai vu beaucoup de choses en effet: entre autres, ma voisine qui a jeté ses enfants par la fenêtre pour qu'ils ne soient pas emmenés par les Allemands. Personne dans l'immeuble, dans la rue n'a bougé. Personne, de tous ces gens qui protestent aujourd'hui, qui crient très fort parce qu'on touche à leur confort, ne bougerait si les Juifs étaient à nouveau emmenés dans des camps. Ces petites histoires de grève, de salaires et de protestations diverses me laissent indifférente, parce que, moi, pour l'essentiel, je sais que je ne peux attendre aucune aide de personne.

Comment lui donner tout à fait tort ? La partie en effet est truquée, puisque je risque toujours de payer infiniment plus cher que mes partenaires. Elle avait raison..., et pourtant elle avait tort. La partie est truquée, mes possibilités sont dérisoires, l'enjeu terriblement inégal à mon désavantage : et pourtant il me convient davantage d'essayer de jouer. Les forces syndicales ne luttent pas pour moi et peut-être me lâcheraient un jour au moment le plus critique de mon existence : pourtant, elles retardent ce moment et, peut-être, l'empêcheront d'arriver. Le maintien de la démocratie ne supprimera probablement pas toute manifestation antisémite : cependant la mort de la démocratie risque d'entraîner ma propre mort. Même avec des compagnons égoïstes ou indignes il me faut lutter. Nous retrouverons toujours sous des formes diverses le même paradoxe et la même contradiction. L'action ne me sauve pas, mais l'abstention me condamne. Le Juif ne peut pas grand-chose politiquement pour lui-même, et pourtant la politique le prend ainsi à la gorge qu'il ne peut s'en désintéresser.

Toute gratuité m'est interdite. J'essaie de me

Le Juif réel: ce qu'il n'est pas

dire quelquefois, à l'instar de beaucoup de mes camarades non juifs: «Qu'importe si un tel est fasciste! Si par ailleurs il est bon artiste, écrivain de talent ou simplement honnête homme.» Mais je sais bien que cela m'importe beaucoup. Cela peut signifier qu'il souhaite ma mort, ou y consente un jour. On aurait beau jeu de me citer tel artiste, tel critique d'art, tel savant, Juifs pourtant et qui auraient décidé une fois pour toutes de se désintéresser des événements, et de se consacrer exclusivement à l'art et à la science, et qui auraient tranquillement réussi jusqu'à leur mort. Qu'est-ce que cela prouve? Ont-ils réussi à se couvrir réellement contre le danger fasciste? ou simplement à fermer leurs yeux et à boucher leurs oreilles, et à avoir eu la chance d'y échapper?

Mais tout n'est pas possible pour un Juif. «Coupe ta langue et tu vivras tranquille», me conseillait ma mère; mais elle n'avait raison qu'à moitié. Aurais-je eu meilleur caractère, et suffisante humilité pour me taire devant la provocation et l'injure ou l'insinuation, je n'aurais pas forcément obtenu la paix: car l'antisémite ne se contente pas de ma prudente neutralité, il m'oblige à la guerre, où je dois me défendre ou être détruit. Ses journaux ignobles, j'aurais préféré les ignorer et qu'ils m'ignorassent, mais ils me désignent aux coups de mes concitoyens. Je peux essayer de me forger péniblement une sagesse supérieure aux événements, j'arriverais peut-être à mépriser la stupide cruauté du monde et à me cuirasser ainsi contre elle. Mais il ne s'agirait jamais que d'une plus grande lucidité et d'une résignation ironique, et non de la belle indifférence et de la gracieuse étourderie de beaucoup de mes confrères artistes ou savants. Ni leur désintérêt ni leur ignorance des choses politiques n'a empêché les savants juifs d'être chassés d'Allemagne et les écrivains juifs de s'exiler ou de se suicider. Ni le civisme, ni le relativisme moral ou esthétique, ni l'art pur, ni la science pure ne me sont permis ; et il vaut mieux que je sache que mon lot propre est le souci.

Dans aucun rôle enfin, dans aucune conjoncture, je ne puis bénéficier d'un quelconque *confort historique*. Je ne suis pas le seul, certes, envers qui l'histoire fut toujours injuste et menteuse : elle a toujours spolié les pauvres, menti aux femmes, écrasé les vaincus. Mais qu'est-ce que cela change à mon affaire ? Pour vivre à mon aise, il aurait fallu que je cesse d'être juif, or dans le monde tel qu'il est je ne pouvais cesser de l'être, même si je le souhaitais. Il n'aurait même pas suffi que je sois incolore, inodore, insipide, *i-i-i*, comme disait un de mes professeurs de chimie. De temps en temps une manifestation, une agression viendraient m'accrocher, me tirer violemment par ce bout d'existence discrète et presque transparente. J'assistais l'autre soir à un congrès de catholiques sur la guerre d'Algérie ; vers la fin de la réunion, des manifestants vinrent se masser à la porte. Que crièrent-ils pour rappeler aux catholiques ce qu'ils pensaient être leur devoir ? « Dehors les Juifs ! » « Ne faites pas le jeu des Juifs ! » Qu'est-ce que les Juifs venaient faire dans cette querelle ? Un manifestant me l'expliqua : il s'agissait des Juifs d'Algérie, qui auraient intérêt à voir partir les Français. C'était une énorme sottise : on pouvait difficile-

Le Juif réel : ce qu'il n'est pas

ment être plus anxieux, plus ballottés et plus divisés que les malheureux Juifs d'Algérie. Mais il y avait des Juifs en Algérie : ils pouvaient donc servir à expliquer le malheur qui atteint ce pays. Il aurait fallu peut-être que j'existasse sans exister, que je fusse là sans y être. Et de cela, ce sont les prudents et les conformistes qui en ont le plus juste sentiment : la place, l'action, la vie du Juif dans la cité ne peuvent jamais être délivrées de l'ambiguïté. Il me faut essayer de vivre sans vivre, d'agir sans agir. De toute manière, enfin, je suis un dépaysé de la société et de l'histoire, je suis condamné à cet inconfort historique et social.

Je ne l'ai pas toujours vu aussi clairement, je l'avoue. J'ai longtemps mal compris cette extraordinaire valse des populations juives européennes. Il m'a fallu une longue fréquentation des historiens juifs Graetz et Doubnov pour me persuader que c'était là le destin normal du Juif, et non un accident aberrant de sa vie. Ces Allemands et ces Polonais blonds aux yeux bleus, venus de si loin pour s'installer à Tunis, me paraissaient presque irréels. Ces écrivains yiddish qui parlaient sans cesse de départs, ballots sur l'épaule, de déracinement et de réinstallations successives à presque chaque génération, me semblaient atteints d'une espèce de maladie de l'imagination, ou de leur vie réelle, je ne savais pas trop, spécifique des artistes juifs de ces lointains pays. Par comparaison, je me sentais plus sain. Mal intégré, mal à l'aise, un peu à l'étroit peut-être, mais tout de même définitivement installé, ma vie devait s'écouler entre les quais du port de Tunis et la colline du Belvédère. Mon univers intérieur et extérieur me semblait quasi définitif, sans rapport en tout cas avec celui des autres Juifs du monde.

Ah! la révision s'est bien faite depuis! Avec quelle rapidité nous sommes entrés dans le mouvement séculaire! Quelques fous d'abord, gratuitement en apparence, nous quittaient pour aller ailleurs. C'étaient en fait les plus inquiets, ceux dont les antennes étaient les plus sensibles, les plus frémissantes. Puis le ghetto fut travaillé par une espèce de remous : on gagnait Israël, Paris, Marseille, l'Amérique quelquefois. Les possédants disaient avec condescendance : Ce sont les pauvres qui partent, ils n'ont rien à perdre, pourquoi ne tenteraient-ils pas l'aventure ? Mais bientôt les bourgeois eux-mêmes s'y mirent, discutant passionnément, se moquant les uns des autres, puis le moqueur rejoignait le moqué. Que se passait-il au juste ? Il y avait eu la guerre et l'après-guerre, certes : mais nous n'avons pas souffert plus que les autres; plutôt moins. Nous n'avons pas subi en Tunisie ou au Maroc des catastrophes notoires parce que Juifs, pas même des pogroms depuis fort longtemps. Je rends hommage en passant à nos compatriotes tunisiens et même européens de ces pays; l'antisémitisme inévitable de certains d'entre eux n'a pas dégénéré en explosions sanglantes, si fréquentes ailleurs. Alors ? Simplement je crois, notre vie s'était mise à son tour à vérifier, à confirmer le destin commun. Aujourd'hui, une de mes sœurs est installée dans un moshav israélien, après avoir vécu l'aventure d'un bateau-exodus, avec internement à Chypre, un de mes frères a fait la campagne du Sinaï; une autre sœur a épousé un jeune Français gaulliste légèrement ultra, qui s'obstine à rester à Bizerte et déclare ne le quitter jamais que par la force; d'autres vivent en France; moi, j'ai longtemps hésité.

Comme il serait facile de nous accuser de nomadisme et d'errance! Et de rappeler le mythe du Juif errant, ou les différentes malédictions qui nous poursuivent, paraît-il, depuis un péché fameux. Mais notre exemple est précisément le plus contraire à ces divagations. Ces petits artisans du ghetto de Tunis n'ont pas bougé depuis des siècles de ce coin de terre exigu. Serrés entre la mosquée de Sidi-Mohrez et la cathédrale, naviguant depuis un siècle entre les Arabes et les Français, fermant soigneusement leurs portes le soir, mais célébrant ponctuellement leur Sabbat et les différentes fêtes rituelles, ils étaient pauvres, sans droits reconnus, mais presque au chaud, malgré quelques alertes, dans cet espace géographique et psychologique restreint. Mon grand-père se plaisait à dire qu'il ne s'était jamais éloigné de plus de vingt kilomètres de chez lui, exactement dix-huit; et ceci parce qu'il fallait bien emmener les enfants à la plage de La Goulette. Ma mère aurait eu sans doute la même destinée si... Et moi-même, suis-je un nomade? Ah! que je suis sûr que non! J'ai horreur des voyages, je déteste tous ces tracas matériels que l'on ajoute inutilement à son tracas intérieur, que l'on emmène tout de même avec soi. Si je pouvais, si j'avais pu, je me serais définitivement installé dans le même appartement, dans la même ville, j'y aurais eu mes habitudes physiques pour pouvoir réfléchir, rêver et écrire à mon aise véritable.

Seulement un jour, comme tant d'autres Juifs, une série de mouvements nouveaux de l'histoire a démoli notre pauvre équilibre. Nous en sommes restés abasourdis comme ces insectes que l'on retourne ; sans plus d'attaches avec le sol, que nous croyions vaguement collé à nos pieds. Nous avons vu le monde à l'envers avec une distance insolite, et nous avons compris à quel point nous étions fragiles et sans racines. Manifestement, l'histoire et la cité fonctionnaient sans nous et nous en avions décidément la preuve tous les jours. Nous vivions dans une espèce de torpeur. Nous fûmes réveillés d'un seul coup, questionnés sur des problèmes inouïs, qui demandaient d'urgentes réponses. Mis ainsi en face de nous-mêmes, nous découvrions cruellement que nous ne savions ni ne pouvions répondre, que socialement et historiquement nous n'étions rien.

Qu'on ne me dise pas encore : Ceci est votre drame personnel, l'Afrique du Nord est un cas singulier. Les exemples sont trop nombreux au contraire de ce subit déséquilibre, de cette remise en question de la vie d'une communauté juive, qui lui révèle ou lui confirme soudain sa précarité, sa fragilité. Au contraire, nous étions les derniers à croire qu'un jour nous vérifierions le schéma commun ; et nous fûmes presque les derniers rattrapés par l'histoire, après toute l'Europe centrale, après les Juifs de la douce France et ceux de la belle Italie, après tous les pays du Nord et toute la Méditerranée. Je veux bien que tout ceci mérite discussion ; j'en suis d'ailleurs encore trop assommé, trop près de l'événement, pour être sûr d'y voir clair. Et j'admets enfin que ce ne soit pas facile à comprendre de l'extérieur. On nous a beaucoup reproché, ai-je dit, de ne pas avoir participé plus hardiment, plus complètement à l'indépendance de la Tunisie, du Maroc et aux expériences de reconstructions de ces pays. Je ne parle pas, bien sûr, des individus, qui souvent contribuèrent largement, chacun à sa manière, aux différents mouvements qui s'opposèrent dans la lutte, mais de l'ensemble du groupement juif. Comment expliquer l'affaire ? L'indépendance de la Tunisie ou du Maroc, l'expérience tunisienne ne se sont pas faites contre les Juifs, elles ne se sont pas faites avec les Juifs non plus ; ce fut de part et d'autre une méfiance polie. C'est dans la mesure même où naissaient de nouvelles nations que les différences se précisèrent, s'affirmèrent, nous démontrèrent fortement que nous n'en faisions pas partie. C'est dans la mesure même où la Tunisie devenait une nation comme les autres que nous devenions, comme ailleurs, une négativité civique et nationale. « Mais pourquoi n'êtes-vous pas devenus une positivité ? Pourquoi n'avez-vous pas pris à votre compte les destinées de la nouvelle nation ? » nous disent en substance de nombreux amis étonnés, déçus et vaguement soupçonneux envers notre réserve. Je m'excuse d'avoir à leur dire que c'est parler en l'air et dans l'abstrait. Comme si l'appartenance à une nation dépendait de la simple volonté. Dans cette nation qui naissait et qui s'affirmait dans ses institutions, dans ses décisions, nous ne nous reconnaissions pas. Des exemples ? L'une de ses premières décisions fut d'inscrire dans sa constitution la religion islamique comme religion d'État : que devenions-nous alors ? Rien. Comme toute renaissance nationale, celle-ci remit légitimement sa langue en honneur : or l'arabe avait cessé depuis longtemps d'être notre langue de projet et nous ne voulions plus y revenir. Résultat : nous ne savions plus à quelle langue nous vouer ; nous voyions avec inquiétude approcher la rentrée des classes : où inscrire les enfants ? Comment décider ainsi, si vite, si radicalement de leur avenir linguistique et de leur avenir tout court ?

À nos réticences répondaient, ou plus exactement correspondaient, les réticences de nos compatriotes. Car, j'ajoute, nous n'y pouvions rien et ils n'y pouvaient guère : la situation nous englobait et nous dépassait tous. Un professeur de lettres non tunisien, qui avait enseigné longtemps en Tunisie, me disait en riant que si les Tunisiens avaient traité effectivement les Juifs comme les leurs, il y aurait eu 75 % de Juifs dans la jeune administration tunisienne, qui manquait terriblement d'administrateurs. J'ajoute aussitôt que c'était politiquement impossible ; pour eux comme pour nous : nous n'étions pas exactement des leurs. Pour la langue, l'école, les institutions, même pour la religion, n'importe qui aurait probablement agi comme ils l'ont fait. Je ne dis pas qu'ils n'aient pas fait d'erreurs, ils cherchaient en tâtonnant ce qui convenait le mieux à leur peuple : mais cela ne convenait pas toujours à ces gens réticents, hésitants, en porte à faux que nous étions. Nous découvrant sans cesse hors du système qui s'édifiait, comment nous y donner corps et âme, en chantant étourdiment ? « Encore un coup, diraient nos amis communs, pourquoi ne pas y participer tout de même, sinon en chantant, au moins volontiers ? Pourquoi ailleurs et non ici ? »

Cette objection est raisonnable. Les Juifs auraient pu aussi bien rester. Mais ne voit-on pas où nous en arrivons ? À un nouvel équilibre instable, fragile, qu'un rien fait pencher d'un côté ou de l'autre. Ainsi, les Juifs peuvent aussi bien rester que partir : comme intégration et comme citoyenneté nouvelle et reconquise, la victoire est mince, il faut bien l'avouer. Nous n'aurions échangé qu'un lit de brique contre un lit de pierre, un inconfort ancien contre un inconfort nouveau, un malaise contre un autre malaise.

6

La figure d'ombre

En fait, toute tempête sociale nous inquiète, nous rend méfiants : l'avenir risque toujours d'être pire que ce présent, médiocre mais sans surprises. Quelle sera notre part dans ce bouleversement ? Quels coups nous seront spécialement réservés ? Lorsque de Gaulle prit le pouvoir en France, une des réflexions que j'ai le plus souvent entendue dans les milieux juifs de Paris fut : « Qu'est-ce qui va en résulter pour nous ? » Je l'ai réentendue quelque temps plus tard lorsque les généraux d'Alger ont failli réussir leur putsch.

La vie des ghettos fut souvent si misérable que nous pouvions paraître n'avoir rien à perdre. Même les riches avaient leur suffisante dose d'inquiétude pour n'être pas, avec tranquillité, des conservateurs. Mais c'est un fait : les habitants du ghetto dans leur ensemble étaient loin d'être des révolutionnaires. À Tunis, et à Paris aussi, le recrutement communiste s'effectuait paradoxalement surtout parmi les bourgeois. Même le sionisme fut relativement tardif et longtemps hésitant ; nos parents s'opposèrent violemment d'abord aux premiers départs de nos camarades pour la Palestine d'alors. Et pourtant la Terre promise faisait partie de leur être collectif, des prières quotidiennes, des récits populaires, des rêves ; l'aventure israélienne continuait leur propre histoire. Ils ne furent pas souvent non plus nationalistes tunisiens, marocains ou algériens. Ils s'étaient presque habitués à la colonisation française : en échange d'un peu de mépris ils avaient une sécurité relative. Ils n'avaient pas tous les droits, mais ils ne se souvenaient pas de les avoir jamais eus. Et ils gardaient l'espoir, même chez les plus écrasés, de pouvoir arriver à force de travail, de ténacité et de réussite partielle, à compenser ce mépris et à se passer de ces droits.

Adolescents impatients, propagandistes de causes successives, qui nous semblaient chaque fois les meilleures, nous avons toujours essayé d'entraîner le ghetto dans des aventures nouvelles. Tour à tour irrités ou persuasifs, nous lui expliquions que tous les régimes ne se valent pas ; que le Front populaire français apporterait « le Pain, la Paix et la Liberté » pour tous, Juifs y compris ; un peu plus tard, qu'on ne pouvait rien attendre des « Impérialistes » ; que le gouvernement des colonisés serait sûrement plus juste que celui des colonisateurs, etc., le ghetto nous écoutait patiemment puis il nous faisait toujours la même objection : « Peut-être ; mais qui nous garantit que notre situation, à nous, ne s'aggravera pas ? »

Ils pensaient que leur existence risquait toujours d'être rendue plus difficile et plus périlleuse. Pourquoi échanger un mal connu, à peu près apprivoisé, contre un autre état qui pourrait inventer des brimades moins supportables, puisque nouvelles ? Insatisfaits certes du présent, ils préféraient s'y tenir cependant, plutôt que d'appeler un changement aux conséquences imprévisibles. Le résultat en était qu'ils vivaient dans une espèce d'absence discrète, qu'ils contribuaient d'eux-mêmes à cette absence civique et historique, qui leur était imposée par ailleurs.

Et comment donner tort à cette anxiété préventive ? Depuis trop longtemps, leurs déceptions s'additionnaient, dépassaient les surprises heureuses. Je bavardais avec une Juive yougoslave, ancienne maquisarde de Tito, maintenant installée à Paris. L'échec de la plupart des démocraties populaires à liquider l'antisémitisme et le problème juif, elle essaya de me l'expliquer : l'influence stalinienne, la présence russe, le catholicisme, etc., mais pour la Yougoslavie, pour son propre pays, pour lequel elle avait combattu avec tant d'enthousiasme, elle ne l'avait pas admis. Comment Tito pouvait-il supporter la survivance de l'antisémitisme ! Le mal était difficile à extirper certes, mais le régime avait opéré d'autres miracles, plus saisissants. Pourquoi seuls les Juifs devraient-ils continuer à payer ? De rage, de déception, plus que de réelles misères, cette ancienne militante avait fini par s'en aller. En Afrique du Nord, les premiers gestes des jeunes nations vinrent confirmer, sans trop de gravité heureusement, les inquiétudes et les réticences du ghetto. L'une des premières décisions des nouveaux gouvernements fut le resserrement de la solidarité, compréhensible et légitime, avec les autres nations arabes. Or l'un des fondements de cette solidarité se trouve être aujourd'hui un antijudaïsme prononcé. Nous eûmes beau faire remarquer à nos coreligionnaires que cet antijudaïsme restait assez mou chez les Marocains, et surtout chez les Tunisiens. Jusqu'ici Bourguiba s'est refusé à en faire un moyen de gouvernement. Ils le reconnaissaient volontiers. « Que Dieu nous garde Bourguiba... mais après ?... Qui nous garantit que... »

Personne ne pouvait rien leur garantir en effet. N'ayant pas leur destin entre les mains, absents de la volonté collective, tout peut leur arriver; n'importe quoi qui puisse arranger les autres. Et leur inquiétude n'est déjà plus sans objet. Les Juifs marocains ne peuvent plus écrire à leurs parents en Israël; toutes les relations postales sont interdites. Une activité proprement juive risque toujours, en Tunisie comme au Maroc, de faire soupçonner de sionisme. Un jeune ministre tunisien, que j'ai connu mieux inspiré, eut un jour ce mot : « Nous ne voulons pas que les Juifs aient ici leur porte-monnaie et leur cœur ailleurs ! »

Passons sur ce mépris qui resurgit toujours, et cette identification, traditionnelle mais bien malheureuse chez ce ministre de bonne volonté, entre les Juifs et le porte-monnaie. Pourquoi les Juifs ont-ils, en effet, un peu de leur cœur ailleurs ? Le jeune ministre aurait dû se poser la question. Pourquoi les Juifs vivent-ils si souvent avec une partie de leur être au-delà du pays qu'ils habitent ? Ah ! si tous ces gens savaient comme il est harassant de ne pas être sûr de pouvoir mourir au lieu de sa naissance ! Je me souviens d'une sentence des artisans confrères de mon père, dont je ne comprenais pas alors toute l'amertume concentrée : « On n'est jamais sûr que de sa naissance », répétaient-ils.

La solidarité arabe est un fait; les peuples arabes la ressentent, les gouvernements l'utilisent; la religion musulmane est un autre fait; les dirigeants sont obligés d'en tenir compte et sont naturellement tentés de s'en servir. Il reste que les citoyens Juifs se trouvent, une fois de plus, sacrifiés à des impératifs plus ou moins légitimes. N'est-ce pas sous-entendre pour le moins qu'ils ne sont pas des citoyens comme les autres, qu'ils sont moins précieux que les autres ?

Je ne pouvais garantir, personne ne pouvait garantir à mes coreligionnaires que leur situation ne s'aggraverait pas : parce que personne n'aurait osé prédire la fin de l'inconfort. L'expérience nous a longuement enseigné, au contraire, que l'inconfort risque toujours de s'exaspérer en crise. D'une manière qui étonne, révolte ou les fait admirer, la plupart des Juifs considèrent à peine la persécution comme un phénomène monstrueux. Il paraît que les jeunes gens nés en Israël, au récit des souffrances juives dans le monde, se sont surtout indignés contre les Juifs eux-mêmes : comment ont-ils pu supporter cela sans révolte ? Heureux ceux qui sont nés dans la liberté ! Comment expliquer à ces jeunes gens l'usure intérieure, la démission devant le sort des opprimés de trop longue date ? Pour que l'opprimé se révolte, il faut non seulement qu'il soit à bout, mais aussi qu'il croie avoir le droit pour lui. À la différence des colonisés, le Juif est un si vieil opprimé qu'il ne croit même plus tellement à son droit de vivre parmi les autres. En tout cas, pour les habitants du ghetto (et tout Juif porte en lui-même son ghetto), pour les masses juives, la persécution apparaît comme une calamité naturelle. Elle leur semble découler presque nécessairement de leur vie parmi les autres. Ils se reconnaissent sans protester dans les récits de malheur, d'oppression et de massacres. Et cette intuition populaire est fondamentalement juste, historiquement justifiée : *la persécution n'est que le paroxysme de l'inconfort social et historique ; or l'inconfort est consubstantiel à la condition juive.*

Bien entendu l'on va trouver une fois de plus que je dramatise. L'un de mes lecteurs bourgeois libéral et intellectuel ne me disait-il pas, avec cette compassion ironique que l'on accorde aux vieilleries, que je ressentais comme un Juif russe de 1880 ? Mais le rapprochement ne m'a paru ni absurde ni insultant. Lisant les mémoires de Heïm Weizmann, premier président de l'État d'Israël et petit Juif russe précisément, j'ai souvent été frappé par la similitude de nos expériences. Ce qui m'a confirmé, au contraire, qu'il existe bel et bien une condition juive, puisqu'elle est commune au Russe et au Tunisien. Il avait lui aussi connu l'exil, puisqu'il avait dû fuir l'Europe, son foyer et sa profession, pour se réfugier aux États-Unis pour toute la durée de la guerre. La fuite en Amérique, l'aventure nazie, l'antisémitisme européen d'après-guerre ne sont que des épisodes de la même histoire, toujours aussi monstrueuse et fertile en accidents, fuites, déracinements, réinstallations provisoires, etc.

La persécution n'est que le durcissement d'une situation malsaine en permanence ; dont le moindre mal est le malaise et l'hostilité larvée des autres, et dont la crise est le pogrom et la persécution déclarée. L'exil, l'arrachement de son foyer ne sont que la pointe extrême du comportement juif devant le refus des autres ; ce refus réclame sa disparition physique, c'est-à-dire sa mort. La persécution et l'inconfort enfin sont deux expressions d'une même réalité : la négativité sociale et historique du Juif. L'inconfort, plus ou moins aigu, en est la normalité habituelle, mais la persécution n'en est pas un accident : elle en est l'évidence et la preuve par grossissement. Elle ne révèle rien, elle confirme une chronicité. C'est pourquoi l'absence actuelle de crises et de catastrophes ne prouve rien, ne me rassure jamais complètement. La haine est plus ou moins diffuse, plus ou moins assoupie, mais elle peut toujours cristalliser, gagner de proche en proche, saisir et paralyser toute la vie du Juif. Inversement les diverses conditions négatives ne sont que l'explicitation, la monnaie de la négativité fondamentale de l'existence juive.

Il existe enfin une unité négative de tous les destins juifs, une négativité *concrète*, je m'en suis assez expliqué, qui écrase, déforme et marque ce destin d'une certaine manière. Et non simple accusation et simple regard, calomnies, « insultes qui volent avec le vent », écrivais-je à propos du colonisé. Les conditions négatives de l'existence juive sont autant de difficultés *réelles* à vivre, d'impossibilités, de carcans et de couteaux, de blessures et d'amputations, dans sa chair et dans ses dimensions d'hommes. Être juif, c'est ne pas avoir reçu naturellement, en cadeau indiscuté, ces traditionnels dons des fées : pays natal, nationalité, insertion dans l'histoire, etc. Juif, ils vous seront âprement discutés, concédés, repris, mis en doute, de sorte que vous ne pourrez presque jamais faire corps, tout naturellement, avec les dimensions sociales courantes de la plupart des hommes.

Ces manques, ces amputations et ces vides de l'existence juive s'ordonnent différemment, bien entendu, suivant la géographie, les incidents de l'histoire, les coutumes particulières des différents peuples au milieu desquels vit le Juif. Ils expliquent les différentes physionomies du Juif à travers le monde. Tantôt la religion des autres occupant la première place dans leur vie et leurs préoccupations, le contraste religieux est primordial : le Juif est exclu et puni surtout comme un adversaire de religion différente. D'autant que, par une conjonction facile à comprendre, le Juif, peu soucieux de sa religion lorsque la religion des autres est aimable, devient dévot parmi les dévots. Tantôt le Juif apparaît comme une minorité nationale : il est alors surtout un étranger, qui parle mal la langue du pays, et en connaît mal les usages. Tantôt il est même ethniquement différent, dans les cas d'une immigration fraîche, et biologiquement contrasté avec le peuple qui l'accueille. Mais, dans tous les cas, à la base du malheur juif, on trouve la même absence. À travers la diversité des existences juives particulières, éparpillées à travers la géographie et les cadres sociaux, elle constitue une des trames fondamentales de l'existence juive. Et il ne me faut guère longtemps pour la reconnaître, la retrouver chez tous mes pareils ; sous toutes les latitudes, j'ai presque toujours retrouvé à peu près les mêmes grimaces et les mêmes déformations, les mêmes blessures, les mêmes peurs et les mêmes fuites. À travers l'ensemble et la diversité des traits négatifs, cette absence des Juifs au monde où ils vivent leur constitue une carte d'identité négative, une véritable *face d'ombre*.

IV

L'héritage

1

Le vouloir-vivre

Je me doute bien maintenant que certains de mes lecteurs s'impatientent : N'y a-t-il donc rien de positif, pas de versant lumineux dans l'existence juive ? L'histoire et la vie du Juif ne sont-elles que ce long malheur, cette incessante persécution, plus ou moins assoupie ? La figure du Juif n'est-elle que ce rictus douloureux qui le distingue des autres ?

Il est temps, en effet, de passer sur l'autre versant, et je répondrai aussi nettement : Quelle que soit l'importance du malheur juif, le Juif ne se réduit nullement à sa face d'ombre. Dans mon histoire personnelle, la positivité fut même longtemps aussi vigoureuse que la négativité. Mes parents continuent encore aujourd'hui à réunir périodiquement toute la famille, agrandie, autour des mêmes tables de Pâque, Pourim ou Roch-Achana ; et je retrouve toujours avec le même plaisir ces atmosphères bénies de mon enfance. La majorité de mes frères et sœurs ont tout de même fait des mariages traditionnels et le judaïsme n'est pas ignoré de mes neveux. J'ai dit aussi dans quelles circonstances j'ai été amené à recevoir une culture juive, que je n'ai pas oubliée. Et ce fut l'un de mes étonnements en venant en Europe d'entendre nier si souvent toute positivité juive.

Pourquoi me suis-je alors étendu si longtemps sur les infirmités et les catastrophes de la vie du Juif, avant d'en arriver à ses espoirs, ses bonheurs et ses chances ? Pourquoi ai-je spontanément commencé par le passif ? Ce n'est pas tellement commode à expliquer et il me faut encore me bousculer moi-même. Je dispose pourtant d'un excellent alibi : racontant surtout ma propre vie, j'ai préféré la dire comme elle me venait aux lèvres. Or, ce qui m'est venu d'abord, ce qui m'a fasciné dans cet effort de remémoration et de remise en ordre, c'est le poids, la généralité, la continuité et la diversité du malheur. Mon étonnement en outre n'avait rien d'original : je me trouvais à peu près constamment en accord avec l'opinion commune, juive et non juive, amie ou ennemie. Que la vie du Juif soit pour le moins difficile à vivre, au fond tout le monde en convient ; même si les difficultés ne sont pas les mêmes pour tout le monde, ni les responsabilités clairement établies. Comme le disait déjà plaisamment Henri Heine : « Le judaïsme ? Ne m'en parlez pas, Monsieur le docteur ; je ne le souhaite pas à mon pire ennemi. Injures et honte, voilà tout ce qu'il rapporte : ce n'est pas une religion, c'est un malheur. »

Je ne suis pas sûr pourtant que ces raisons fussent les meilleures. Je me demande, honnêtement, si je n'ai pas plus de gêne encore à parler des aspects positifs de notre vie. Comme si je dévoilais là quelque fragile nudité collective. Je n'aime pas trop, je m'en aperçois, aborder le chapitre des différences positives : les traditions, les valeurs, la religion, les habitudes collectives proprement juives. Et je ne suis pas le seul : la plupart des Juifs ne parlent jamais d'eux-mêmes que négativement ; souvent ils finissent même par ne se concevoir que négativement : être juif, c'est seulement être victime, c'est une absurde injustice. Il n'y a point là que de l'étourderie ou de la mauvaise foi : de toute manière, la plupart des Juifs aujourd'hui éprouvent moins l'actif que le passif juif, infiniment plus oppressant, plus lourd à porter que la culture ou les traditions juives. D'ailleurs, ce qui se vit, se respire, se remarque moins que ce qui entrave. Même lorsque le Juif est traditionaliste, attaché à ses valeurs et à ses rites, il s'oblige à traiter cette tradition, sa vie de famille, ses relations communautaires comme des affaires strictement privées, dont rien ou le moins d'indices possible ne doit transparaître aux yeux de ses concitoyens non juifs.

Pourquoi cette pudeur ou cet aveuglement, plus ou moins volontaire, cette discrétion obstinée ? Tout cela, je crois, appartient au refus de soi de tout opprimé : à une étape au moins de son itinéraire, tout opprimé se refuse. La négativité est bien assez lourde déjà, assez voyante pour le signaler aux regards. Faut-il insister soi-même sur d'autres traits, qui l'enfonceraient davantage encore dans l'absurdité ? S'efforçant de camoufler sa judéité, le Juif arrive ainsi à ne plus la voir, sinon comme une gêne, une entrave à sa vie d'homme. Le résultat de cette gêne et de cette pauvre habileté est ce curieux accord souvent entre le Juif, ses amis et ses ennemis, dont j'ai déjà dit un mot dans l'Accusation : pour tout le monde, le Juif semble essentiellement une figure négative.

Pour l'ennemi du Juif, ce qu'il croit être le Juif, c'est, *a priori*, une figure du mal, plus ou moins sombre, plus ou moins nocive. Il n'y a qu'une différence de degré entre les remarques soi-disant objectives, modérées d'apparence, de certains, et la haine ouverte, et sanguinaire à l'occasion, des petits fascistes : le malheur du Juif n'est alors que la juste punition d'une mauvaise nature ou d'un comportement vicieux. Les amis du Juif sont mus au contraire par la générosité ou par l'ignorance. Voulant adopter le Juif, ils s'efforcent de le croire pareil à eux et de ne pas voir ce qu'il est par ailleurs. Le plus souvent d'ailleurs ils l'ignorent. Comment le sauraient-ils ? Puisque le Juif se cache autant qu'il peut, ne parle presque jamais de sa judéité et s'efforce même de la réduire. Le non-Juif de bonne volonté, qui ne prête pas au Juif les sombres stigmates d'un être mythique, ne lui reconnaît pas non plus d'autres traits que la souffrance et le malheur entretenus par l'hostilité extérieure. Jean-Paul Sartre, à qui je parlais de son livre *Réflexions sur la question juive*, m'a dit pourquoi il avait cru que le Juif était presque uniquement une négativité : tous ses amis juifs ne lui semblaient juifs en rien d'autre. « Lorsque j'ai tenté, écrit-il, de définir la situation du Juif, je n'ai trouvé que ceci : "Le Juif est un homme que les autres hommes considèrent comme juif et qui a pour obligation de se choisir lui-même à partir de la situation qui lui est faite." Car, ajoute-t-il, il y a des qualités qui nous viennent uniquement des jugements d'autrui. »

Plus tard, a-t-il reconnu, il fut très frappé en

découvrant, à la lecture de certains écrivains juifs, que le Juif existait encore autrement. C'est dans cette perspective, généreuse mais tronquée, qu'il faut situer la conception sartrienne du Juif comme pur regard d'autrui, qui eut tant de succès après la guerre. Conception amicale, désireuse d'aider, de sauver le Juif, mais insuffisante à rendre compte du réel de l'existence juive.

Pour le Juif comme pour ses amis, le refus de la judéité correspond en somme à une mesure de défense. Il s'agit de prêter le moins de surface possible à l'accusation, de rendre le Juif transparent. Le non-Juif de bonne volonté est ainsi victime de ses bons sentiments, tout comme le colonisateur de bonne volonté. Pour sauver le Juif de l'accusation, il le nie; pour ne pas le livrer à ses assaillants, il prétend n'avoir jamais rencontré de Juifs véritables. L'antisémite accuse le Juif de nombreuses machinations et lui prête d'horribles traits. Mais l'examen méthodique de ces traits montre qu'ils sont non spécifiques, contradictoires ou démesurément agrandis. Ce portrait-accusation n'est précisément qu'une accusation : il n'existe que dans la tête de l'antisémite. Loin de nous éclairer sur le Juif, il nous permet d'en inférer la psychologie de l'antisémite. Le Juif est ainsi une création de la sottise et de l'injustice; sa situation particulière devient un pur scandale social et spirituel.

Tout cela est évidemment exact. Mais la démonstration n'est valable que de moitié. Car enfin qu'est-ce que je deviens dans cette aventure? Rien, ou à peu près rien; rien en tant que Juif. En tant qu'homme bien sûr, je suis comme les autres hommes, ni plus ni moins. Lavé de la boue accusatrice, je redeviens du même métal, d'or ou de cuivre, de l'humanité courante. On retrouve au fond, malgré les efforts des philosophies nouvelles, les ambitions nobles mais abstraites de l'humanisme traditionnel. Dans le désir bienveillant de défendre le colonisé, mes collègues professeurs en Tunisie niaient avec âpreté les défauts que lui imputaient les colonialistes. C'était louable ; mais emportés par leur élan et, peut-être, de crainte d'en être troublés à leur tour, ils niaient aussi ses qualités particulières. Le résultat en fut une étrange réaction quelque temps plus tard : lorsque les colonisés commencèrent à s'affirmer, à revendiquer le droit de vivre suivant leurs mœurs et leurs traditions, ils bouleversèrent également leurs naïfs défenseurs, qui souvent se retournèrent contre eux. En fait, aucun homme n'est un morceau d'humanité abstraite. Le Juif est aussi, il est surtout, une foule de qualités particulières, discutables si l'on veut, admirables ou haïssables, positives et aussi négatives. Je ne suis pas bon parce que je suis juif, comme le prolétaire n'est pas vertueux parce que prolétaire.

Si encore de telles précautions sauvaient réellement le Juif ! Mais loin de le rendre homogène aux autres, on accentue ainsi l'absurdité de sa condition : s'il est tellement aérien, tellement semblable aux autres, pourquoi une telle destinée ? Pourquoi irrite-t-elle les autres à ce point ? Loin d'en devenir transparent, il en est plus opaque, plus incompréhensible. Dans *Le Docteur Jivago*, Boris Pasternak ne voit dans la condition juive, malgré quelques notations allusives, qu'une lancinante négativité. Son héros, probablement Pasternak lui-même, est désemparé ; il s'interroge avec désespoir : Pourquoi le Juif continue-t-il à être s'il n'est rien, s'il n'est que négation ? Pourquoi une telle accusation et une telle souffrance attachées à un néant ? Faute de considérer à la fois cette positivité et cette négativité, le Juif n'est plus un homme mais une abstraction. Si la judéité n'est que ce tissu de mensonges et de malentendus, cette pancarte infamante ôtée de son dos, le Juif, en effet, n'est plus rien.

Lorsque le livre de Jean-Paul Sartre parut, je fus assez troublé pour prendre la plume ; je m'efforçai de lui expliquer qu'il se trompait, que c'était insuffisant. Je n'osai pas à l'époque lui envoyer mon texte, mais je me souviens que je terminai à peu près ainsi : « Or, croyez-moi, le Juif existe, la judéité résiste ! » Je ne suis pas seulement cet être accusé, exclu, brimé et limité que j'ai essayé jusqu'ici de décrire. Préoccupé de dévoiler les divers aspects de mon oppression, j'ai conclu que les ténèbres de la vie juive sont aussi importantes que les lumières : le Juif est autant par ce qu'il n'est pas, ai-je dit, que par ce qu'il est. Mais il est temps de rappeler que le Juif est, tout simplement, au sens positif et plein. Je ne suis pas seulement par rapport aux autres et à l'accusation ; je suis susceptible d'une description indépendante des entraves apportées à ma vie. Il est exact que toute mon histoire, toutes mes conduites, se trouvent perturbées, infléchies par ma situation au milieu des autres ; mais elles ne se réduisent pas à ces perturbations et à ces réactions. Au contraire, mes réactions aux autres, le choix que je fais de moi-même, la suite que je continue à donner à ma vie, je les décide en fonction d'autres facteurs, qui dépassent largement cette négativité. Le Juif n'est pas seulement celui que l'on considère comme Juif, ni même celui qui réagit à cette considération. Il possède une autre moitié : il vit une judéité, un judaïsme et une judaïcité positifs. Et dans une large mesure, il accepte et confirme cette judaïcité. Tous les Juifs n'ont pas eu mon expérience de la tradition juive et du ghetto ; chez la plupart de mes amis, elle fut même le plus souvent fugitive, incomplète, mal connue d'eux-mêmes, et partiellement refusée. Mais, enfin, c'est un fait qu'ils sont restés juifs, qu'ils continuent à la vivre directement ou indirectement. Dans une certaine mesure, variable bien entendu, sous des écrans divers, par des détours plus ou moins longs et tortueux, le Juif se reconnaît, s'accepte et se veut juif. J'ajoute enfin qu'il ne peut pas faire autrement que de se reconnaître et, bon gré mal gré, de s'approuver.

Il existe, tout compte fait, *un vouloir-vivre juif* ; compte tenu des doutes, hésitations, impatiences, maquillages et refus. Je le découvre en moi, je le découvre autour de moi, chez les autres individus du corps juif. On peut en discuter, s'en étonner, l'atténuer ou le monter en épingle, il faut d'abord reconnaître le fait : ce peuple s'est obstiné, s'entête à rester vivant dans une étonnante continuité, qui le fait reconnaître par les autres, et se reconnaître lui-même à travers tant de siècles. Je n'introduis là aucune concession à l'effusion historique et mystique : je ne fais qu'enregistrer un constat, somme toute banal, vérifiable pour quiconque, et dont il faut partir avant toute exégèse.

C'est à partir de ce fait que la sentimentalité et l'irrationnel peuvent s'en donner à cœur joie, en effet. Mais il m'est impossible de ne pas noter ce fait : c'est une évidence familière dans toute concentration juive de quelque importance ; c'était une réalité simple, globale, dans laquelle nous baignions en Tunisie. S'il m'est arrivé de la mettre en doute, de chercher à en éprouver la solidité et la simplicité, c'était précisément par un mouvement second.

Je sais aussi que cette affirmation de soi, cette confirmation continuée, provoque souvent chez les non-Juifs, les plus humanistes, les plus universalistes, une espèce de stupéfaction irritée. Il semble tenir de l'aveuglement ou de la bêtise, sinon de l'impudence historique : Eh quoi ! comment le Juif peut-il encore tenir à lui-même ? À cet être si peu désirable, si misérable, maltraité par les hommes et par l'histoire ? En lui proposant de devenir autre que lui-même, en lui permettant de faire partie des autres ne lui fait-on pas un cadeau magnifique ? Comment peut-il hésiter à l'accepter ?

Or les habitants du ghetto, et même les bourgeois installés depuis des générations dans la ville européenne, n'avaient nulle envie de devenir musulmans ou catholiques. Ils voulaient bien, à la rigueur, oublier cette encombrante judéité. Ils la minimisaient, l'adoucissaient, faisaient mine de la traiter avec dédain. Mais de là à devenir autres ! Quelle catastrophe, quel bouleversement, dans ces familles dites évoluées, lorsqu'une de leurs filles, allant au bout de ce mouvement d'assimilation, décidait de se faire baptiser catholique ou protestante ! Il n'y avait qu'à voir aussi l'extraordinaire échec de toutes ces missions chrétiennes en terre d'Afrique, qui tournaient en vain autour des ghettos, ne réussissant qu'à détacher quelques rares adolescents en crise mystique. Pour moi en tout cas, je n'ai jamais eu la tentation d'accepter le fameux cadeau.

Faut-il tenter une explication de ce vouloir-vivre ? Pourquoi cette obstination à vivre, à persévérer en soi ? Peut-être simplement parce que le cadeau est empoisonné ou qu'il est loin d'être aussi gratuit qu'il semble l'être. J'en montrerai le prix une autre fois à propos de la conversion. Est-il avantageux pour le Juif de continuer à vivre ? On peut en débattre ; en tout cas, le Juif vit. On peut essayer toutes les explications possibles de ce fait : donnée métaphysique, complexe socio-historique, ensemble d'attitudes mentales, d'un peuple toujours vivace malgré tant de misères, défense instinctive d'un groupe d'hommes toujours sur le qui-vive, ou hasard historique qui a fait se survivre ce peuple, seul parmi tant d'autres ? le fait demeure.

On a également tenté de le réduire à son contraire : loin de posséder un vouloir-vivre aussi vivace, le Juif serait affligé d'une volonté acharnée à se détruire. Si le Juif s'obstine à vivre, c'est par masochisme, a-t-on dit, pour continuer à cultiver son propre malheur. L'un de mes condisciples de faculté me répétait : « Je n'ai jamais vu de tels bourreaux d'eux-mêmes que mes amis juifs ! » On a même inventé, ces derniers temps, un terme nouveau pour redésigner cette idée ancienne, et même une discipline nouvelle : la victimologie, qui étudierait la victimation. On nous avait expliqué de même que si le colonisé a été colonisé... c'est qu'il était colonisable. C'est en effet d'une belle logique : si le Juif est victime, c'est qu'il était victimable. Mais je veux bien qu'il y ait du masochisme chez la plupart des Juifs.

Il s'agit d'ailleurs, plutôt, de l'appréhension du malheur et non d'un goût particulier de la souffrance. Peut-être aussi d'une espèce de vertige devant la catastrophe toute proche et inévitable. Pour en finir, pour épuiser les angoisses qui précèdent la crise, la victime finit par l'appeler, par la déclencher elle-même, pour la dépasser enfin. J'ai raconté une attente de ce genre, dans un de mes livres, avant un pogrom qui ne se décidait pas à éclater. Mais que l'on me croie sur parole : nous ne nous sommes pas sentis volés parce qu'il ne s'est pas produit ! En tout cas cette résignation devant un sort redoutable, n'exclut nullement le vouloir-vivre. Loin de l'infirmer, il en prouverait au contraire l'existence, par la violence et la vitalité de ses conflits. Loin de se laisser mourir, de s'éteindre par atonie, comme tant d'autres groupes, le Juif continue à vivre même dans des convulsions ; ce qui prouverait, s'il en était besoin, qu'il n'est pas las de vivre, qu'il n'y a jamais renoncé. Je ne nie pas l'anxiété, la souffrance, les névroses tentantes, mais qu'il n'y ait que cela. Ne serait-il pas paradoxal d'ailleurs, qu'atteint d'une telle rage d'autodestruction, le Juif n'ait réussi qu'à se conserver si longtemps ? Ne faut-il pas croire, au contraire, qu'il fut doué d'une volonté peu commune de survivre, pour avoir résisté à de telles fureurs, la sienne et celle des autres ?

Je ne m'acharne pas, on le voit, à découvrir l'exacte genèse de ce vouloir-vivre. Et j'avoue que le problème, quel qu'en soit l'intérêt, ne me paraît pas essentiel ; ni surtout commode à résoudre : nous nous trouvons encore probablement devant un cercle logique. On peut prétendre que ce vouloir-vivre aurait disparu si le Juif n'avait été tant persécuté. Mais l'on peut rétorquer aussitôt : Si le Juif a provoqué tant de rage persécutrice, c'est précisément pour cette vivacité toujours intacte à travers les siècles, toujours renaissante, à cause de sa nuque trop dure à briser définitivement. Je suis convaincu que les deux propositions peuvent aller ensemble : ce vouloir-vivre du Juif, cette ténacité à subsister lui a été forgée par le malheur ; et inversement, cette présence irréductible et provocante attire et perpétue ce malheur. Le plus sage, je crois, est de partir de ce vouloir-vivre comme d'un fait, et d'essayer de le décrire dans ses manifestations diverses, plutôt que de discuter sur sa problématique genèse. D'ailleurs ce vouloir-vivre doit être considéré comme un fait premier et fondamental de toute existence, dans les individus et dans les groupes. Pour parler le langage psychanalytique, l'être arrive à vivre tant que l'instinct de vie l'emporte sur l'instinct de mort. On peut évidemment aller au-delà : pourquoi l'être vit-il au lieu de mourir ? Pourquoi l'instinct de vie l'emporte-t-il, au moins provisoirement, sur l'instinct de mort ? Mais enfin, pour le moment, nous ne savons guère dépasser ces limites.

Reste cette dernière objection, qui resurgit chaque fois que l'on discute de cet inépuisable problème juif : Admettons donc ce vouloir-vivre ; mais pourquoi s'exprime-t-il en un vouloir-vivre juif ? Pourquoi le Juif ne se contente-t-il pas de vivre ? Pourquoi s'accroche-t-il à sa judéité, qu'il contribue ainsi à perpétuer, et qui le perpétue juif et malheureux ?

En vérité je ne sais s'il existe un vouloir-vivre de l'homme en général et un vouloir-vivre de l'homme en particulier. L'homme vivant vit spontanément d'une certaine manière ; s'affirmant, il s'affirme déjà avec ses émotions propres, ses pensées et ses valeurs. L'homme noir, quand il s'affirme, s'affirme en Noir. L'homme juif, s'évertuant à survivre, s'évertue à vivre en Juif. Comme tout le monde, j'ai essayé quelquefois de distinguer en moi entre l'homme et ses particularités, entre l'homme et le Juif en moi. L'opération, loin d'être naturelle, est pour le moins douloureuse. Le fait premier, au contraire, est cette synthèse déjà faite, qui est mon existence, que je trouve en moi et devant moi, déjà tracée et pleine de significations. Et le mouvement premier, et d'ailleurs heureux, est de m'accepter. C'est seulement après que je me mets en question, et que les difficultés commencent. Au fond, je ne peux pas vivre sans une acceptation minimale de ma propre condition. C'est l'attitude contraire qui serait étonnante et paradoxale. Effrayante aussi : dans cette suspicion, cette mise en question corrosive de mon être, je ne peux lâcher complètement ma positivité. Que nous restait-il dans ces ghettos, désemparés, entourés d'un univers hostile, sinon de nous accrocher à nous-mêmes ? Cette obstination était la seule issue, la seule parade à l'anéantissement. Cette positivité, même partielle, ou ignorante d'elle-même, était le seul refuge intérieur contre un total désespoir.

2

La solidarité

Périodiquement, nos journaux communautaires nous soumettaient un débat rituel : Y a-t-il une solidarité juive ? L'hiver dernier encore un journal d'Alger reprenait le même thème ; pour un journal juif, en effet, c'est le type même de l'enquête journalistique alléchante et qui ne rate jamais son but. Il ne s'agit cependant pas d'une simple astuce, la question correspond à l'un des motifs classiques de l'accusation : une étroite solidarité unit les Juifs, affirme toujours l'antisémite ; et cette solidarité augmente leur terrible efficacité contre les non-Juifs. Le sociologue américain Vance Packard confirma la persistance de l'accusation en Amérique et, après cette guerre, le philosophe français Gabriel Marcel faisait dire à l'un de ses personnages juifs : « Les nôtres se tiennent : l'un n'est pas plutôt arrivé à l'échelon supérieur qu'il se retourne vers les camarades pour leur tendre la main... il y a là une contradiction qu'ils ne reconnaîtront jamais. Ils veulent être considérés comme des Français pareils à tous les autres, et en même temps ils se traitent entre eux comme les membres d'une franc-maçonnerie. »

C'est pourquoi le lecteur juif répond généralement avec indignation : Non ! la solidarité juive n'existe pas ! Le journaliste de l'hebdomadaire algérois n'a pas manqué de conclure de même : plein d'amertume, il affirma qu'il n'avait jamais bénéficié de la moindre aide de ses coreligionnaires. Je crois au contraire qu'elle existe bel et bien ; et le plus étonnant aurait été qu'elle n'existât pas. J'ai la chance de connaître ce journaliste qui en faisait le procès. Il gagne sa vie en faisant des tournées de conférences auprès des publics juifs et en écrivant dans des journaux juifs. Qu'appelle-t-il donc solidarité ? Bernard Lazare, l'auteur de la première étude sérieuse sur l'antisémitisme, reconnaît explicitement son existence.

Cela dit, que cette solidarité soit très efficace, ou dirigée contre les non-Juifs, est une autre affaire. J'ai eu l'occasion, ai-je dit, de voir vivre de près, à Tunis, les responsables de notre communauté dans un moment dramatique de notre histoire. Je n'ai vu que de pauvres hommes affolés, ne sachant à qui présenter leurs suppliques. Il n'y eut ni émissaire extraordinaire ni appel à quelque puissance ténébreuse. Rien qu'un abandon terrifié à un sort incompréhensible. La juiverie internationale, la ploutocratie judéo-maçonnique, judéo-bolchevique ou judéo-capitaliste, les fameux *Protocoles des Sages de Sion* ne sont que de sinistres racontars. J'ai cherché depuis, qu'on excuse ma naïveté, s'il n'existait pas quelque organisation cachée, quelque instance suprême des Juifs. Je n'ai rien trouvé. Il n'y a même pas une volonté d'ensemble, centralisée, pour les circonstances graves de notre vie qui auraient exigé une décision unique et forte. Qu'on lise l'histoire des débuts du sionisme : elle révèle une incroyable indifférence, puis une dispersion étonnante des efforts. Les pionniers de la renaissance nationale juive n'obtinrent qu'avec difficulté l'oreille des responsables juifs, qui changèrent d'avis plusieurs fois. Ce que les antisémites écrivent de la solidarité juive relève généralement de la sottise. Dans mon respect d'ancien pauvre et d'oriental pour la Culture et l'Imprimé, il m'a fallu du temps pour me convaincre que des gens qui écrivent, enseignent, puissent être menteurs ou stupides. Et le public qui les écoute, achète leurs livres et leurs journaux, a les maîtres qu'il mérite. Comment la solidarité juive serait-elle si efficace contre les non-Juifs, alors qu'elle est si hésitante, souvent si dérisoire en faveur des Juifs eux-mêmes ?

Mais elle existe ! Sa nécessaire existence s'éclaire si l'on se place dans la perspective de ce vouloir-vivre juif. Comme toujours, il faut ici faire la part de ce qui se trouve réellement à la base de l'accusation et du délire qui se développe à partir de ce réel. La solidarité juive est bien plus banale et plus intelligible que la sombre machination du Juif mythique : la solidarité juive existe parce que le Juif existe. Elle est l'un des attributs, à la fois négatif et positif, réactionnel et permanent, du groupe juif, dans la mesure où il existe comme groupe. Elle est une des manifestations de l'existence du Juif parmi les non-Juifs.

Devant les Juifs noirs d'Éthiopie, les Fallachas, ou devant les mystiques d'Europe centrale, les Naturei-Karta, j'ai d'abord éprouvé du dépaysement. Je ne me reconnaissais ni dans ces papillotes et ce fanatisme, ni dans cette primitivité biblique. Je n'ai d'abord vu que des hommes étranges, sans reconnaître des Juifs. Et pourtant, cette première impression passée, même devant ces Juifs si différents des miens, j'ai découvert en moi un autre sentiment : une certaine complicité : l'intuition d'une certaine similitude de destin, décalée dans le temps, vécue différemment, mais dont plusieurs points de repères fondamentaux restaient les mêmes. D'abord, bien sûr, la communauté des risques. Dans l'isolement, l'extraordinaire vulnérabilité de ces familles juives que j'ai rencontrées dans le sud algérien, je ne pouvais m'empêcher de retrouver ma propre condition, poussée à sa limite d'homme désarmé au milieu d'un monde à l'hostilité imprévisible. Leurs relations avec leurs voisins n'étaient pas forcément mauvaises, mais la vie de ces quatre ou cinq familles juives perdues au milieu d'une agglomération musulmane, aux portes du désert, dépendait si parfaitement de la volonté, de l'humeur du voisinage, que j'en éprouvais pour elles une angoisse connue. Elles figuraient en un condensé saisissant toute la condition juive. Quelle que soit la distance qui me sépare de telle partie de la judaïcité dans le monde, je sais que nous vivons une aventure similaire. Ce qui les touche, ce qui les atteint, risque un jour de me toucher et de m'atteindre. Ils doivent avoir les mêmes appréhensions et les mêmes attentes, les mêmes exorcismes et les mêmes parades.

Et souvent il ne s'agit pas seulement d'un destin potentiel, mais d'une véritable communauté actuelle à travers la géographie. Le même microbe de la peste ou de la grippe peut traverser les frontières : les tracts imprimés en Belgique viennent réchauffer la haine des antisémites français. L'espoir d'un prochain fascisme en France encourage les fascistes italiens et l'inverse. De sorte que lorsque l'on persécute des Juifs quelque part dans le monde, je dois trembler : rien ne dit que le réveil de la maladie en Belgique ou en Allemagne ne sera pas une épidémie, qui finira par m'atteindre à mon tour. Qu'on ne me dise pas que tous les hommes sont ainsi solidaires devant la maladie et la mort : le microbe est ici sélectif, il frappe surtout les plus fragiles.

Cette solidarité dans le malheur, surtout négative, n'est encore, je le sais bien, que l'expression de la négativité et de la malfortune juive. Je sympathisais avec les Juifs du Mzab saharien ou ceux de Djerba, d'abord parce que nous avions conscience d'une même vulnérabilité fondamentale, des mêmes risques et des mêmes peurs. Mais nos relations ne s'arrêtaient pas à cet empressement touchant et curieux, qu'ils avaient pour moi aussitôt qu'ils m'avaient reconnu, à cette complicité qu'ils forgeaient aussitôt avec moi, au milieu de tout l'entourage musulman, aux clins d'œil joyeux des hommes et aux rires étouffés des femmes. Ils tenaient à me faire visiter leur vieille synagogue, et si je me laissais faire sans trop de résistance ils m'emmenaient chez eux. Là ils me montraient le nom de Dieu sur leurs portes, et leurs gros et très vieux livres d'hébreu ; et si nous étions en période de fête, ce qui était fréquent pendant ces voyages, ils me faisaient assister à la cérémonie ; où d'un seul coup je retrouvais, par-delà le Mzab et le désert, les vêtements arabes et les inflexions particulières de leur langue, notre fond commun. Et pendant le repas, nous parlions du Talmud et d'Israël : ils me citaient des proverbes hébreux que je comprenais mal, des rabbins fameux que je connaissais vaguement ; puis ils me questionnaient sur l'Israël moderne : Avais-je été en *Eretz-Israël*, sur la terre bénie de notre peuple ? Ah ! j'avais de la chance ! C'est sûrement un pays merveilleux : la Bible le répète si souvent ! Était-il vrai que... ? Nous avions ainsi un passé commun, qu'ils vivaient plus intensément que moi ; et je pouvais les renseigner sur un avenir commun possible. La solidarité juive est négative et positive à la fois : positive, parce qu'elle est fondée sur l'existence et la réalité de la condition juive ; elle-même toujours positive par quelque côté, même ignorante ou insouciante d'elle-même.

Mais ce n'est pas tout : elle ne s'épuise pas encore dans cette positivité passive, elle contient davantage. Elle ne se borne pas à la découverte des autres Juifs ; au réveil d'une complicité plus ou moins émue, à l'approbation plus ou moins vigoureuse de la judéité : la plupart du temps elle *agit*. Et dans cette action elle n'est pas seulement une réaction de défense à un destin négatif, elle est aussi son envers positif, une donnée rassurante, adjuvante de la vie du Juif.

Face à l'hostilité ouverte ou larvée des autres, je suis d'abord conduit à tenter de les désarmer. Je peux multiplier les grimaces et les protestations ; je peux, plus rarement, essayer de la menace et de la fermeté. Tous ces exercices sont en tout cas peu naturels et épuisants. En admettant d'ailleurs qu'ils soient efficaces. Comment ne penserais-je pas à me soustraire, le plus souvent possible, à des relations si éprouvantes ? Voilà qui explique, mieux que je ne sais quel calcul mystérieux, pourquoi les Juifs se groupent si souvent. La réaction la plus naturelle, la plus économique, n'est-elle pas de « se retrouver entre Juifs » ? « entre nous » ? De vivre l'essentiel de ses heures de détente, ou même de travail, en milieu juif ? Ou en majorité juive, ce qui revient au même, puisque l'hostilité y devient impossible ? À l'école primaire, au lycée, nous avions de préférence des camarades juifs. Les cloisons ne sont heureusement pas étanches, mais en gros les jeunes Juifs vont ensemble. Je l'ai vérifié maintes fois plus tard ; un salon de bourgeois juifs, même les plus éclairés, les plus « progressistes », est à large majorité juive. Ce n'est pas intentionnel, bien sûr, mais cela est d'une remarquable fréquence. En Tunisie, c'était plus simple encore : chaque groupe vivait sur lui-même, avec quelques invités d'honneur ; même les rassemblements volontaires, politiques, sociaux ou culturels avaient une note dominante. Le milieu communiste se targuait d'être le plus ouvert, ce qui était vrai : mais il était également à dominante juive.

De là à crier au machiavélisme, au complot permanent : que se passe-t-il dans ces réunions ? Et pourquoi de tels rassemblements ? N'est-ce pas une espèce de franc-maçonnerie, comme l'écrivait sans indulgence le philosophe bon chrétien et demi-juif Gabriel Marcel ? On ne manque jamais, et avec quel triomphe ! de faire l'inventaire des collaborateurs de chaque ministre juif, ou des Juifs importants du monde des affaires. Le résultat n'est pas toujours satisfaisant et beaucoup de

Juifs apportent une grande attention à refuser rageusement toute solidarité. J'ai vu des professeurs de Faculté juifs écarter soigneusement tout collaborateur juif. Mais leurs efforts mêmes sont significatifs : ils veulent prévenir l'accusation. Ils refusent cette solidarité précisément parce que les Juifs l'attendent d'eux et que les non-Juifs les en soupçonnent. Au fond, ils pratiquent une solidarité à l'envers. Inutile d'ajouter combien je trouve cette attitude pour le moins peu glorieuse.

La seule attitude normale, la plus saine, serait de coopter quiconque, parmi les proches, posséderait la qualité requise. Le résultat automatique, le plus spontané, serait de s'entourer de collaborateurs de son propre bord. Je ne dis pas que ce soit le plus juste, ni le plus souhaitable. Mais il n'y a là ni comportement insolite, ni intention arrêtée de nuire aux autres. C'est le contraire, je crois, qui supposerait une ligne de conduite volontaire. J'ai essayé de le montrer à propos de l'économie : il s'agit d'abord d'une concentration quasi mécanique et sans intention concertée, en tout cas non dirigée contre qui que ce soit. Un administrateur, un homme politique qui a besoin d'un collaborateur cherche spontanément autour de lui. Il se voit naturellement recommander des jeunes gens qu'il connaît, qui l'approchent déjà. Statistiquement, par l'effet de la probabilité, il se trouvera engager des gens de son milieu, de ses propres relations. C'est tout le problème du népotisme, qui n'est nullement spécifique aux Juifs. Qui ne sait le nombre de gendres et de neveux, pour ne pas parler des fils, qui doivent leur carrière à leur naissance ou à leurs alliances ? Pourquoi les Juifs doivent-ils, seuls entre tous, écarter les leurs ?

L'un de mes amis m'en a confirmé très simplement le mécanisme : « Un de mes jeunes frères, me raconte-t-il, arrive à Paris. Puis-je l'aider à trouver du travail ? Je pense aussitôt à mon oncle qui tient un magasin de tissus, rue de Cléry. Mais en même temps ma langue se noue, je ne dis rien au gosse. Lui non plus d'ailleurs, bien que je sois sûr qu'il ait aussi pensé à l'oncle. Je lui donne de vagues conseils abstraits : "Tu devrais essayer ceci ou cela", etc. Le temps passe, et, bien entendu, le gosse ne trouve rien de convenable. Il découvre un petit job, qui tarit de lui-même au bout de quelques jours ; il essaie de placer je ne sais quel truc invendable... Enfin, il revient me voir, amaigri, col roulé et mal rasé... Alors, zut ! je l'envoie chez l'oncle. »

Faut-il aller plus loin ? Le terrain devient plus mouvant encore. Y a-t-il quelquefois un essai d'intervention active, sur le plan politique par exemple ? On parle de temps en temps d'une pression des Juifs américains sur la politique américaine ou d'une démarche du Consistoire des Juifs français. Il n'existe pas, ai-je dit, de politique proprement juive ; ces interventions, lorsqu'elles se produisent, sont timides et hésitantes, timorées. Il arrive qu'elles soient contradictoires ou même nocives ; le principal adversaire des Juifs à la conférence de la paix en 1918, qui devait décider du sort du futur État juif, fut... un Juif, Sylvain Levi, éminent orientaliste et représentant de la bourgeoisie juive française. Les plus acharnés contre les intérêts globaux des groupes juifs sont souvent des Juifs communistes.

Pourquoi les Juifs n'essaieraient-ils pas de se défendre un tant soit peu en tant que Juifs ? Pourquoi un groupe d'hommes, vivant à sa manière particulière (et pourquoi ne vivrait-il pas à sa manière particulière, puisqu'il existe, puisqu'il est différent et qu'il est ainsi considéré ?), pourquoi ce groupe d'hommes ne réagirait-il pas à sa manière pour assurer sa vie ? La vérité est qu'on a tellement pris l'habitude de voir le Juif ne pas se défendre que cette résistance à peine organisée prend une allure de scandale et de provocation. Loin de m'excuser, je suis humilié que nous n'ayons pas pu rendre les coups ; que nous ne puissions pas les rendre encore dans la plupart des cas. Comment le philosophe Gabriel Marcel, chrétien et membre de la formidable organisation qu'est l'Église catholique, peut-il parler de franc-maçonnerie devant les efforts dérisoires des Juifs ?

Je veux dire enfin que tout groupe vivant est solidaire. La solidarité juive est d'abord un cas particulier de la solidarité des opprimés, une réaction de défense d'un groupe particulièrement vulnérable. À ce titre, la cooptation, l'entraide, l'intervention active ne sont pas particulières aux Juifs. On les trouve fréquemment décrites, par exemple, dans les œuvres des romanciers noirs. Certains passages de *La Reine des Pommes*, le roman de l'Américain Chester Himes, m'ont rappelé d'une manière saisissante des souvenirs de la Médina de Tunis : cette charrette qui s'offre à point pour sauver le héros ; cette complicité des Noirs contre la police blanche. Contre cela l'oppresseur ne peut rien : car cette solidarité c'est lui qui la suscite, il est mal venu de s'indigner devant une riposte à sa propre agression.

Mais la solidarité dépasse le cas des oppressions affirmées. C'est aussi la manière de se défendre de tous les isolés, de tous les minoritaires contre l'isolement. Une manière de se rassurer et de se confirmer en face du nombre, de l'argent, de la puissance politique, ou simplement d'une géographie hostile. J'ai découvert l'autre jour avec amusement que tel éditeur parisien, mais Suisse et protestant, était essentiellement entouré d'employés suisses ou protestants. Il ne les payait pas plus que la norme, et ils ne travaillaient pas davantage ; mais ils se sentaient tous plus à l'aise, patron et employés, de travailler ensemble. La solidarité corse était célèbre en Tunisie, et je connais bien une dizaine d'histoires dont elle a fourni le thème. Les journaux alsaciens relatent soigneusement tous les accidents où les Alsaciens ont trouvé la mort. Il est amusant de noter d'ailleurs que ceux-là même qui nient la solidarité juive sont prêts à proclamer l'existence d'une solidarité universelle. C'est elle qui fait le prix extraordinaire d'une parole, d'une présence humaine, dans la solitude menaçante du désert. Nous eûmes un soir, ma femme et moi, une réception étonnante, dans une petite ville de Sicile, où nous arrivâmes dans la nuit. Et la petite et pauvre citadelle perdue dans la montagne nous parut un havre inespéré de chaleur et de fraternité humaine, qui nous sauvait de la froide angoisse nocturne. Les Siciliens de la petite ville de montagne, qui votaient communistes, avaient cru, à cause de mon nom, que j'étais un écrivain italien de Tunisie, et un écrivain de gauche par surcroît. Je suis persuadé, sans le déplorer, que la solidarité universelle est une extension d'un sentiment plus simple et plus humble : l'attirance du semblable par le semblable.

D'une manière générale enfin, il s'agit d'établir ou de rétablir une communication avec les autres hommes. Or la communication du Juif avec les autres est trop souvent difficile ou menacée, ou simplement méfiante. J'ai dirigé pendant quelques années, en Tunisie, un centre de conseils psychopédagogique. Nos collaborateurs non tunisiens, ni juifs, ni musulmans, apportaient bien sûr à notre tâche commune le même dévouement et le même enthousiasme. Mais je voyais bien que manifestement cela ne suffisait pas toujours. Avec quel espoir les consultants juifs ou musulmans me demandaient : « Vous êtes juif ? Vous êtes tunisien ? Vous parlez notre langue ? » Espéraient-ils de moi une aide supplémentaire ? Oui, certainement. Car la solidarité est active. Elle est d'abord *reconnaissance*. Le consultant est perdu, anonyme, dans un cadre nouveau, dans une situation pénible. Voilà qu'il reconnaît quelqu'un et qu'il est reconnu par lui : c'est l'un des siens, qui va le comprendre, auprès de qui il va pouvoir s'expliquer. La communication rétablie, il est rappelé à l'existence humaine et se remet à exister comme interlocuteur privilégié. Ce phénomène, je le répète, n'est même pas spécifiquement juif. Le docteur Leguillant, médecin-chef des hôpitaux psychiatriques de Paris, mais aussi Breton, m'a raconté comment les malades d'origine bretonne se transformaient lorsqu'ils apprenaient que leur médecin était du même pays. Leurs yeux s'éclairaient, m'a-t-il dit, et ils se mettaient enfin à parler... breton. Je crois simplement que cette reconnaissance est d'autant plus forte que l'existence est plus restreinte, mise en question. C'est pourquoi la solidarité est plus forte chez les Juifs que chez les non-Juifs, plus forte chez les ouvriers que chez les bourgeois.

Et j'ajoute qu'il ne suffisait pas à mes consultants juifs ou musulmans d'être traités comme des hommes en général, c'est-à-dire comme des hommes abstraits : il leur fallait être reconnus dans leurs particularités concrètes. Alors seulement ils étaient confirmés, ils se dépliaient suivant toutes leurs dimensions. Ils pouvaient faire allusion, par références rapides mais sûres, à leur passé, leur culture, à tout ce qu'ils étaient, ils pouvaient parler leur langue maternelle, ils savaient qu'ils seraient compris, suivis : ils pouvaient laisser de côté toute pudeur paralysante, ils savaient d'avance qu'ils ne rencontreraient ni malveillance ni ironie, puisque nous étions de connivence, puisque cette langue, ce passé, cette culture étaient également les miens. Les mots Talmud, Bible, Moïse, Ghetto, Kippour, n'ont pas le même poids, dans ma bouche, ni la même saveur lorsque je les prononce devant un Juif, ou un non-Juif. Aussi bien je ne les utilise pas de la même manière : on ne lance pas une balle avec la même inclinaison, la même force, devant un mur, en l'air ou dans l'eau. La solidarité juive permet aux Juifs, au milieu d'un monde trop souvent étouffant, restrictif, ce déliement de soi, cette résonance. Souvent, il est vrai, on peut lancer les signaux sans obtenir la réponse ; la communication ne s'établit pas, parce que l'interlocuteur juif s'y refuse. Mieux : l'appel peut le gêner, l'agacer, pour des raisons simples : le rappel de la judéité peut provoquer le refus de soi qui sommeille en tout Juif. Je me souviens d'avoir été sèchement et fermement éconduit par un professeur juif à la Sorbonne, dont on m'avait dit à tort qu'il ne se niait pas comme Juif. Je ne lui demandais rien, sinon de m'écouter un moment parler de mon dépaysement dans un monde trop nouveau pour moi. Mais j'étais son étudiant et c'était déjà trop : cette conversation aurait établi entre nous une légère complicité dont il ne voulait pas. Et je reconnais maintenant que je l'attendais vaguement. La solidarité est en effet attente et complicité ; attente plus ou moins satisfaite, plus ou moins déçue.

C'est pourquoi, enfin, elle prend l'allure d'un *devoir* concret, et dont on attend la *réalisation*. Malgré des périodes de détachement, d'impatience ou même de refus, je me suis presque toujours senti activement responsable des autres Juifs. Je peux, bien entendu, refuser cette responsabilité et ne pas accepter les devoirs qui en découlent. C'est ce que font de nombreux Juifs. J'avoue pour moi que je ne puis ne pas me sentir coupable de ce qui peut leur arriver. C'est que la solidarité correspond à une exigence et à un besoin. Exigence négative et positive : « Comment peux-tu faire cela à un Juif ? » est une expression courante chez le petit peuple. Les Juifs qui nient l'existence d'une solidarité juive y apportent le plus souvent une telle rage, montrent un tel dépit à propos de ce constat de carence qu'ils prouvent au contraire, bien malgré eux, qu'ils la supposaient et l'auraient trouvée naturelle. On se plaint que les organisations juives n'aient pas fait ceci ou cela, qu'elles n'aient pas fait assez : ce qui sous-entend bien qu'elles *devaient* le faire. Lorsqu'on a reproché aux Juifs français de ne pas avoir suffisamment aidé les réfugiés allemands, ou polonais, on admettait implicitement qu'ils l'auraient dû.

Et pourquoi ne pas le dire enfin ? Ce devoir est largement et concrètement respecté dans la plupart des judaïcités. On peut en médire et la trouver insuffisante ; proposer une réorganisation des communautés et de l'ordre social juif ; mais l'entraide communautaire juive est l'une des plus remarquables du monde. À l'intérieur d'une communauté, il n'y a pas de Juifs qui meurent de faim. Le Juif n'est jamais complètement abandonné par la communauté à laquelle il appartient ; même souvent par les communautés auxquelles accidentellement il s'agrège. Faut-il encore, évidemment, qu'il se présente comme Juif ! c'est-à-dire simplement qu'il reconnaisse les autres Juifs afin d'être reconnu par eux. Lorsque j'arrivais à Alger pour y commencer mes études, je ne possédais plus rien au terme de mon voyage. Je ne fus sauvé d'une sinistre aventure, que je raconterai une autre fois, que grâce aux Juifs de cette ville. Je m'étais adressé auparavant à un prêtre catholique, à qui l'on m'avait recommandé pour un petit travail. La pitoyable comédie qu'il me joua, ses espérances et le prix que je devais payer pour cette aide étaient si transparents, que je devais m'exécuter ou le tromper ; ce qui parut également impossible à l'intransigeance de mes dix-neuf ans. Les Juifs n'exigèrent rien en échange. Frappant à leur porte, automatiquement, je me présentai donc comme Juif et leur rappelai qu'ils l'étaient. Non seulement je n'avais pas besoin de grimaces supplémentaires, mais il suffisait au contraire que je demeure tel qu'ils me supposaient. Du même coup je confirmais leur existence, nos relations et leurs devoirs à mon égard.

3

L'héritage

Je crains d'avoir trop insisté sur l'aspect volontaire de la solidarité; et le mot de vouloir-vivre est au fond assez équivoque. Je me souviens d'une période où je répétais avec morgue, moi aussi, à qui voulait l'entendre : « Être juif, c'est un choix ! » Je sous-entendais par là : « Admirez mon courage : contre vents et marées, et sans y être tenu, j'ai décidé d'être juif ! » Comme la plupart des jeunes animaux, j'ai longtemps cru que je disposais au départ d'une immense et merveilleuse liberté. Lorsque je découvris que la condition juive était plus contraignante, je commençai par me cabrer. J'hésitais entre une révolte systématique et une revendication passionnée : je balançais entre ne pas être juif du tout ou l'être jusqu'à l'insolence et la provocation. De sorte que je conservais tout de même le beau rôle et apparemment ma liberté.

Or, tout cela était passablement faux, cet orgueil puéril reposait sur une erreur d'optique. Ni le vouloir-vivre, ni la solidarité, ni l'appartenance à la judaïcité ne sont tellement les effets d'une libre décision. On n'est pas juif parce que l'on décide de l'être ; on se découvre Juif, puis l'on y consent ou l'on s'y refuse... sans cesser de l'être. Certes, on l'est d'une manière différente suivant le refus ou l'approbation, mais on le reste dans tous les cas. J'ai découvert depuis qu'avant ces décisions passionnées, et à tort et à travers, il s'agissait surtout de faire un inventaire de ce que j'étais véritablement : c'est-à-dire également par rapport au monde et aux autres Juifs. Après seulement, ayant admis l'essentiel, pesé mes dispositions intérieures, reconnu mes devoirs envers les miens et les autres, je pourrais peut-être me forger une paix mesurée sinon définitive.

Or, il est clair que l'on se sent toujours finalement solidaire des siens, même s'ils vous repoussent, même s'ils vous agacent. Je me suis aperçu avec étonnement que j'étais heureux, lorsque je me trouvais dans une ville étrangère, de rencontrer d'autres Juifs. Cela me rassure, je suppose, me rend la ville plus familière. La plupart des Juifs confessent cette expérience plus ou moins tardive, ce sentiment évident, plus ou moins avoué, de leurs liens solides avec les autres Juifs ; et pas seulement lorsqu'ils sont dans le malheur. Mais ce n'est pas assez. À présenter ainsi la solidarité ou le vouloir-vivre comme des expériences intérieures, des débats de conscience, aussi lancinants soient-ils, je risque de ne pas montrer assez qu'ils ont des faces objectives. Même lorsqu'on insiste sur l'aspect réactionnel de la solidarité ou du vouloir-vivre, on ne peut nier cette objectivité et cette extériorité. L'opprimé est solidaire par réaction contre l'oppression, certes, mais enfin il trouve positivement à son service, au moment crucial, l'aide des autres opprimés, la cachette dans la casbah, le coup de main des autres prolétaires. Il découvre enfin un fait *collectif*, qui le sert et le dépasse, auquel un autre jour il contribue à son tour, alimentant ainsi le grand geste commun. Je dirais presque que les aspects subjectifs de la judéité sont finalement les moins contraignants. Dans une certaine mesure je peux décider de rester à l'écart de la vie de la communauté, je peux arriver à me débarrasser de toute responsabilité à son égard. Il reste que la communauté de la ville où j'habite, la judaïcité tout entière, se proposent tout de même à moi, s'imposent à moi, comme des faits extérieurs et objectifs. Je puis les confirmer ou les nier ; ce n'est pas mon aveuglement et ma surdité volontaire qui leur ôteront l'existence, ou qui supprimeront les problèmes réels, objectifs et menaçants que rencontre toute vie juive dans le monde, la mienne y comprise.

En fait, plus j'ai avancé dans cet inventaire de ma judéité, plus j'en ai vérifié la résistance, la souple insistance. Les problèmes de reconnaissance, d'approbation ou de désapprobation, des miens et de moi-même, m'ont certes beaucoup occupé, comme la plupart des jeunes Juifs. C'est l'un des traits de notre problématique. Mais tant de passion s'inscrivait évidemment sur une solide existence. Je puis constamment me reconnaître ou feindre de m'oublier, chercher à me développer en tant que Juif, ou à émousser mes particularités. Mais d'une certaine manière je suis déjà hors de moi-même ; d'une certaine manière, le Juif est avant le Juif. *La judéité est d'abord un ensemble de faits, de conduites, d'institutions que je rencontre en moi, mais surtout hors de moi*, tout le long de ma vie. Avant d'être l'objet de mon choix, d'une décision de ma volonté, ce sont en bref des *faits sociaux*. Leur confirmation ou leur mise en question, aussi importantes soient-elles, sont des démarches supplémentaires.

Je dois ajouter que la méconnaissance de ce fait, ou son oubli étourdi, sont caractéristiques seulement des Juifs occidentaux, et plus précisément de leurs bourgeoisies. L'anonymat et la dispersion des grandes villes européennes en sont peut-être également responsables. Dans toute concentration juive de quelque importance, on vérifie au contraire la persistance, au moins formelle, de la tradition, des valeurs et des institutions juives, même discutées, méprisées par les Juifs eux-mêmes. J'arrive d'un pays où les rabbins pouvaient encore faire mettre un Juif en prison ! Ils n'auraient certes plus osé intervenir dans un litige où les deux parties ne seraient pas d'accord sur l'arbitrage ; mais il existait suffisamment d'habitants du ghetto qui demandaient cet arbitrage pour occuper un tribunal rabbinique complet. La vie de famille et sa solidarité organique, la religion et la synagogue, la communauté et son cortège de pauvres, les étapes rituelles qui jalonnent la vie d'un Juif quelconque : la circoncision, la Bar-Mitzva (première communion), le mariage religieux, la mort et le cimetière séparé, auraient rendu risible une mise en doute à l'européenne de la positivité juive. Notre passif était certes terriblement accusé. Notre vie se déroulait dans d'étroites limites, nous ne participions guère à la conduite des affaires communes à la cité, nous n'étions même pas des citoyens au regard de la loi. Mais, après tout, fort peu de gens l'étaient, et cela ne nous paraissait pas tellement cruel, parce que nous vivions précisément resserrés sur nous-mêmes. Cette chaleur, cette présence collective, sans que nous nous en rendions compte, nous tenaient lieu d'univers complet. Je ne l'ai pleinement compris que plus tard, il est vrai, lorsque j'ai découvert la négativité mal compensée des Juifs d'Europe, et mon étonnante nostalgie de la Communauté perdue, qui nous faisait à tous une espèce d'âme commune.

Je connais l'objection immédiate de certains de mes amis : « Non pas moi ! » « Nous ne fêtions pas beaucoup chez mes parents... » L'un ajoute : « Tenez je ne suis même pas marié religieusement ! » ; l'autre ajoute, comble d'audace : « Je n'ai pas fait circoncire mon fils ! » Car c'est une grande audace : leurs voix, leurs yeux le proclament au moment où ils l'annoncent avec tant de fierté, démentant ainsi leur assurance, et démontrant malgré eux la vitalité de ces rites. Mais je demande alors à celui qui n'a pas fait de mariage religieux : « Mais avez-vous fait circoncire votre fils ? » Et à celui qui n'a pas fait circoncire son fils : « Mais avez-vous fait un mariage religieux ? » Or, les réponses se trouvent généralement : « Oui, oui. » Que de fois bavardant avec un révolutionnaire juif, un communiste par exemple, qui semble libre de toutes attaches juives et de toutes préoccupations du destin juif, ou mieux encore qui combat âprement toute considération séparée de la condition juive, je découvre au bout de quelques phrases qu'il eut un passé juif. Il a reçu une éducation religieuse, il a d'abord fait partie d'un groupement de jeunesse, il a été sioniste, etc. Du coup cette absence apparente de judéité positive se révèle tardive, volontaire et tactique. Le plus souvent l'observateur est trompé par une prise de position politique, finalement superficielle.

Et puis il faudrait ici quitter le plan individuel, ou du moins le dépasser. Nous restons trop en ces questions les héritiers de l'individualisme philosophique, qui ne traduit guère la réalité humaine courante. Je peux, moi, faire ou ne pas faire un mariage religieux, il reste que mes frères et sœurs ont obéi aux rites, ainsi que mes cousins et la majorité de mes amis. Je décide de faire ou de ne pas faire circoncire mon fils, mais mes neveux le sont presque tous. Je ne fête plus la Pâque, mais je suis invité tous les ans avec insistance à la fêter chez mes parents. Ma mère ne manque jamais de m'aviser à l'approche de toutes les solennités familiales. Tous les ans je vais embrasser mon père et ma mère à la fin du jeûne de Kippour, où je n'ai pas jeûné, ce qui ne les empêche pas de m'offrir le premier verre de citronnade, qui doit rompre le jeûne, et que j'accepte maintenant en souriant. Au Juif qui nie la positivité juive on peut reprocher un excès d'orgueil ; elle ne repose pas sur lui, c'est lui qui repose sur elle. Aurait-il tout refusé, tout mis en doute, croirait-il pouvoir se passer parfaitement des habitudes collectives des siens, il serait bien impuissant à changer tout ce monde qui l'entoure, et où il a sa place, ce réseau de parentés, d'alliances, de relations, cette trame de significations traditionnelles, culturelles, historiques qu'il croit pouvoir nier, mais qui le porte et lui donne sa réelle physionomie.

Car, enfin, il n'est pas égal d'avoir eu une longue histoire, une riche tradition culturelle, et de n'en avoir pas eu. Juif, je suis l'héritier d'une tradition et d'une culture considérables. Les traditionalistes ont raison de parler d'un « Legs d'Israël » : Juifs, nous sommes de riches héritiers.

Je peux ne pas reconnaître l'étendue des terres de l'héritage, le nombre de chevaux, la géographie et l'importance des puits ; l'envahisseur en a souvent piétiné les frontières, emmené du bétail, arraché des arbres. Mais je sais que l'héritage est grand et presque inépuisable ; et surtout qu'il est là, à portée de ma main. Cela ne m'a pas empêché, et fort souvent, de me révolter contre la tutelle de la tribu, d'ironiser sur les paroles des Anciens ; dirai-je même que c'est la meilleure manière, à mon gré, de vivre une culture ? L'autre, la soumission scrupuleuse et obsédée du détail, est une manière d'embaumeur. Mais discutant l'enseignement de mes pères, me débattant contre l'étonnante parole écrite et orale, je m'en nourris tout de même. Je peux même refuser complètement la richesse des miens, en faire don, démonter cet enseignement pièce par pièce, l'exorciser de tout faux prestige. Éclairé, rationalisé, humanisé, remis à sa place dans la perspective de toute la culture du monde, il occupe encore un volume considérable. Et il est toujours mien en quelque façon, puisque au moins il le fut : « Il est toujours sur moi », comme l'on disait au ghetto. Il n'est pas égal d'être pauvre après avoir été riche, ou de n'avoir jamais connu la richesse. Je suis un ancien riche : il n'est pas vrai que cela s'oublie.

Il n'est même pas sûr que je le veuille sérieusement ! Si les miens n'avaient eu tant de malheurs, pourquoi aurais-je cherché à oublier qui je suis, si riche d'une si vieille richesse ? Et lorsque, dans un mouvement d'orgueil, je veux revenir à moi, souvent instinctivement, je me retourne vers l'héritage : Eh quoi, me dis-je, il est tout de même fabuleux ! Aussitôt après, je me dépêche, il est vrai, de me moquer de moi-même, de ce réflexe de propriétaire et de fils prodigue, tenté de rentrer au bercail, de retrouver la bénédiction du père et les avantages de la vie commune. Mais je peux ironiser sur les détails, au fond, cela ne me fait pas tant rire de faire partie du «Peuple du Livre», comme ils disent tous, les miens et les autres, d'accord là-dessus. Et dans les moments de détresse également, pourquoi ne pas l'avouer ? je sais qu'il me reste au moins cela : cette culture et cette tradition, cet extraordinaire refuge séculaire de tous les Juifs, toujours solide malgré tant de tempêtes, d'autant plus solide qu'il fut inlassablement consolidé par eux-mêmes contre ces tempêtes. Étonnamment habitable encore, précisément parce qu'il fut façonné par eux le long des siècles : de leurs propres os accumulés, brûlés et broyés par l'histoire ; par l'ingéniosité de leur propre esprit toujours en éveil. Mon oncle Khaïlou, pauvre artisan en fils de soie, a réuni ses amis tous les samedis sans exception de sa longue vie. Penchés sur leurs gros livres, depuis le café de midi jusqu'à la première étoile, avec une certitude merveilleuse, ils y cherchaient la réponse à tous les problèmes : les plus quotidiens et les plus métaphysiques, les leurs et ceux de leurs familles, ceux de la communauté et du monde. Ils discutaient, serrant ligne après ligne, mot après mot, et si le texte ne semblait pas livrer toute la réponse nécessaire, ils y ajoutaient leurs commentaires, de sorte qu'ils le faisaient continuer à vivre de leur propre vie. « En exil, note David Ben Gourion, président du Conseil israélien, nous avons continué à vivre par le cœur et par l'esprit, à l'intérieur de notre héritage biblique. » Je laisse de côté, pour le moment du moins, l'examen philosophique de ces valeurs juives ; celui de leur compatibilité avec le monde que nous vivons. Mais il me faut noter que le problème déborde celui d'une mise au point idéologique. Au niveau de l'expérience vécue, quotidienne, une tradition culturelle n'est pas seulement une culture au sens livresque, un enchaînement d'idées, un système cohérent de vérités, que l'on pourrait rejeter, après avoir démontré qu'il contenait aussi de graves erreurs, des préjugés et même des mensonges. Une tradition est aussi une somme de manières de vivre, d'attitudes mentales, de richesses confuses, où voisinent le meilleur, le médiocre et le pire, le merveilleux et le clinquant, de solides vérités et de vulgaires scories, le tout si bien fondu, digéré et incorporé qu'il constitue une manière d'être collectif, et qui est transmis par l'héritage précisément. On doit essayer bien sûr d'y porter l'analyse et j'ai proposé ailleurs de distinguer dans l'héritage entre des *valeurs-refuges* et des *institutions de défense*. J'entendais par ces mots toute cette machine idéologico-sociale lentement construite par le vouloir-vivre de l'opprimé pour le préserver à travers les redoutables péripéties de son histoire. Mais les institutions, comme la famille ou la religion, les valeurs éthiques, religieuses ou sociales semblent bien concourir au même but : l'héritage du Juif est également une organisation concrète de sa vie et de ses relations avec les autres dans le monde. D'où probablement leur extraordinaire pérennité, à la fois positive et négative, coercitive et salvatrice, si rigide et pourtant assez souple pour subsister à travers tant de périls.

Je veux dire en bref que mon héritage d'homme juif s'impose d'abord à moi avant toute controverse, avant toute problématique; il englobe et comprend cette problématique et cette réflexion comme une partie de lui-même. Nul doute que mes hésitations, mes doutes, ma révolte, mes aller-retour ne découlent en droite ligne de mon appartenance inquiète à cet héritage juif. Lorsque je me lançais dans un long examen critique, minutieux et passionné de tel point de doctrine, mon oncle Khaïlou m'écoutait avec une indulgente attention puis concluait : « J'ai de l'espoir : tu pilpoulises bien. »

C'est pourquoi, paradoxalement, quel que soit l'intérêt des valeurs juives pour l'intelligence de la judéité, dont elles ont largement contribué à façonner la physionomie, examinées en elles-mêmes et hors de cette judéité, elles seraient proprement mystificatrices et incompréhensibles. De toute manière, le détail de ces valeurs ne change pas fondamentalement le sort du Juif. Et il faut rendre compte de cette condition juive concrète, sans se laisser d'abord trop émouvoir par ces valeurs. Quitte à y revenir après, pour les comprendre elles-mêmes, à la lumière de cette condition tout entière.

On peut le vérifier aisément à propos de la religion. La religion est certainement l'institution de défense juive la plus notable et la plus efficace (comme chez le colonisé, ce qui n'est pas un hasard). J'ai mis beaucoup de temps à faire le point en ce qui concerne la religion des miens et je n'ai peut-être pas fini tout à fait. Je me croyais à peu près débarrassé de la magie religieuse ; je refusais les facilités irrationnelles et mythiques qu'offrent les systèmes de pensée religieuse. Mon cas n'était pas exceptionnel ; un très grand nombre de jeunes Juifs, sinon la majorité, manifestaient au moins la même méfiance. Et cependant, pour cela même, mon commerce avec le fait religieux juif reposait sur une ambiguïté. Parce que le contenu dogmatique du judaïsme ne nous paraissait guère adéquat avec la science et la philosophie modernes, avec ce que nous tenions dorénavant pour la seule vérité, nous voulions croire que le fait religieux juif n'intervenait plus en aucune manière dans notre vie. Parce que les attitudes religieuses traditionnelles ne nous semblaient plus compatibles avec nos professions, nos ambitions, notre désir d'insertion dans la cité non juive, nous feignions de penser qu'elles appartenaient à une espèce de musée familial, que nous visitions de temps en temps, mais qu'elles n'influençaient à aucun degré notre conduite quotidienne, nos humeurs et nos pensées.

Or il a bien fallu l'admettre un jour : ce fait religieux, mélange complexe de croyances, plus ou moins émoussées, de valeurs diffuses, d'institutions plus ou moins remaniées, continuait étonnamment à régir, directement ou indirectement, notre vie. D'une manière plus ou moins intériorisée, souvent en opposition contre lui, nous vivions, nous agissions en fonction de lui. Que nous décidions de jeûner au Grand Pardon ou de ne pas jeûner, nous arrêtions nos actes en fonction de la tradition; que nous mangions cachère ou non, que nous organisions ou refusions d'organiser telle ou telle cérémonie : fallait-il ou non faire dire la prière des morts à l'enterrement de l'oncle ou à la mémoire du père? Fallait-il faire venir le rabbin, tolérer sa présence ou la refuser, à la naissance des enfants? Nous décidions que oui, nous décidions que non. Mais de toute manière, nous tenions compte de ce fait qui se proposait avec insistance, au moins à chaque moment solennel de l'existence juive. En somme, j'ai longtemps confondu une mise en question philosophique avec un vide pratique, une décision doctrinale avec l'absence réelle d'un *fait social*, d'un ensemble de conduites que je continuais à vivre, plus ou moins impatient, plus ou moins consentant.

D'ailleurs, je le vois bien maintenant, le divorce pratique n'a jamais été chez moi aussi complet, aussi virulent que le fut autrefois l'impatience théorique. Peut-être parce que leur liaison ne m'apparaît pas non plus tellement serrée. Acceptant de chanter à Pâque *La Hagada* ou de festoyer à Pourim, je ne pensais pas confirmer ainsi l'existence de Dieu ou le miracle de la mer Rouge ou celui de la chute d'Aman. Simplement, je retrouvais les miens, mon père, ma mère, mes frères et sœurs, le ghetto, dans un jeu collectif, mi-grave, mi-puéril, qui m'agaçait ou m'amusait suivant mon humeur; un jeu presque obligatoire, cependant, si je voulais les retrouver, ou seulement ne pas les peiner. La vérité ou la fausseté des dogmes traditionnels, les raisonnements surajoutés des apologétistes sur la présence de Dieu ou le refus de Dieu, qui se trouverait confirmé par la violence même de mon refus, et autres acrobaties théologiques, n'y avaient vraiment rien à voir. Ce hiatus a dû contribuer également à cette fréquente erreur de perspective chez les auteurs non juifs bienveillants. Leurs amis juifs leur ont souvent affirmé qu'ils ne savaient pas s'ils pouvaient être nommés Juifs. Les croyances traditionnelles n'avaient pour eux aucune valeur ; ils les connaissaient à peine ; ils n'avaient jamais lu une ligne des grands livres juifs, le Talmud par exemple ; pas même la Bible quelquefois ! Ces auteurs ne sont-ils pas légitimés à conclure qu'il existe des Juifs sans judaïsme et sans judéité ? Et, faisant un pas de plus, que les Juifs peut-être ne sont qu'un mot ? En fait, il aurait fallu examiner la *conduite réelle* de ces mêmes Juifs, leur comportement total. Au-delà de leurs déclarations, de leurs affirmations, de leur absence de savoir. Il aurait fallu découvrir leurs relations réelles avec la judaïcité et le judaïsme, même apparemment très lâches et négligentes. Sans compter qu'en ces matières les sentiments profonds, les émotions sont infiniment plus révélateurs que la mince couche des idées, même arrangées en doctrine cohérente. Celui-là qui se déclare si nettement irréligieux et qui pourtant a fait un mariage religieux l'explique certes avec une ironie condescendante : « C'était pour faire plaisir à mes parents ! » Mais enfin, il l'a fait ; et le déplaisir potentiel à causer à ses parents a suffi pour faire violence à ses convictions philosophiques. L'autre a fait circoncire son fils, sur l'insistance de ses beaux-parents ou devant le chagrin de sa femme. Et presque tous se laissent enfouir dans le cimetière juif.

En bref, cette affaire non plus ne doit pas être considérée sur le seul plan du langage. C'est toujours cette même erreur idéaliste qui consiste à faire se dérouler le drame humain sur le plan des mots, alors qu'il affecte l'existence tout entière. J'ai dit qu'il ne fallait pas croire le non-Juif sur son seul discours, sur ce qu'il affirme ou nie relativement au Juif, mais considérer plutôt la vie qu'il fait au Juif ; les relations réelles, concrètes, qui se sont instaurées entre eux. Eh bien, le Juif non plus ne doit pas être cru à la lettre sur ce qu'il affirme de lui-même. On ne peut pas caractériser un homme seulement par ce qu'il pense de lui-même, ni par ce qu'il pense croire, mais par ce qu'il fait : c'est cela en outre qui révèle sa véritable pensée, ses véritables croyances. Il y a longtemps que je ne me crois plus moi-même sur parole, et que je ne l'exige plus des autres. Ce sont mes propres conduites, mes émotions inattendues, qui m'ont découvert que j'étais beaucoup plus sensible que je ne le croyais aux signaux de reconnaissance de mon groupe natal. Là-dessus, bien entendu, il faut se reprendre, corriger, choisir, garder et rejeter. Mais enfin, considérer le fait religieux juif seulement comme l'idéologie religieuse des Juifs serait une attitude idéaliste, qui aboutit en effet à ne plus le voir. Or, il existe un fait religieux juif, plus ou moins coercitif, plus ou moins approuvé, mais tenacement vécu par la très grande majorité des Juifs. Cela dit, cette ténacité, cette survivance d'une positivité religieuse juive n'est ni incompréhensible ni mystérieuse : elle s'alimente sans cesse à la condition juive tout entière. La famille, la religion et les diverses institutions juives ont donné sa physionomie historique à la judaïcité. Mais, inversement, elles ont été elles-mêmes lentement sécrétées, façonnées par ce vouloir-vivre obstiné. Le corps juif luttant pour son existence a su découvrir et forger laborieusement les instruments de sa survie.

Et de cela, au fond, tous les Juifs se rendent compte, obscurément au moins. C'est pourquoi les coups des Juifs incroyants contre la religion juive n'ont jamais été bien terribles. Il est exact, on l'a remarqué, que lorsqu'un Juif attaque la religion et les prêtres, il pense surtout à la religion chrétienne et à ses prêtres, et non à la synagogue et aux rabbins. Il existe à cela deux raisons : la véritable force cléricale, politiquement et philosophiquement menaçante, n'est évidemment pas juive, mais chrétienne. Une guerre contre la synagogue et le rabbinat aurait été bien dérisoire ; ils ont assez de mal eux-mêmes à garder leur place dans une société non juive. La deuxième raison est qu'il n'existe pas de véritable tradition anticléricale juive ; il n'existe pas un athéisme juif, par exemple, aussi violent, aussi agressif que celui des catholiques. Non qu'il n'y ait pas d'athées juifs ; je crois en avoir rencontré plus fréquemment que dans n'importe quel autre groupe, mais c'est un athéisme plus discret, et, d'une manière inattendue chez ces masochistes, moins dirigé contre soi. Pourquoi ? Parce que le chrétien, qui attaque sa religion, n'a pas l'impression de mettre en péril l'ensemble de l'organisme social. Au contraire il veut défendre, assainir la société contre une institution, des traditions, qu'il juge nocives. Chez les Juifs, comme chez les musulmans, la religion ne se laisse pas si facilement considérer à part de la judaïcité. Elle lui est tellement liée que toute attaque contre elle retentit fortement, que le Juif le veuille ou non, sur l'ensemble du corps social juif. Or le corps social juif est si menacé déjà, si débile, qu'une atteinte supplémentaire, surtout venant de l'intérieur, serait proprement intolérable. Au milieu des non-Juifs, une attaque sérieuse d'un Juif contre la judaïcité et le judaïsme ne peut manquer d'apparaître comme une véritable trahison ; aux yeux des autres Juifs, mais sûrement aussi à ses propres yeux. C'est pourquoi le renégat — j'emploie ce mot en supprimant totalement son aura péjorative — s'affole vite. Il s'exclut généralement de lui-même, s'il n'a pas été exclu décidément par la communauté. Historiquement, ceux qui se sont livrés à une agression systématique contre la religion juive ont presque toujours cessé d'appartenir à la judaïcité. Bien entendu, dans les conditions de dispersion des Juifs au milieu des nations. Tant qu'il fut perdu au milieu des peuples hostiles, le Juif ne pouvait se permettre d'ajouter aux coups des autres, fût-ce pour d'autres motifs, sur l'un des rares piliers qui soutiennent la maison commune... « Si tu veux savoir, j'ai moi aussi perdu la foi en Dieu. Si tu veux savoir, je suis marxiste, mais je crois néanmoins faire partie de la communauté d'Israël. Personne ne peut vivre sans son nom de famille... » (A. Mandel.)

C'est que la religion de l'opprimé n'est pas seulement une religion ; elle est un ciment et une digue, une occasion et un puissant moyen de rassemblement. D'où ce fait, paradoxal seulement en apparence : dans ces périodes de transition où l'opprimé commence à se libérer, où il veut aller de l'avant et laisser tout le passé maudit derrière soi, il revient à ses vieux rites, les plus anciens, les plus sclérosés quelquefois, et auxquels depuis longtemps il a cessé de croire. Mes étudiants colonisés, qui m'avaient affirmé leur athéisme, jeûnaient le jour du Ramadan. « Pourquoi ? » leur demandais-je. « Pour être avec le peuple qui, lui, croit et jeûne », me répondaient-ils. De même, nous organisions des meetings le jour de Pourim, des excursions à Pâque et des quêtes à l'occasion des pèlerinages. Certes, nous prêtions à tout cela un sens nouveau, nous minimisions les dimensions mystiques, nous nous moquions un peu de nous-mêmes, mais enfin nous avions recueilli l'héritage.

4

Le poids de l'héritage

Je ne veux pas m'étendre davantage sur cette positivité de l'existence juive. Que certains de mes lecteurs m'épargnent ici une querelle inutile : je suis persuadé que l'on pourrait entreprendre une description détaillée, érudite et passionnante, de l'héritage juif. Tel n'était évidemment pas mon dessein ; je ne cherchais nullement à faire une étude exhaustive des institutions, coutumes, rites, croyances, etc. Je voulais seulement proposer une lecture exacte de la condition juive ; et il me suffit d'avoir montré que les aspects positifs de cette condition sont réels et pas seulement réactionnels. Certes de nombreuses conduites juives ne sont que des réponses à la menace ; de nombreux traits de physionomie du Juif ne sont que des grimaces lentement burinées par les siècles. Mais, là encore, l'explication génétique est une chose et le fait actuel, vécu, en est une autre. Découvrir l'origine d'un fait, d'une coutume, n'en dissipe nullement la densité. J'écoutais en disque, l'autre jour, les chants judéo-tunisiens de la circoncision, enjoués et graves, d'une extraordinaire tendresse envers la mère et le nouveau-né. Du moins ainsi les entendais-je à nouveau. Je me doute bien, en y réfléchissant, qu'il s'agissait peut-être, à l'origine, de fêter et de rassurer la jeune mère, de combattre l'effroi de tous devant un rite éprouvant, de maquiller et de magnifier un geste barbare, qui serait insupportable s'il n'était enveloppé, encouragé, imposé et loué par les applaudissements de tous. Il reste que j'éprouvais une jubilation indiscutable, une espèce de bonheur nostalgique au souvenir de nos fêtes collectives, des chants rituels émouvants. Et malgré sa peur, ses sanglots fréquents au moment crucial, la jeune femme est visiblement heureuse à travers ses larmes, fière de son importance, du don qu'elle fait à Dieu et à la communauté des hommes. Les hommes, quelle que soit la dureté du marché conclu avec Dieu, ou avec notre histoire, étaient comme soulagés d'avoir une fois de plus raffermi la grande chaîne qui les liait à l'existence et à eux-mêmes. Tout rite, comme la plupart des traits de culture, est d'une certaine manière positif, et surtout vécu comme tel.

Cela dit, il me faut rappeler que rien n'échappe tout à fait au mal qui ronge toute la condition juive. Au cœur même de sa positivité, nous retrouvons encore à l'œuvre le même poison. Il était trop simple d'opposer un versant de lumière à la figure d'ombre ! Telle est la négativité de la vie et de l'histoire du Juif, que tout en lui, même apparemment le plus solide, porte encore les traces de sa défaite. La survie de sa religion est assurément une étonnante victoire du Juif sur le temps. Mais le problème de son existence au milieu des autres a certainement commandé, donné son allure particulière à cette religion, exigeante, coercitive, omniprésente et tatillonne à la fois. Car cette religion vétuste et si menacée est la moins commode qui soit ; elle est plus formelle et plus formaliste que celles de la plupart des peuples parmi lesquels vit le Juif. C'est une perfide remarque souvent faite par les prêtres catholiques ; pour vanter il est vrai, par contraste, la riche et émouvante vitalité de la leur. Mais il faut avouer qu'ils n'ont pas complètement tort là-dessus.

J'ai eu souvent l'occasion de le noter à propos des Juifs de l'Afrique du Nord. Mais j'ai pu le vérifier plus tard également en Europe. Malgré un récent effort de renaissance entrepris par les rabbins, il est exact que la synagogue européenne et ses servants restent en général étonnamment sclérosés. À l'égard de la religion et du rabbinat, nous avions en Tunisie une attitude passablement ambiguë, une espèce d'affectueux mépris ; une complicité plus ou moins amusée, qui nous empêchait d'ailleurs de rompre tout à fait, en désarmant notre révolte. Le spectacle d'une religion vaincue, de prêtres misérables, appartenant à d'autres âges, ne pouvait guère susciter que l'indifférence ou la dérision. Mais la situation en Europe n'est pas très encourageante non plus ; la religion juive y est aussi loin que possible de l'épanouissement, de la simple assurance que donne une saine vitalité. Elle est presque toujours resserrée sur elle-même, méfiante, opposée farouchement à toute innovation. Pour contracter un mariage mixte, par exemple, ce qui peut sembler bénéfique à la communauté, puisqu'on y apporte un sang neuf, il faut presque soudoyer un rabbin : même si la jeune épousée accepte de se convertir ! Depuis quelque temps, de jeunes rabbins libéraux entreprennent de contourner quelques interdits, plus sociaux et coutumiers que proprement religieux, ils sont littéralement haïs par la majorité de leurs confrères.

Ce resserrement, ce formalisme, cette intolérance attentive et étouffante se retrouvent dans les institutions de très nombreux opprimés. Comme s'ils étaient la condition même, le prix payé pour leur survie. Le formalisme religieux n'est d'ailleurs que l'un des aspects d'un formalisme plus général. C'est une réaction spontanée d'autodéfense, un moyen de sauvegarde de la conscience collective, sans laquelle un peuple rapidement disparaît. Dans les conditions de dépendance ou d'oppression, la ruine de la religion, comme l'éclatement de la famille, comporte assurément, pour un groupe humain, un risque grave de mourir à soi-même. J'ai assez montré mon impatience et où sont mes sympathies philosophiques ; mais il faut bien l'admettre : si la religion juive avait été mouvante et aimable, elle se serait diluée, noyée, et le Juif avec elle. Sa mission, très tôt fixée, fut de garder le Juif, et le Juif a dû la maintenir soigneusement intacte pour se maintenir lui-même.

Il reste cependant que c'est une véritable catalepsie sociale et historique, une espèce de kyste dans lequel le groupe s'enferme et se durcit, réduisant sa vitalité pour la sauver. L'institution-refuge est ainsi armure et corset ; elle protège et étouffe, elle soutient mais elle empêche tout développement. Ce qui explique l'ambiguïté, les démarches hésitantes du Juif, de tout opprimé vis-à-vis de ses institutions et de ses traditions. Il semble les mépriser et s'en cacher, et à la fois s'y accrocher avec un désespoir complice. Jeunes Juifs nous commencions généralement par exercer sur elles notre ironie et notre agressivité. L'héritage nous était d'abord un fardeau. Nous souhaitions tout laisser derrière nous, pour l'air du large, pour avoir la pleine liberté de nos mouvements. Puis les échecs étant à peu près inévitables, l'hostilité du monde triomphante, généralement nous nous rabattions sur le passé, sur les vieilles habitudes collectives, aussi débiles et sclérosées soient-elles, mais au moins, points de repères assurés de notre vie, bastions immuables précisément tant que dure l'oppression, et constamment consolidés.

Une autre institution de défense, capitale pour l'existence juive, est la famille. Les auteurs non juifs l'ont souvent noté. Les Juifs s'en sont quelquefois défendus, mollement à vrai dire. L'importance de la famille juive est trop évidente. C'est que la famille suggère l'esprit de famille, et l'esprit de famille, la solidarité... et nous retrouvons un thème connu. Il serait inutile de rétorquer que dans nos sociétés bourgeoises la famille est considérée comme la base de la société, la cellule sociale par excellence, le foyer où s'élaborent les vertus communes, la personnalité des enfants, etc., on semble l'oublier dès qu'on parle du Juif. Loin de lui en faire un compliment redoublé, on vitupère cet exclusivisme juif, qui l'isole de la vie commune, et gêne le fonctionnement de cette vie. Tant il est vrai qu'il n'y a pas de vertu en soi ; que les qualités de l'opprimé changent de signification. Comme la religion, la famille juive est d'une indéniable présence dans la vie du Juif, d'une efficience et d'une solidité relativement rares ailleurs.

Pourquoi ? Cela n'est pas plus étonnant que l'extraordinaire survie de la religion. Mis en doute dans sa participation à la collectivité où il vit, à la nation et à l'histoire, sur quoi le Juif peut-il encore se rabattre ? On découvre vite que les issues ne sont pas illimitées : la famille et la religion, la profession quelquefois, ou encore l'humanité tout entière. En deçà de la collectivité nationale ou au-delà ; en somme là où le Juif ne peut être récusé, où la volonté des autres n'a pas de prise sérieuse sur lui. L'accusateur dénigre également la famille du Juif et trouve suspect son curieux amour pour l'humanité ; s'il le pouvait il lui dénierait même tout caractère humain. La déshumanisation est le processus extrême mais logique de la plupart des oppressions. Même dans le cas de la femme, l'homme arrive à monopoliser tout le genre humain, dont la femme n'est qu'une variante, une petite côte, comme l'on sait. Mais enfin, le Juif lui ne croit pas à sa propre inhumanité. Il se reconnaîtrait à la rigueur quelques tares, quelques défaillances de sa biologie et de sa psychologie, mais en même temps il insiste sur sa propre universalité. Elle serait même, à l'entendre, particulièrement remarquable : il existe là un indéniable orgueil juif. Et l'accusateur n'y peut rien. S'il peut empêcher concrètement le Juif de participer pleinement à la vie de la nation, comment l'empêcherait-il de faire partie de l'humanité ? Il est vrai qu'il y a eu la tentative nazie, mais elle s'est en partie retournée contre ses promoteurs, qui ont réussi à semer le doute sur leur propre humanité. En bref, le Juif se rabat sur les groupes les plus restreints : la famille, et sur les groupes les plus larges : l'humanité ; sur le plus concret et sur le plus abstrait. Certains autres groupes ont pu accueillir les Juifs, certains partis politiques par exemple : c'était presque toujours lorsqu'ils se sont voulus aux dimensions du monde et de l'universalité. Le jour où ils font une réaction chauvine, où ils se mettent à devenir «nationaux», ils se débarrassent de leurs Juifs, qui les quittent d'ailleurs d'eux-mêmes.

Ces issues ne sortent pas vraiment le Juif du malheur, mais elles lui permettent de survivre. Elles entretiennent même le malheur, dans la mesure où un accommodement conserve une situation mauvaise, au lieu de la laisser périr. Dans tous les cas, le Juif reste socialement amputé. Il ne peut vivre qu'avec les siens les plus immédiats ou dans l'anonymat de la plus grande foule, c'est-à-dire dans l'abstraction. Il vit avec une idée des hommes, pas avec les hommes eux-mêmes en chair et en os. Mais comment faire autrement ! J'ai raconté comment, étouffant sous l'envahissant et perpétuel contrôle de ma famille (au sens large : oncles, tantes, cousins, alliés !), je m'en étais violemment pris, dans mon premier livre, à toute vie familiale. Cette mise en question de la famille souleva le scandale irrité de toute la communauté de ma ville natale. Réaction banale de défense ? Non ; pas seulement : au cours des discussions qui suivirent, je découvris une reconnaissance réelle, envers la famille juive, de la plupart de ses membres. On me cita tous ces oncles qui payent les études de leurs neveux, les fils aînés qui assurent spontanément la charge de toute la famille, et ne se marient pas avant d'avoir établi leurs sœurs, les frères qui contribuent aux frais du ménage de leurs sœurs moins fortunées, etc., et tout cela était vrai ; je l'ai vérifié depuis, très souvent. Un moment, je fus désarçonné.

Mon malaise cependant subsistait et je ne l'ai compris que plus tard en examinant la famille du colonisé. On y retrouve en effet la même dialectique du négatif et du positif dans une même institution. Rejeté par la société non juive, ou par la société colonisatrice, le Juif, comme le colonisé, ne peut trouver refuge que dans sa famille. Mais il le payera fort cher. La famille est à la fois le refuge et la fuite, le mur protecteur et la prison, la richesse et la pauvreté. Il en est protégé et asservi. Cette extraordinaire protection de chacun par tous est, en même temps, exigence de tous envers chacun. Ce don offert, proposé en permanence, autorise une constante revendication, qui m'était devenue intolérable pour ce temps de l'adolescence tout au moins.

Je sentais obscurément en outre que cette extraordinaire chaleur affadissait, affaiblissait dangereusement toutes nos vigueurs, neuves au départ. Lorsque je rentrais de mes voyages, et que je me retrouvais au sein de ma famille, il me semblait que le ressort se détendait. D'abord crispé et méfiant, l'exil, l'anonymat que je portais encore en moi sur le quai de la gare, s'éloignaient à toute vitesse, se dissipaient comme un rêve nocif. Je n'avais plus besoin d'armure, de parades, de calculs et de prévoyance dans cette confiance totale, dans la chaleur et le bruit de la petite pièce où nous étions tous entassés. Là, tout était permis, tout serait pardonné, rien de grave ne pouvait m'arriver. Je résistais encore un peu au souvenir de vieilles petites rancunes et par orgueil, puis, avec un vague regret certes, un peu d'ironie contre moi-même, je me laissais aller, je m'abandonnais à ce repos enfin retrouvé...

Il y a mieux et pire. La mère juive est admirable de tendresse et de dévouement, le père est tout à ses enfants, lesquels sont couvés, protégés, préservés autant que possible contre ce monde hostile. Mais l'enfant aura une image irréelle de ce monde de non-Juifs, infiniment plus dur que la vie à l'intérieur de la tribu ; et qu'il croira possible de désarmer par la gentillesse, le raisonnement ou l'appel aux sentiments. Toutes les perspectives de ce monde sont faussées. Il m'a longtemps semblé, et je n'en suis jamais complètement débarrassé, que je pouvais toujours arriver à m'entendre avec les autres, en leur disant à peu près ceci : « Oublions un instant les conventions, les préjugés, les méfiances, et arrivons au cœur de notre humanité commune, nous allons sûrement nous rencontrer ! » J'avais tendance à chercher dans n'importe quel homme un parent possible. Quoi qu'il me soit arrivé depuis, j'ai toujours ressenti une enfantine et douloureuse stupéfaction devant l'incompréhensible méchanceté des autres. Je me retiendrai encore, je crois, pour ne pas le dire à la police, à des soldats d'une armée ennemie : « Comment pouvez-vous me traiter ainsi, moi ? » La famille juive, institution de défense de l'homme juif contre le monde, le soustrait dès l'enfance à la réalité de ce monde.

En revanche, inévitablement heurté, blessé par ce monde, parce qu'il n'est pas préparé à la lutte, et parce que, de toute manière, la lutte est trop dure, le Juif se retourne vers la famille et la consolide encore et l'alimente de constants apports nouveaux. L'enfant, l'adolescent juif est l'espoir, l'investissement précieux comme la prunelle des yeux, du père, de la mère et de tous les adultes, qui se justifient et se prolongent en lui. Le père est raffermi par ses fils, reconnu comme le petit chef incontesté de cette minuscule société émouvante et dérisoire. Le vendredi soir, chaque Juif est prince en Israël... prince au sein de sa famille. Voilà par quel miracle le Juif, souvent misérable, vaincu, humilié, au-dehors, est un patriarche majestueux au milieu de sa famille. C'est sa juste revanche, reconnue, consolidée par les siens. Voilà par quel paradoxe le père juif peut apparaître encore aujourd'hui comme l'un des plus terribles, lui qui est socialement si faible, pourquoi les œuvres des écrivains juifs retentissent presque toujours du conflit avec le père. Voyez celles de Kafka, de Wassermann. D'une certaine manière, la famille juive, le père juif sont le symbole de la seule réalité sociale vécue directement par le Juif. Le Juif n'y perd pas seulement, il y gagne d'avoir tout de même une vie commune, chaude, bienfaisante. Il ne peut être en toute spontanéité un citoyen complet, comme les autres ? Qu'importe ! Il sera un membre incontesté de sa famille, de plus en plus convaincu lui-même, à mesure qu'il vieillit, de cette famille, qui l'a enfanté, puis qu'il enfante à son tour. Il n'est pas inséré dans l'histoire ? Il n'est pas inséré dans la cité ? Il sera un fils en attendant d'être un père avec de nombreux enfants, puis un grand-père et un patriarche lui-même. Il gagne et perd, et ce qu'il perd, il le reporte sur la famille, qui s'en assure davantage, se consolide, et se propose aux successeurs, toujours aussi généreuse et aussi protectrice. Donc nécessairement envahissante, coercitive et castratrice. Voilà pourquoi aussi la révolte de l'enfant juif avorte si souvent. Contre qui se révolterait-il ? Contre les autres ? Ils sont trop nombreux, trop puissants et trop légitimés aussi : il n'y a guère d'espoir de changer leur ordre en sa propre faveur. Contre les siens ? Révolte dérisoire ; et surtout, il le découvre aussi vite, ils sont son seul soutien, son dernier recours : fatalement il y revient un jour, à la fois résigné, ironique et confiant. Mais la révolte une fois de plus a avorté, et l'héritage se fait plus lourd encore, plus terriblement paralysant. La religion juive subsiste presque intacte, la famille juive se perpétue, puisque ni cette révolte ni cette famille ne peuvent déboucher réellement sur un ordre social nouveau, où le Juif, retrouvant toutes ses dimensions d'homme, cesserait de s'accrocher à cette famille, qui s'accroche à lui.

Il existe en somme une certaine adaptation du Juif à son malheur. Il finit par mettre au point un chapelet de ruses patientes, de mesures de défense ; contre les autres et contre lui-même : ainsi le fameux humour juif, merveilleux exorcisme contre l'angoisse et la culpabilité, ou certains choix professionnels, comme la médecine. On peut refaire la même analyse sur de nombreux autres traits : le nombre d'enfants, indéniablement plus élevé dans la moyenne des familles juives traditionnelles, l'importance du cérémo nial familial, une certaine appétence à vivre (que l'antisémite taxe de vulgarité), une ardeur intellectuelle (qui est dénoncée comme «voracité intellectuelle»), etc. Tout cela s'inscrit dans cette perspective. Faut-il essayer de trouver le début de la chaîne? Peu importe en vérité. Est-ce le nombre des enfants qui fait l'importance de la famille ou l'inverse? Est-ce le signe d'une plus grande vitalité ou d'une plus grande anxiété? Les deux, je suppose. De même pour l'importance de la nourriture: compensation orale, sublimation, dérivation à l'angoisse dirait la psychanalyse, et c'est probable aussi; il faut cependant remettre cette revanche et cette angoisse dans cet échec social; cette impossibilité d'insertion réelle au monde des autres et ce rejet sur soi et sur les quelques siens. Il faut bien se confirmer soi-même, se confirmer entre soi, si l'on n'est pas reconnu par les autres.

On retrouve ces petites *machines de survie* chez la plupart des opprimés; il suffit que l'oppression dure assez longtemps pour que l'opprimé découvre les réponses les plus adaptées à son oppression particulière. Mais si l'oppression s'assouplit ainsi à la longue, elle creuse davantage son lit, elle marque plus profondément, plus définitivement sa victime. Ainsi l'oppression de la femme semble la plus bénigne et la plus élégante: elle est la plus difficile à combattre parce qu'elle est la plus ancienne. La colonisation n'est si âpre que parce qu'elle est relativement récente. L'oppression du Juif est entre les deux: elle est assez ancienne pour être apprivoisée en apparence, mais elle est en même temps plus invétérée que celle du colonisé. Plus l'oppression dure et plus les réponses se précisent, se nuancent, plus les institutions de défense se renforcent, se consolident, plus la positivité et la négativité se trouvent inextricablement mêlées. La solidarité est ainsi un fait positif de l'existence juive ; elle est un fait social, que le Juif trouve devant lui, partie intégrante du comportement collectif des siens à son égard, et qui appelle une réponse spontanée de sa part. Mais comment ne pas y découvrir également une menaçante dialectique ? La solidarité répond à la menace et à l'hétérogénéité, mais elle confirme cette hétérogénéité et entretient cette menace autant qu'elle y pallie. Je me souviens de l'une de ces interminables et passionnées discussions de notre adolescence. Est-ce l'exclusivisme juif qui nous fait exclure ou l'exclusion qui nous rend exclusifs ? Est-ce le sionisme qui a créé l'animosité des nationalistes contre les Juifs ou l'animosité des nationalistes qui a donné aux revendications juives cette forme nationale ? Etc. Tout cela, bien sûr, est vrai en même temps. La solidarité, nécessaire, appelée, renforcée par la méfiance et la menace, les alimente à son tour, puisqu'elle insiste sur l'hétérogénéité et la rend assurément plus voyante. Ainsi même les réponses à l'oppression deviennent suspectes à l'oppresseur et lui resserrent pour une nouvelle accusation.

Dans les conditions d'oppression enfin, tout a tendance à se négativiser, la négativité attaque tout, corrode tout. Il ne suffit pas de dire que la condition juive est autant négative que positive, malaise et hostilité autant que vouloir-vivre et institutions. La contagion du malheur pénètre jusque dans les aspects les plus positifs. Comme si la positivité juive, fruit partiel d'une situation nocive, devait engendrer d'elle-même une certaine nocivité. Elle apparaît, en outre, comme un scandale et un désordre pour les autres. On peut proposer ainsi une interprétation supplémentaire du mythe du bouc émissaire : le Juif est un *réel* scandale, une perturbation concrète, une disharmonie dans une société non juive. Le bouc émissaire est chargé du désordre du monde, il est sacrifié pour retrouver l'ordre perdu ; lui mort, le désordre devait cesser et l'ordre reparaître. On comprend que le Juif puisse être choisi pour incarner ce rôle terrible : il incarne en effet le désordre social et métaphysique. Non seulement il ne va pas à la même église que tout le monde, mais il va dans un autre temple. Non seulement il n'a pas les habitudes collectives de tous, mais il a d'autres coutumes. On distingue mieux combien est insolite, provocante même, l'existence juive lorsque les milieux sociaux sont plus frustes, et dans les moments où la vie collective connaît une intense vitalité. « Vous ne pouvez comprendre de l'extérieur ce que signifie la fête de Pâques dans nos pays, m'avait dit un jour un ami originaire d'un village de l'Est. Les gens sont chauffés à blanc : le Christ vient d'être arrêté, conduit chez Caïphe, on lui enfonce des épingles dans le front, le prêtre se met à plat ventre par terre... pour de bon ! Et il y a carême, pour de bon, c'est-à-dire que les gens sont réellement affamés ! La fiction et les privations se mélangent, les gens sont fatigués, exaspérés par des pénitences réelles, pour des motifs imaginaires certes, mais qui en deviennent aussi vrais que les privations... Or, quels sont les responsables de tout cela ? Quels sont les coupables ? Les Juifs ! Les prêtres le répètent tout le temps, toute la semaine de Pâques surtout, et bien avant...

« Me permettrez-vous d'ajouter ceci : Le malheur veut que pendant cette période, les Juifs aussi se trouvent dans un état inaccoutumé : ils fêtent leur propre Pâque, ils s'agitent, ils sont graves, ils préparent quelque chose de mystérieux... Reconnaissez que cette habitude de dessiner une main de sang sur leur porte est proprement sinistre ! Elle est tout de même pour quelque chose dans l'inquiétude des autres... »

Je m'en étonnai ; je n'avais jamais vu la question sous cet angle.

« En Tunisie, il y a peu, nous imprimions encore sur nos portes la fameuse main de sang... Vous savez, j'espère, que c'est du sang de mouton, le mouton dont nous devions tirer les grillades pour le soir même... Je vous assure que cela n'avait rien de sinistre, ni même de solennel : c'était une cérémonie assez amusante ; d'ailleurs toute la Pâque juive est relativement gaie, c'est une fête de libération...

— Pour vous peut-être ! Nous ne la voyions pas ainsi. Toute la semaine qui précédait Pâques, on nous défendait de chanter, nous pensions au martyre du Christ... Vous avez peut-être vu de ces processions en Italie, en Sicile, en Espagne, ces gens à la tête couverte d'une cagoule noire qui promènent un cadavre de cire couleur de chair exsangue, transpercé de blessures saignantes, c'est cela la Semaine sainte pour nos populations... Cette tristesse, ces privations, ce cadavre qui les représente tous, injustement, ignoblement immolé, c'est cela Pâques... Ne vous étonnez pas après cela qu'au moindre prétexte on tombera avec fureur, avec délices, sur les coupables présumés : or, ce prétexte, ils le fournissent eux-mêmes ! »

Je protestai.

« Ils se contentent de vivre ! C'est du délire !

— Peut-être... ou plutôt c'est la rencontre de deux délires. Une rencontre où vous avez le dessous, parce que vous êtes les plus faibles. Les Pâques chrétiennes sont, en un sens, la fête du ressentiment ; du ressentiment à la vengeance, il n'y a qu'un pas. Ce prétexte est facile à trouver. Ce sera le sang de l'agneau pascal, dont les Juifs barbouillent leur porte pour commémorer le fameux signal à l'envoyé de Dieu : il deviendra pour les chrétiens du sang humain, celui de n'importe quel enfant chrétien disparu pendant cette période... »

Cette interprétation des fêtes de Pâques, la juive et la chrétienne, à l'époque de cette conversation, m'avait frappé sans me convaincre. Cela me paraissait trop théâtral, trop paroxystique. Je me suis persuadé, depuis, que mon ami avait fondamentalement raison. Mis à part les crises spectaculaires, j'ai fini par me convaincre que l'existence juive tout entière était insolite, et non seulement la Pâque, la main de sang, ou le restaurant cachère. Si le Juif existe, c'est-à-dire s'il existe un peu à sa manière, il ne peut que heurter les autres, donc en souffrir, et quelquefois en mourir. Et il faut bien admettre que l'héritage du Juif, et toute sa positivité, qui l'aide à vivre certes, contribuent au scandale et à la provocation. Rien ne dit, bien sûr, que tous les Juifs exterminés, expulsés, ou réduits à la transparence absolue, l'harmonie, l'ordre et le bonheur seraient retrouvés.

CONCLUSION PROVISOIRE

Une figure de l'opprimé

Avant de boucler l'inventaire de cet aspect de ma vie, il me vient une dernière hésitation : n'ai-je pas tout de même assombri le tableau ? N'ai-je pas exagéré l'importance du malheur juif ?

Non, sincèrement, c'est bien ainsi que je l'ai vécu : tout ce qui précède m'a paru évident. Je veux bien en rabattre sur l'intensité peut-être, la fièvre ou la colère, avec lesquelles souvent je me suis heurté à mon destin d'homme juif ; mais non sur le sens dernier, l'allure générale, l'enchaînement et les principaux points de mon itinéraire. J'admets qu'un caractère plus froid que le mien, moins porté à l'impatience, ayant vécu dans une autre contrée, sous d'autres institutions, en des circonstances moins troublées, puisse se raconter plus calmement. C'est pourquoi j'ai prévenu dès l'abord qu'il s'agissait de mon propre portrait ; et par extension seulement des autres Juifs. Mais je continue à penser que tout Juif, s'il s'oblige à la rigueur, doit décrire le même procès et les mêmes restrictions à sa vie, plus ou moins éclatants, bien sûr, plus ou moins reconnus. Le pathétique qu'il m'est arrivé, peut-être, de mettre dans mon récit, n'a fait que dramatiser un peu plus une condition que j'ai vécue fondamentalement dramatique.

Je crois, en bref, qu'il existe une condition juive ; je veux dire une *condition juive spécifique*. Cette condition fait du Juif un être *minoritaire*, *différent*, *séparé*, séparé de lui-même et séparé des autres, dans sa culture et dans son histoire, dans son passé et dans sa vie quotidienne. Qu'ai-je fait là jusqu'ici sinon esquisser les traits principaux d'une figure d'oppression ? Oui, comme Juif, je suis surtout un *opprimé*, et la condition juive est essentiellement une condition d'oppression. Je l'ai maintenant vérifié souvent : dans cette perspective, ma figure ressemble étonnamment à beaucoup d'autres : d'autres opprimés précisément.

S'il n'est pas toujours clair que le Juif est un opprimé, c'est parce que l'oppression n'a pas toujours la même allure ni la même évidence. Elle peut être éclatante, comme pour le prolétaire, chez qui elle est une oppression de classe à classe, à l'intérieur d'une même nation. Ou comme pour le colonisé, où elle est une oppression de peuple à peuple, de nation à nation. Celle qui atteint le Juif se situe entre les deux : elle est à l'intérieur d'une même nation, sans se confondre avec le conflit des classes ; celle du Noir américain est encore plus complexe : elle participe à la fois de l'écrasement économique et de l'écrasement culturel et politique. Celle de la femme est probablement la plus sournoise, tempérée et travestie par l'érotisme et la maternité. J'ai dit, au début de ce livre, que j'essaierai un jour de rapprocher en un seul tableau les ressemblances et les différences de tous ces opprimés contemporains. Mais ai-je besoin d'attendre jusque-là pour découvrir que si chacun possède sa physionomie particulière, nous sommes tous frères de souffrances et d'amertume ; que nous sommes tous lourds de négativité ; que notre positivité, à tous, est gravement atteinte.

Pourquoi ne pas le dire enfin ? En tant que Juif, je suis un homme *carencé*. Ces carences sont de véritables manques dans mon existence ; je ne suis pas seulement soupçonné et accusé, je suis brimé, limité, amputé dans ma vie quotidienne, dans mon développement d'homme. Ces *carences objectives*, souvent institutionnelles, entraînent un véritable resserrement, des destructions toujours graves dans l'âme de l'homme juif. Car voici le plus grave peut-être, le plus difficile à avouer : *la condition faite aux Juifs est une condition dégradante.*

C'est là une vérité amère et je comprendrai qu'elle irrite. Qu'on réfléchisse là encore, cependant, avant de me disputer. Si l'oppression n'était pas si désastreuse, génératrice de carences et de destructions réelles chez l'opprimé, pourquoi nous révolterait-elle ? Pourquoi lutterions-nous contre elle ? La triste réalité est que toute oppression avilit et ruine l'opprimé. Notre faiblesse de réaction devant l'agression par exemple, notre résignation devant la catastrophe ne sont pas le signe de je ne sais quelle grandeur métaphysique, ou la preuve d'une volonté morale intransigeante, comme nous nous plaisons à le dire ; elle est le symptôme d'une terrible usure, d'une lassitude historique accumulée. Un mythe écrasant et multiforme, des carences nombreuses et parfaitement concrètes se sont unis ensemble pour ce beau résultat.

Comme s'il était possible d'ailleurs qu'une telle situation, un tel rejet mythique et une exclusion réelle si continue, une pression infamante et si lourde à vivre puissent ne laisser aucune trace ! Aucune plaie chronique dans l'âme et la figure de l'opprimé ! Plus l'oppression dure, plus elle l'atteint au plus profond de lui-même. Elle finit par lui être si familière qu'il la croit constitutive de lui-même, qu'il l'accepte, qu'il ne saurait imaginer sa guérison. Cette intériorisation est même le véritable couronnement de l'oppression ; pour peu que l'oppression dure assez, la plupart des opprimés finissent par être également des *opprimés intérieurs*.

Je sais encore que les défenseurs du Juif soutiennent qu'il est un idéal d'humanité, comme le prolétaire serait essentiellement vertueux et le colonisé toujours innocent. Je dois avouer que je n'en crois rien. Non qu'il n'y ait des qualités particulières qui se développent au contact du malheur. Chez le Juif, un plus grand respect de la vie humaine, peut-être, ou une compréhension plus aiguë de la souffrance des autres. Mais ce sont le plus souvent l'envers de déformations plus graves et elles se payent vraiment trop cher. Cette distance, par exemple, que nous avons quelquefois des événements et des êtres peut être l'occasion d'une force, d'une ironie, d'une plus grande liberté, c'est vrai. Les deux hommes qui ont le mieux dévoilé le fonctionnement de la société sont deux Juifs : Marx et Freud. L'un en a découvert les ressorts économiques, base de la pyramide, l'autre le moteur du désir, derrière les alibis et les idéologies. Ce n'est pas un hasard : il fallait probablement être juif pour arriver à regarder ainsi cette société, à la fois de l'intérieur et de l'extérieur. Les valeurs communes, les idoles des foules considérées avec notre détachement, notre méfiance inquiète, s'effritent souvent, révèlent ce qu'elles sont : temporaires et fragiles, non sacrées. Mais cette lucidité, née de la distance, se paye d'avance : elle est le complément de notre solitude, de notre délaissement par les autres. Et puis, surtout, tous les Juifs ne deviennent pas Marx ou Freud, tous les Juifs ne transforment pas l'hostilité des autres et leur inquiétude en géniales intuitions. Mais presque tous les Juifs sont des opprimés, anxieux et amputés, qui ne contrôlent pas leur destin et doutent de leur avenir. Presque tous les Juifs ont peur, et il n'est pas bon qu'un homme ait peur depuis si longtemps, de père en fils. Tous les Juifs sont aux prises avec la condition qui leur est faite et doivent essayer de répondre aux problèmes qu'elle leur pose.

Je souhaite vivement ne pas heurter exagérément mes lecteurs juifs. Il ne s'agit nullement, je l'ai assez montré, d'une déchéance définitive, d'une constitution naturelle. Ce que l'histoire a fait, l'histoire peut le défaire — chaque fois que le Juif est traité en homme complet, il se conduit comme les autres, pour ne pas dire mieux ; l'épopée israélienne l'aura largement confirmé. Et, de toute manière, il est faux que le Juif paye moins cher sa participation à la vie de la cité. Au contraire, l'oppresseur exige toujours que l'opprimé paye plus cher, pour un moindre bénéfice de la vie commune. Contrairement aux préjugés, les statistiques nous montrent que le Juif contribue plus largement que ses concitoyens aux devoirs militaires, alors qu'il est froidement abandonné lorsque l'ennemi triomphant l'exige. Cela est également évident dans la conjoncture coloniale, ou dans les relations entre ouvriers et patrons. Cet itinéraire ne vient donc nullement confirmer nos accusateurs. Je sais cependant ce que de tels aveux vont coûter à la pudeur des miens, mais n'est-il pas plus nocif encore de nous cacher à nous-mêmes nos blessures et nos infirmités, dont il faut que nous guérissions un jour ?

J'ose même souhaiter ne pas scandaliser outre mesure mes lecteurs non juifs. Me croiraient-ils si je leur affirmais que ce livre m'aura appris, d'une certaine manière, à tempérer mon ressentiment ? Je suis persuadé, il est vrai, qu'il existe plus d'antisémites que d'indifférents. Mais c'est que le malheur du Juif consiste, au-delà de l'accusation, du discours et du mythe, en un ensemble de relations concrètes, qui lient le Juif au non-Juif, que les deux partenaires trouvent, découvrent et vivent de leur naissance à leur mort. C'est pourquoi il m'a paru faux d'isoler tel ou tel trait, comme on le fait trop souvent, pour rendre compte de l'existence juive. Le Juif ne s'explique pas par sa seule situation religieuse, économique ou politique, par sa seule psychologie ou par la pathologie de l'antisémite : il y fallait au contraire l'inventaire de toute une vie, la mienne en l'occurrence, ce long itinéraire, toutes ces découvertes successives, cet ensemble complexe et cohérent pour comprendre chaque détail de cette existence. D'une certaine manière enfin, je reconnais une large dose de fatalité dans la condition faite aux Juifs, ou plus exactement des données sociales et culturelles si lourdes, si coercitives qu'elles s'imposent également aux non-Juifs ; il faut faire un grand effort pour y échapper, il faut être parmi les meilleurs pour y arriver. Comme tout racisme et toute ségrégation concrète, le refus du Juif est bien trop commode et avantageux.

Une figure de l'opprimé

J'ajoute enfin que je me suis efforcé autant que possible, on l'a vu, d'écrire à l'imparfait. Comme si tout cela était du domaine du passé ; et certes, je le pense en partie, et non seulement pour éviter la discussion. La renaissance d'un État juif souverain, le souvenir encore frais d'une terrible guerre, où les Juifs ont payé si cher le fait d'être juif, où l'antisémitisme s'est trouvé lié avec un régime honni par la presque totalité du monde rendent malaisée, actuellement du moins, une expression trop ouverte de la haine du Juif. Il est même possible que nous soyons entrés dans une période toute nouvelle de l'histoire, qui verrait enfin la liquidation progressive de l'oppression subie par le Juif depuis si longtemps. Mais outre qu'une régression est toujours possible, ce processus de libération ne fait que commencer. Il a d'ailleurs commencé plusieurs fois déjà, et si la vie du Juif s'en est trouvée à chaque fois améliorée, il n'a jamais été à son terme. Espérons seulement que cette fois est la bonne.

Mais, en attendant, une énorme négativité continue à restreindre, étouffer, amputer la vie du Juif. Sauf quelques dévots soucieux de montrer, et de se démontrer, que la judéité est un don du ciel et un jardin de délices, et le judaïsme une pure et permanente positivité ; sauf quelques libéraux, à la pudeur tellement délicate qu'ils préfèrent nier un dommage que tout le monde constate, j'ai la naïveté de penser que l'on ne peut pas chercher sérieusement chicane sur ce point. Au moment où j'écrivais ces lignes, venaient d'éclater à Paris deux petits scandales, sans grande conséquence, mais significatifs : le premier grand prix littéraire français, le prix Goncourt, était décerné à un ancien pro-nazi, et antisémite notoire ; la bénéficiaire du second prix, le prix Fémina, est soupçonnée, à tort ou à raison, d'antisémitisme larvé. Sans entrer dans une controverse esthétique ou morale particulière, comment ne pas noter au moins qu'il est encore possible, en France, d'être antisémite et proposé tout de même à l'admiration des foules et à la gloire ? Admiration et gloire purement esthétiques, nous rétorquera-t-on. Comme s'il était possible de séparer ainsi ces émotions-là du sens d'un ouvrage ! Mais soit. Il reste en tout cas que la haine du Juif peut être considérée comme un fait admissible, supportable, presque normal. Les membres de ces jurys se sont, il est vrai, défendus avec une indignation que je crois sincère. N'avaient-ils pas, l'année précédente, couronné l'œuvre d'un Juif, qui était une longue plainte, une litanie de la souffrance juive ? On nous a fait également remarquer que leurs protestations, et même tout ce bruit fait autour de l'incident, étaient de bon augure ; et c'est encore vrai : tout ne serait plus si aisément permis aujourd'hui et il est fait une place au Juif affirmé dans la distribution des lauriers. Mais enfin tout s'est passé comme si l'on avait fêté successivement la victime et son agresseur. Malgré eux, ces honnêtes littérateurs avaient mis en lumière le drame encore actuel de la condition du Juif. Les fléaux de la balance bougent certes, la libération du Juif a peut-être commencé, mais tant que l'histoire hésite la mise en question continue [1].

---

1. Les solutions au problème juif ainsi posé sont examinées dans un autre livre *La libération du Juif*, Gallimard, 1966.

NOTE POUR L'ÉDITION DE 2003 9
POURQUOI CE LIVRE.. 11

I

Le malheur d'être juif

1. Le malaise 23
2. L'hostilité 39
3. Le problème 54
4. La séparation 64
5. La différence 76
6. L'accusation 91

II

Le Juif mythique

1. Suis-je une figure biologique ? 105
2. Suis-je une figure biologique ? (suite) 118
3. Suis-je une figure économique ? 131

4. Suis-je une figure économique ? (suite)   142
5. Le sens du procès   155
6. Le mythe   166

III

Le Juif réel : ce qu'il n'est pas

1. Le Juif et la religion des autres   185
2. Le Juif, la nation et l'histoire   199
3. Le Juif et la cité   215
4. Le Juif et la politique   231
5. De l'inconfort à la persécution   245
6. La figure d'ombre   258

IV

L'héritage

1. Le vouloir-vivre   269
2. La solidarité   282
3. L'héritage   298
4. Le poids de l'héritage   315

CONCLUSION PROVISOIRE :

Une figure de l'opprimé   331

DU MÊME AUTEUR

Récits

LA STATUE DE SEL, préface d'Albert Camus, 1re édition, *Corréa*, 1953 ; *Gallimard*, 1966.

AGAR, *Corréa*, 1955 ; *Gallimard*, 1984.

LE SCORPION OU LA CONFESSION IMAGINAIRE, *Gallimard*, 1969.

LE DÉSERT OU LA VIE ET LES AVENTURES DE JUBAÏR OUALI EL-MAMMI, *Gallimard*, 1977.

LE NOMADE IMMOBILE, *Arléa*, 2000.

LE PHARAON, *Julliard*, 1988. Éditions Le Félin, 2001.

Poésies

LE MIRLITON DU CIEL. Poèmes illustrés de neuf lithographies originales d'Albert Bitran, *Éditions Lahabé*, 1985.

LE MIRLITON DU CIEL, *Julliard*, 1989.

Entretiens

ENTRETIEN (avec Robert Davies), *L'Étincelle*, Montréal, 1975.

LA TERRE INTÉRIEURE (avec Victor Malka), *Gallimard*, 1976.

LE JUIF ET L'AUTRE (avec M. Chavardès et F. Kasbi), *Christian de Bartillat*, 1995.

Essais et portraits

PORTRAIT DU COLONISÉ, précédé de PORTRAIT

DU COLONISATEUR, préface de J.-P. Sartre, 1re édition, *Corréa*, 1957; *Gallimard*, 1985.

PORTRAIT D'UN JUIF, *Gallimard*, 1962.

LA LIBÉRATION DU JUIF, *Gallimard*, 1966.

L'HOMME DOMINÉ (le Colonisé, le Juif, le Noir, la Femme, le Domestique, le Racisme), *Gallimard*, 1968.

JUIFS ET ARABES, *Gallimard*, 1974.

LA DÉPENDANCE, *Gallimard*, 1979 suivi d'une *Lettre de Vercors*, préface de Fernand Braudel.

LE RACISME (analyse, définition, traitement), *Gallimard*, 1982.

CE QUE JE CROIS, *Grasset*, 1985.

L'ÉCRITURE COLORÉE OU JE VOUS AIME EN ROUGE, *Édition Périple*, 1986.

BONHEURS, *Arléa*, 1992 et 1998.

À CONTRE-COURANTS, *Le Nouvel Objet*, 1993.

AH, QUEL BONHEUR! *Arléa*, 1995.

L'EXERCICE DU BONHEUR, *Arléa*, 1998.

LE BUVEUR ET L'AMOUREUX, *Arléa*, 1998.

Divers ouvrages, dont:

ANTHOLOGIE DES LITTÉRATURES MAGHRÉBINES, *Présence africaine* (2 tomes, 1964-1969).

LES FRANÇAIS ET LE RACISME (en collaboration), *Payot*, 1965.

ÉCRIVAINS FRANCOPHONES DU MAGHREB, *Laffont*, 1985.

LE ROMAN MAGHRÉBIN DE LANGUE FRANCOPHONE, *Fernand Nathan*, 1987.

Au format de poche:

LA STATUE DE SEL, *Gallimard*, Folio, n° 206, 1972.
AGAR, *Gallimard*, Folio, n° 1584, 1991.
LE SCORPION, *Gallimard*, Folio, n° 3546, 2001.
PORTRAIT DU COLONISÉ, *Petite Bibliothèque Payot*, 1973. Folio Actuel, n° 97.
PORTRAIT D'UN JUIF, *Gallimard*, 1969, Folio, n° 3829.
LA LIBÉRATION DU JUIF, *Petite Bibliothèque Payot*, 1972.
L'HOMME DOMINÉ, *Petite Bibliothèque Payot*, 1973.
JUIFS ET ARABES, *Gallimard*, Idées, n° 320, 1974.
LE DÉSERT, *Gallimard*, Folio, n° 2034, 1989.
LA DÉPENDANCE, *Gallimard*, Folio Essais, n° 230, 1993.
LE RACISME, *Gallimard*, Idées, n° 461, 1982. Folio 1994.
BONHEURS, *Arléa*, 1998.
L'EXERCICE DU BONHEUR, *Arléa*, 1998.
AH, QUEL BONHEUR, *Arléa*, 1999.

À consulter sur l'œuvre d'Albert Memmi

C. Dugas, *Albert Memmi, écrivain de la déchirure*, Éditions Naaman, 1984.

C. Dugas, *Du malheur d'être juif au bonheur sépharade*, éd. Le Nadir, 2002.

R. Elbaz, *Le discours maghrébin, dynamique textuelle chez Albert Memmi*, Le Préambule, 1988.

J.-Y. Guérin, *Albert Memmi, écrivain et sociologue*, L'Harmattan, 1989.

C. Dechamp-Le Roux (sous la dir. de), *Figures de la dépendance, autour d'Albert Memmi*, Presses universitaires de France, 1991.

E. Jouve *et al.*, *Albert Memmi, prophète de la décolonisation*, Levrault éd., 1993.

M. Robequin, *Albert Memmi*, Arts et Lettres de France, 1991.

C. Sitbon, D. Mendelson, D. Ohana, *Lire Albert Memmi : déracinement, exil, identité*, Éditions Factuelles, 2002.

COLLECTION FOLIO

Dernières parutions

3694. Roald Dahl — *L'invité.*
3695. Jack Kerouac — *Le vagabond américain en voie de disparition.*
3696. Lao-tseu — *Tao-tö king.*
3697. Pierre Magnan — *L'arbre.*
3698. Marquis de Sade — *Ernestine. Nouvelle suédoise.*
3699. Michel Tournier — *Lieux dits.*
3700. Paul Verlaine — *Chansons pour elle et autres poèmes érotiques.*
3701. Collectif — *« Ma chère maman... »*
3702. Junichirô Tanizaki — *Journal d'un vieux fou.*
3703. Théophile Gautier — *Le capitaine Fracassse.*
3704. Alfred Jarry — *Ubu roi.*
3705. Guy de Maupassant — *Mont-Oriol.*
3706. Voltaire — *Micromégas. L'Ingénu.*
3707. Émile Zola — *Nana.*
3708. Émile Zola — *Le Ventre de Paris.*
3709. Pierre Assouline — *Double vie.*
3710. Alessandro Baricco — *Océan mer.*
3711. Jonathan Coe — *Les Nains de la Mort.*
3712. Annie Ernaux — *Se perdre.*
3713. Marie Ferranti — *La fuite aux Agriates.*
3714. Norman Mailer — *Le Combat du siècle.*
3715. Michel Mohrt — *Tombeau de La Rouërie.*
3716. Pierre Pelot — *Avant la fin du ciel.*
3718. Zoé Valdès — *Le pied de mon père.*
3719. Jules Verne — *Le beau Danube jaune.*
3720. Pierre Moinot — *Le matin vient et aussi la nuit.*
3721. Emmanuel Moses — *Valse noire.*
3722. Maupassant — *Les Sœurs Rondoli et autres nouvelles.*
3723. Martin Amis — *Money, money.*
3724. Gérard de Cortanze — *Une chambre à Turin.*
3725. Catherine Cusset — *La haine de la famille.*

3726.	Pierre Drachline	*Une enfance à perpétuité.*
3727.	Jean-Paul Kauffmann	*La Lutte avec l'Ange.*
3728.	Ian McEwan	*Amsterdam.*
3729.	Patrick Poivre d'Arvor	*L'Irrésolu.*
3730.	Jorge Semprun	*Le mort qu'il faut.*
3731.	Gilbert Sinoué	*Des jours et des nuits.*
3732.	Olivier Todd	*André Malraux. Une vie.*
3733.	Christophe de Ponfilly	*Massoud l'Afghan.*
3734.	Thomas Gunzig	*Mort d'un parfait bilingue.*
3735.	Émile Zola	*Paris.*
3736.	Félicien Marceau	*Capri petite île.*
3737.	Jérôme Garcin	*C'était tous les jours tempête.*
3738.	Pascale Kramer	*Les Vivants.*
3739.	Jacques Lacarrière	*Au cœur des mythologies.*
3740.	Camille Laurens	*Dans ces bras-là.*
3741.	Camille Laurens	*Index.*
3742.	Hugo Marsan	*Place du Bonheur.*
3743.	Joseph Conrad	*Jeunesse.*
3744.	Nathalie Rheims	*Lettre d'une amoureuse morte.*
3745.	Bernard Schlink	*Amours en fuite.*
3746.	Lao She	*La cage entrebâilléc.*
3747.	Philippe Sollers	*La Divine Comédie.*
3748.	François Nourissier	*Le musée de l'Homme.*
3749.	Norman Spinrad	*Les miroirs de l'esprit.*
3750.	Collodi	*Les Aventures de Pinocchio.*
3751.	Joanne Harris	*Vin de bohème.*
3752.	Kenzaburô Ôé	*Gibier d'élevage.*
3753.	Rudyard Kipling	*La marque de la Bête.*
3754.	Michel Déon	*Une affiche bleue et blanche.*
3755.	Hervé Guibert	*La chair fraîche.*
3756.	Philippe Sollers	*Liberté du XVIIIème.*
3757.	Guillaume Apollinaire	*Les Exploits d'un jeune don Juan.*
3758.	William Faulkner	*Une rose pour Emily et autres nouvelles.*
3759.	Romain Gary	*Une page d'histoire.*
3760.	Mario Vargas Llosa	*Les chiots.*
3761.	Philippe Delerm	*Le Portique.*
3762.	Anita Desai	*Le jeûne et le festin.*
3763.	Gilles Leroy	*Soleil noir.*
3764.	Antonia Logue	*Double cœur.*

3765.	Yukio Mishima	*La musique.*
3766.	Patrick Modiano	*La Petite Bijou.*
3767.	Pascal Quignard	*La leçon de musique.*
3768.	Jean-Marie Rouart	*Une jeunesse à l'ombre de la lumière.*
3769.	Jean Rouaud	*La désincarnation.*
3770.	Anne Wiazemsky	*Aux quatre coins du monde.*
3771.	Lajos Zilahy	*Le siècle écarlate. Les Dukay.*
3772.	Patrick McGrath	*Spider.*
3773.	Henry James	*Le Banc de la désolation.*
3774.	Katherine Mansfield	*La Garden-Party* et autres nouvelles.
3775.	Denis Diderot	*Supplément au Voyage de Bougainville.*
3776.	Pierre Hebey	*Les passions modérées.*
3777.	Ian McEwan	*L'Innocent.*
3778.	Thomas Sanchez	*Le Jour des Abeilles.*
3779.	Federico Zeri	*J'avoue m'être trompé. Fragments d'une autobiographie.*
3780.	François Nourissier	*Bratislava.*
3781.	François Nourissier	*Roman volé.*
3782.	Simone de Saint-Exupéry	*Cinq enfants dans un parc.*
3783.	Richard Wright	*Une faim d'égalité.*
3784.	Philippe Claudel	*J'abandonne.*
3785.	Collectif	*«Leurs yeux se rencontrèrent...». Les plus belles rencontres de la littérature.*
3786.	Serge Brussolo	*Trajets et itinéraires de l'oubli.*
3787.	James M. Cain	*Faux en écritures.*
3788.	Albert Camus	*Jonas ou l'artiste au travail* suivi de *La pierre qui pousse.*
3789.	Witold Gombrowicz	*Le festin chez la comtesse Fritouille* et autres nouvelles.
3790.	Ernest Hemingway	*L'étrange contrée.*
3791.	E. T. A Hoffmann	*Le Vase d'or.*
3792.	J. M. G. Le Clezio	*Peuple du ciel* suivi de *Les Bergers.*
3793.	Michel de Montaigne	*De la vanité.*

Composition Interligne.
Impression Société Nouvelle Firmin-Didot
à Mesnil-sur-l'Estrée, le 4 mars 2003.
Dépôt légal : mars 2003.
Numéro d'imprimeur : 63224.

ISBN 2-07-042712-9/Imprimé en France.

120696